ひつじアンソロジー小説編Ⅱ　子ども・少年・少女

中村三春 編

JN260534

ひつじ書房

子ども・少年・少女

　公園で土掘りやシャボン玉をしていた子ども、校門をめがけてランドセルを揺らし走っていった子ども、親とけんかしてふさぎこんでいた子ども、その子どもは、もういない。子どもは少年や少女となり、そしていつしか大人になって、今のわたしがある。

　けれども、「子ども」も「少年」も「少女」も、みな作られた概念に過ぎない、と現代の批評はおしえる。それらはすべて、大人と社会が、物事をつごうよく割り切って理解しようとしたときに用いられた枠組みでしかない、と。そしてそれらを根底から見直すことによって、社会がこのように作られたことの理由や問題を明らかにすることができる、と。だから、それらは、ただそのように見えているだけなのだ。

　ほんとうは実体としての区別がないとすれば、むしろ、わたしは今でも「子ども」であり、今でも「少年」「少女」であるのだろう。確かに、わたしの中には、いつまでも変わらない、いつでも帰って行けるような、ある場所がある気がする。

　でも、だとすれば、あれは何だったのだろう、わたしが、わたしとなり、そしてわたしでなくなった、あの年頃の記憶は。

　この本は、そのような曖昧な記憶を、確かめる契機となることを願って編まれている。

本書の特長

①子ども・少年・少女にまつわる名作を選び、10人の作家の作品集として編んだ。

②思考のきっかけとなるようなエッセー6編を、「TIPS」として配した。

③本文には信頼できる全集等を採用し、初出は（　）で表し、底本は〔　〕で示した。

④旧漢字・旧かなづかいは一部を除いて現代表記に改め、難読語にはふりがなを補った。

⑤作家ごとにわかりやすい「解説」を付し、読者による理解の手がかりとした。

⑥テキストとしても用いられるように、簡単な「注」と「参考文献」を付した。

ひつじアンソロジー小説編II　子ども・少年・少女

目次

子ども・少年・少女　iii

作品

TIPS

解説

千葉省三

本文について

「虎ちゃんの日記」の原文は、八月一日から始まる夏休みを描いており、一日、四日、五日、十日、十二日、十三日、十四日、十六日、十七日、二十日、二十一日、二十五日の十二日から成る。本書に収録したのはそのうち十四日から二十日までの四日分で、全体のほぼ三分の一の分量にあたる。以下は収録部分の前後の梗概である。

・虎ちゃんは、喜三ちゃんとともに見つけておいた山ぶどうのありかを源ちゃんに知られる。東京から敬ちゃんが来て、虎ちゃんは遊びに行く。虎ちゃんは山ぶどうを源ちゃんと作ちゃんが食べたと思い、二人と喧嘩し、源ちゃんが鎌で足に怪我をする。虎ちゃんは源ちゃんを介抱して謝るが、父ちゃんに叱られ、源ちゃんの家に謝りに行くが会えず、犬のころを連れて中島に向かう(以上一日〜十三日)。

・虎ちゃんは敬ちゃん、源ちゃんと中島に遊びに行くが、敬ちゃんのところの奥様に頼まれて、父ちゃんがついてきてくれる。最後に敬ちゃんは東京に戻る。敬ちゃんがうれしそうにしていたので、子どもたちは大きくなったら東京に行きたいと思う(以上二十一日、二十五日)。

虎《とら》ちゃんの日記(抄)

八月十四日

眼《め》をあいたら、父ちゃんの顔が見えた。その上に葉っぱが見えて、その上にまっ青《さお》な空が見えた。おれは、初めのうちは、どこにいるんだかわかんなかった。そのうち、だんだん昨日のこと思いだした。父ちゃんに叱《しか》られて、源《げん》ちゃんちへあやまり行ったこと、バカ亀《かめ》といっしょに、芝原にころがっていたこと、家《うち》へ帰《けえ》れねで、芦刈舟に乗って、中島《なかじま》へ渡ったこと……そして、

「そうだ。ここは中島なんだっけな」と、やっと気がついた。

おれは、父ちゃんが怒ってるかと思って、そっと、その顔つきを見た。

父ちゃんは、何にも云《い》わねで、おれのこと抱きあげて、舟ん中さ連れてった。舟にのるとき、おれの懐から、金石《きんいし》がすべりだして、ボチャンと水の中に落っこっちゃった。

父ちゃんは、おれのつぎにころを抱えこんだ。それから、綱をといて、おれの乗って来た芦刈舟を、父ちゃんの舟の舳《とも》にしばりつけた。

父ちゃんは、黙って竿《さお》をつかいだした。おれも、黙って坐《すわ》っていた。舟は、だんだん中島を離れて、広い水脈《みお》に出て行った。

すると、父ちゃんが、舟の隅《すみ》っこにころがっていた風呂敷包《ふろしきづつみ》を指さして、

「虎《とら》、それあけて見ろ」って、初めて口きいた。

芦刈舟　芦を刈るための船。

中島《なかじま》　池や川の中にある島。

舟の舳《とも》　ここでは船の後部。船尾。なお「舳」は「へさき」(船の前部。船首)と読むことが多い。

あけて見たら、大《おっ》きな握り飯と、胡瓜《きゅうり》のおこうこが一本はいっていた。おれは、昨日っから、何にも食べねから、ずいぶん喜んだ。蚊にくわれたとこ、ボリボリかきながら、握り飯と胡瓜を、かわりばんこに噛《かじ》った。

「虎、うめえか」

父ちゃんが、おれを見て、笑い笑い云った。おれは、父ちゃんが怒ってねのがわかって嬉《うれ》しかった。

舟を、新堀《しんぼり》の落ち口につけて、岸へ上《あが》った。

おれは、誰《だれ》でも昨日のこと知ってるような気がして、人に顔見られるのがはずかしかった。父ちゃんの袂《たもと》につかまって、小《ちっ》ちゃくなって歩いた。

母ちゃんは、おれこと見ると、門口までとんで出た。そして、首ねっこ、痛いほどウンとつかまえた。きっと、また逃げ出されちゃ大へんだと思ったのかも知んね。

「虎、お前《めえ》、どこさ行ってた！」

そう云って、母ちゃんは泣いたり笑ったりした。おれも、母ちゃんにしがみついて、おんおん泣いちやった。

あとで、母ちゃんが、

「あんなつまんねこと、するもんでねえぞ。父ちゃんがどんなに心配したかしんね。父ちゃんな、ゆんべ一晩じゅう、お前《めえ》のことめっけて歩いたんだ。お前《めえ》が中島さ行ったたっち話は、バカ亀から聞いて、やっとわかったんだちけ」と、おれに話して聞かせた。

「バカ亀は、どうして知ってたんべ。きっとおれが舟にのるとこ、どこかで見てたんだな」と、おれ

胡瓜のおこうこ　胡瓜のつけもの。

新堀の落ち口　新しい堀の水が落ちるところ。

は思った。

八月十六日

草刈の帰りに、とうもろこしかいて来て、焼いて食べていた。そしたら、源《げん》ちゃんの妹の、おなほちゃんが背戸から入って来て、

「これ、兄《あん》ちゃがよこしたよ」って、おれに手紙を渡して行った。

はいけい、私《わたし》は足がよっぽどよくなって、毎日たいくつでしょうねく候。今日あそびに来て下されたく候。さきおととい虎ちゃんの父ちゃんが来て、虎ちゃんが見《め》えなくなったと云《い》い候。みんなたまげ候。今日、中島《なかじま》へ行ってたって聞いて安心申上《もうしあげ》候。私の父ちゃんも母ちゃんも怒っていねから、どうか遊びに来て下されたく候。

小山源作《こやまげんさく》

岡田虎蔵《おかだとらぞう》様

鉛筆で、綴方帳《つづりかたちょう》の紙にていねいにかいてあった。

おれは、読んじゃってから、どうすべと考えたが、行かねじゃすまねような気がした。それで、とうもろこしを噛《かじ》りながら、源ちゃんちの方へのろのろ歩いて行った。

さきおととい、のぞいた垣根《かきね》んとこへ立って、のぞいて見たら、源ちゃんは、縁側に腰かけて、繃帯《ほうたい》まいた足をぶらぶらさせていた。

「源ちゃん」

背戸　裏の入り口。

綴方帳　「綴方」は旧制の小学校における科目名で、現在の作文の意。

おれは、そっと呼んで見た。

源ちゃんは、こっちへ顔をむけて、おれのこと見《め》っけると、笑いだした。そして、

「虎ちゃん、来なよ。誰《だれ》もいねんだから」と云った。

おれは駆けてって、源ちゃんの傍《そば》へ、ならんで腰をおろした。

「手紙、ありがとう」っておれが云った。

「足まだ痛《いて》いけ」

「ううん、押さなけりゃ、痛かねよ」

「歩けなかんべ、ね」

「歩けっとも。お医者さまは、まだいけねって云うんだけど、おら、昨日から歩いてら。何ともねえもん」

「そうけ。よかったなあ」

おれは、源ちゃんの、繃帯でくるんだ足っ首眺《なが》めて、ひとりで溜息《ためいき》が出た。

源ちゃんは、向いの物置の軒を指さして、

「あすこに蜂《はち》の巣があんだよ。おら、寝ててめっけたんだ。足がなおったら、取ってくれべと思って」と云った。地蜂《じばち》のような小《ちっ》ちゃい蜂が、何匹も出たり入ったりしているのが見えた。

「そん時は、虎ちゃんも手伝ってくんな。な」

「うん」

そんなこと、話してるうち、源ちゃんの母ちゃんが、籠《かご》を背負《しょ》って野良から帰って来た。おれらが仲

よく並んで話してるのを見ると、にこにこして、

「虎ちゃんけ。よく来たね」って云った。

おれは、真赤《まっか》んなって下むいちゃった。

源ちゃんに、中島へ泊った時の話して、足が癒《なお》ったら二人で遊びに行ぐべと約束した。それから、新《しん》屋敷《やしき》の敬《けい》ちゃんとこへも連れてってやる約束した。

源ちゃんの母ちゃんが、まくわ瓜《うり》切ってきて、

「仲よくしてくんな。な、虎ちゃん」て云って、半分ずつわけてくれた。おれは、返事が出来ねで、黙ってコックリして、瓜を貰《もら》った。

まくわ瓜　ウリ科の多年草。果実は楕円形で、汁が多く甘く、生食する。

八月十七日
夕方、新屋敷《しんやしき》へ遊び行った。しばらく行《い》がなかったもんで、敬《けい》ちゃんはずいぶん喜んだ。縁側で、絵本見てたら、垣根《かきね》んとこで、大きな声で、誰《だれ》だかはやしはじめた。
　家んなかべんけい　ぐずべんけい
だの、
　らっきょうらっきょう　青らっきょ
だのって云《い》う。
おれは、敬ちゃんこと悪く云うんだと思ったから、
「だれだ!」ってどなってやった。そしたら、はやしやめて、今度は砂利を投げこんだ。

倉のわきから廻《まわ》って行って見たら、喜三《きさ》ちゃんと、角《かく》ちゃんと、利平《りへい》と、五郎《ろう》ちゃんだった。

「何すんだ」

おれが云ふと、みんな、おれなもんだから、びっくりしたっけが、負けね気んなって
「何でえ、東京の弱虫ことひいきして、何でえ」って、かかって来た。

「お前《めえ》らが弱虫だい。敬ちゃんは病気なんだぞ。病気の子供に大勢でかかるなんて、そう云うの、卑《ひ》怯《きょう》っちんだぞ。かかっか。かかっか」

そう云って、おれは、落っこってた竹んぼひらって、ぐんぐん押してった。おれが本気になったもんだから、みんなはかかれねで、ぐずぐずしてたっけが、そのうち悪口云い云い逃げてっちゃった。

竹んぼうっちゃって、縁側んとこへ帰ってくると、敬ちゃんが青い顔して立っていた。

「大丈夫だよ、敬ちゃん。おれが、いっだって助《す》けてやっかんね。あんなやつらにゃ、負けねかんね」

おれはいばって云った。

「六年生じゃ、おれと、源《げん》ちゃんち子が一番強《つえ》えんだ。源ちゃんも、敬ちゃんと仲よしになりたがってんだよ」

「そう。それじゃ、こんど連れて来てね」

「うん」

おれは、源ちゃんと中島へ行《い》ぐ約束したこと思い出して、

「敬ちゃんは、舟さ乗ったことあっけ」って聞いた。

ひらって　拾って。

「ボートなら、あるよ」って敬ちゃんが云った。

「そんじゃ、今度、中島へ渡って見ねけ。面白《おもしれ》えよ。お弁当《べんと》もって、釣竿《つりざお》もって、行ぐんだよ。おら、源ちゃんと行ぐべって約束したんだ。三人ならよけい面白《おもしれ》えもん」

「ああ、ほんとに連れてってくれる」って敬ちゃんはやっと元気な声を出した。

「虎《とら》ちゃんとなら、母ちゃんもきっといいって云うよ」

おれは、指切りして家《うち》へ帰って来た。

おれは、喜三ちゃんがだんだん嫌《きら》いになる。そして、源ちゃんがだんだん好きになる。

八月二十日
今日は、学校の招集日だった。

源《げん》ちゃんが来ていた。おれは、あんなに云《い》ったって、まだ外へは出られねんだんべと思っていたから、源ちゃんこと見た時は、嬉《うれ》しくって、胸がドクドクした。

みんなで、庭に並んで、校長先生からお話を聞いた。それから、花壇の手入れをした。

おれの植えたカンナが、背《せい》ぐらいも高くなって、きれいなしぼりの花が咲いていた。高木《たかぎ》先生が、

「こりゃ、珍らしい花だぞ。岡田《おかだ》、大事んしろ」って云った。おれは、風に倒されねように、竹でつっかえ棒を立ててやった。

川東《かわひがし》の春《はる》ちゃんが、土をいじりながら、

「おらら、今日トンガリ山さいぐんだ」って云った。

招集日　登校日。

カンナ　楕円形の葉を持ち、夏秋に花弁様のオシベを持つ花をつける球根類。

しぼりの花　絞り染めのように色の入りまじった花。

「何しに」

「バカ亀《かめ》が、病気で寝てんだよ。腐ったものでも食ったんだんべっち話だ。うんうん呻《うな》ってら」

「それ見に行《い》ぐのけ」

「うん」

おれは、大沼《おほぬま》の岸の芝《しば》っ原《ぱら》で、バカ亀がクチャクチャすっかんぼの茎噛《か》んでたこと思い出して、かわいそな気がした。

「薬なんて、無《ね》んだんべな」

「無《ね》えとも、そんなもん」

「そんじゃ、バカ亀は、死んじまうかも知んねな」

「うん。死んでっかも知んね。今ごろ」

春ちゃんは、平気な顔してこう云って、井戸端の方へ手を洗いにかけてった。

おれは、川東の組といっしょに、トンガリ山へ行って見べと源ちゃんに相談した。

花壇の手入れがすむと、家《うち》へかけてって、薬袋ん中から赤玉を五粒出して来た。源ちゃんは、握り飯と、梅干を竹の皮へくるんで持って来た。

野田川《のだがわ》の橋んとこで、川東の組に追《お》っいて、それから、ガヤガヤしゃべりながら、トンガリ山の下まで歩いて行った。

「源ちゃん、上れっか、お前《めえ》」

「上れっとも」

すっかんぼ　スカンポ（酔葉＝スイバ）のことで、タデ科の多年草。葉・茎は酸味があり、若芽を食用にする。

「そろそろ上《あが》んべ、な」

みんなの後から、ゆっくりゆっくり上《あが》って行った。おれらが岩穴の口についた時は、川東の組は、もう穴の口にかたまって、中をのぞきこんでいた。

まくわ瓜《うり》の皮だの、ぼろっ布《きれ》だの、汚いものがいっぱいそこらに散らかっていた。

「がきめら！　みせ物《もん》じゃねえぞ！」

穴ん中から、大声でどなって、バカ亀のおかみさんのお勝乞食《かっこじき》が出て来た。頭の毛をもじゃもじゃ垂らして、片眼《かため》っこ光らして、おっかない顔していた。

みんなは、ワッと云って、穴の口から逃げ出した。おれと源ちゃんは、逃げねで立っていた。

「薬やんべ」

おれは、赤玉を手っ平《ぴら》へのせて出した。

「これ、水といっしょにのむんだよ」

源ちゃんも、竹の皮の包みを出した。

「こんなかに飯と梅干がはいってら。亀さんに食べさせな」

お勝乞食は、怒ったような顔して、おれと源ちゃんを睨《にら》めていたっけが、いきなり、ひったくるみたいに、薬と竹の皮をつかんで、穴ん中さひっこんでっちゃった。

のぞいて見ると、薄暗い隅《すみ》っこの方に、ぼろ布《きれ》にくるまって、バカ亀が寝ていた。お勝乞食は、そこへ坐《すわ》って、何だか小《ちっ》ちゃな声でしゃべっていた。

お勝乞食がひっこんだの見ると、みんなは又《また》ぞろぞろ穴の口へ集まって来た。

「帰《けえ》んべ、な、虎《とら》ちゃん」

「うん、帰《けえ》んべ」

おれらは、みんなにかまわねで、トンガリ山を下りて来た。

バカ亀はほんとに死ぬかも知んね。どうして死ぬなんちことがあるんだんべ。父ちゃんも母ちゃんも死ぬんだんべか。おれも死ぬんだんべか。

「源ちゃん、お前《めえ》、死ぬっちこと、考《かんげ》えたことあっけ」

「うん」

「死んだら、どうなんだんべ」

「また生れかわって来んだと。いいことした者あ、いいとこさ生れてくるし、悪《わり》いことした者あ、悪《わり》いとこさ生れてくんだちけ」

「おら、そりゃ作り話だと思うな。死んだら、卵塔場《らんとば》で、腐っちゃうんだ。犬だって、猫《ねこ》だって、みんなそうだもん。おら、それ考《かんげ》っと、つまんねくなっちゃう」

そんな話しながら、家《うち》さ帰って来た。

卵塔場　墓場。

（『童話』大14・9、10）

〈『日本児童文学大系』第15巻、昭和52・11、ほるぷ出版〉

十銭

圭《けい》ちゃんがその斧《おの》を見つけたのは、お父さんのお云《い》いつけで金物やへ釘《くぎ》を買いに行った時なのです。

金物やのおじさんは、圭ちゃんが提《さ》げてゆかれるように、釘を紙に包んで、赤い紐《ひも》でしっかりとからげていました。その間、圭ちゃんは珍らしそうに、お店に並べてあるいろんな金物を見廻《みまわ》していましたが、ふと、目についたのが、その赤い、小さな斧だったのです。

「僕《ぼく》、あんな斧がほしいなあ。」と圭ちゃんは思いました。「釘だってうてるし、板だって割《さ》けるし、……僕、小ちゃいお家《うち》をこさいて、おかあさんをびっくりさしてあげるんだけど……」

「……おじさん。この斧、いくらなの。」

圭ちゃんは、きっと大へん高いに違いないと思って、こわごわおじさんを眺《なが》めて聞いたのでした。

「それですか。それはね坊ちゃん。一銭銅貨が坊ちゃんのお手々の指の数だけあればいいんです。それからあんよの指の数だけでもいいんですよ。」

「それだけ?」圭ちゃんは釘の包みをうけ取ると、お店の外へ出て、大いそぎでお手々の指をかぞえて見ました。「一銭……二銭……三銭……四銭……五銭……六銭……七銭……八銭……九銭……十銭。」

あいにく靴《くつ》をはいていましたから、あんよの指はかぞえることが出来ませんでした。で、とぶようにお家《うち》へ帰って、靴をぬぐと、さっそくかぞえて見ましたら、やっぱり十銭でした。斧は十銭で買えるのでした。

お夕飯がすんだ時、圭ちゃんは、ふいとおかあさんの方をむいて、

「ねえ、かあさん。僕、十銭おかねがあったら、何を買うか知ってる?」と云いかけました。

「ね、僕、斧をかうの。赤くてちっちゃい、切れそうな斧なんだよ。」

「まあ、いいこと。圭ちゃんどこで見て来たの?」

と、お母さんはききかえしました。

「さっき、金物やのおじさんとこで見て来たの。あの斧で、僕、釘がうてるでしょう。板もこさえられるでしょう。そら、ね、そしたら、お家《うち》だってつくれるでしょう。ほしいなあ!」

「そうね。……でも、明日は圭ちゃんのお誕生日でしょう。だから、今夜は早くねんねして、お日さまといっしょにおっきしなければならない。だから、もうお寝《やす》み。」

次の朝、圭ちゃんはやっぱり、お日さまにも、お母さまにも負けてしまいました。圭ちゃんがお眼《めめ》を覚ました時は、お日さまは窓からさしこんでいたし、お母さまはちゃんと枕《まくら》もとに坐《すわ》っていらっしゃいました。そして、圭ちゃんの枕元に……何があったと思います。一銭銅貨が一列に、ずらりと十《とお》。

「さあ! 坊や、これで斧を買っておいで。」

親切な母さんはそう云って、圭ちゃんにお誕生日のチュウをして下さいました。

圭ちゃんの嬉《うれ》しかったこと。おべべを着るのも、お顔を洗うのも、ごはんを食べるのも、何もかも夢中ですまして、お家《うち》をとびだすと、通りをさしてかけて行きました。エプロンのかくしの中で、ちゃんちゃかちゃんちゃかと、十の銅貨が嬉しそうな音を立てていました。圭ちゃんには、それが「十銭、十銭、みんなで十銭」と歌っているように聞えました。圭ちゃんは銅貨の歌をきいて、くすくす笑いなが

かくし　ポケットのこと。

らかけて行くのでした。

まだ朝のうちだったけれど、通りは大そう賑《にぎ》わっていました。自転車や荷車が威勢よく走っているし、物売は皆《みんな》大きな声を出して客を呼んでいました。

「さあ、見ないはご損、買わないはもっとご損、支那絹《しなぎぬ》の上等、本ものの支那絹……」

「お饅頭《まんじゅう》、お饅頭、出来たてのお饅頭、一銭のお饅頭、お饅頭は一銭。」

圭ちゃんは思わず饅頭やの前に立どまりました。

「お饅頭、お饅頭、一銭のお饅頭。」

まあ！　なんというおいしそうなお饅頭でしょう。ふっくらと白くふくらんで、ほかほか煙が立って、あんこが一ぱいつまっていて。

「坊ちゃん。お一ついかが、おいしいんですよ。」とお饅頭やさんはおまんじゅうのようにふくふくした顔をして申しました。

圭ちゃんの手は、エプロンのかくしに、そうっとはいって、またそうっと出て来ました。それからも一度そうっとはいって、こんどは一枚の銅貨といっしょに、そうっと出て来ました。

「一つ、ください。おじさん。」

圭ちゃんは、ふかしたての、その柔い、あまいお饅頭を、端の方からすこうしずつかじりながら、通りを歩いて行きました。そしてとうとう一つのお饅頭をすっかりお腹《なか》にいれてしまった時、ちょうど金物やの店の前に来ました。

圭ちゃんは赤い斧が、昨日のところにならべてあるのを見ました。そして、かくしの中に手をつっこみました。銅貨たちは、中で、何だか悲しそうにチャカチャカと鳴りました。

「一つへった、一つへった、お友達が一つへった。」と歌いました。圭ちゃんは、金物やの軒下に腰をおろして、銅貨を出してかぞえて見ました。「一銭……二銭……三銭……四銭……五銭……六銭……七銭……八銭……九銭。」

圭ちゃんはお店にはいって行きました。お店には昨日とちがったおじさんがおりました。

「おじさん、九銭の斧はないの?」

と圭ちゃんがききました。

「おあいにくさま。みんな十銭です。それでもおやすいのですよ。」とおじさんは申しました。「坊ちゃんは今日おいりようなのですか。」

圭ちゃんは返事も出来ずに、そのまましょんぼりと外へ出ました。かくしの銅貨はもう歌をうたいませんでした。圭ちゃんのお眼《めめ》には、涙がいっぱいになって来ました。とうとうこらえきれなくなって、すすり上げ初めた時、向うから来た一人のおばあさんが声をかけました。

「おや、坊ちゃん。どうなさいました。」

おばあさんは、いかにも優しい、親切なようすで、にこにこしてたずねました。圭ちゃんは涙をふき、すっかりおばあさんに話してしまいました。

「おやおや、おかわいそうに。……私《わたし》はいまちょうど、坊ちゃんぐらいの子を探しているところなのですよ。ご用を頼もうと思ってね。」

「僕ぐらいの? じゃ六つになる子供なの?」

「ええ、ちょうどそれ位の子供です。大工さんの所へ行って、木《こ》っぱを拾って来てくれたら、おばあさんがその子に、一銭おだちんをあげようと思っているところなの。」

圭ちゃんはこれをきくと、眼《め》を輝かして申しました。

「僕でもいいでしょう。ね、おばあさん。僕は今日で六つになったんです。僕にやらして下さい。僕、すぐにかけて行って、籠《かご》いっぱいもらって来ます。そして、そして、あの赤い斧を買うんですから。」

おばあさんはすぐに圭ちゃんを自分のお家《うち》へつれて行きました。そして、一つの籠を渡して、大工さんが働いているところを教えました。

大工さんはそこにせっせと板をけずっていました。大工さんのまわりには、木《こ》っぱや鉋屑《かんなくず》が山のように積っていました。圭ちゃんは一生懸命になって、木《こ》っぱを籠につめました。もう一片《ひときれ》もはいらないようになったので、うんこらうんこら、おばあさんの所まで帰ってまいりました。

「おばあさん。これで一銭だけあるかしら?」

「まあ! たくさん。一銭どこじゃありませんよ。」

おばあさんはにこにこして、財布の中から、まだ新らしい銅貨を一つ出して、圭ちゃんの手のひらに乗せてやりました。

「さようなら、いい子ちゃん。ごきげんよう。」

おばあさんは、圭ちゃんのお頭《つむ》をなでて、こう申しました。

「さようなら、おばあさん。」

木っぱ 斧などで切った木の屑。

圭ちゃんはこう云いすてて、また通りへとかけて行きました。バタバタと、犬みたいにはしっこく、小馬みたいにいせいよく。かくしの中からは、ふたたび銅貨の楽しい歌がおこりました。

「十銭になった、十銭になった。」

圭ちゃんはその歌をききながら、片布《きれ》やだの、饅頭やだののどなり立てている間をわきめもふらず走りぬけて、金物やの店にとびこみました。

「おじさん！　斧ください！」

そう叫びながら、かくしからお金を出しました。十枚の銅貨はお店の畳の上に一列にならびました。

「おや、坊ちゃん、いらっしゃい。」

と云ったのは昨日のおじさんでした。一つ、二つとおかねをかぞえて見て、

「ちょうど、坊ちゃんのお手々の指の数だけあります。一番よくきれそうなのを選んであげましょうね。」

おじさんはあいそよく、にこにこしながら、一挺《ちょう》の赤い斧をとって、茶色の紙につつんで下さいました。

まったく、圭ちゃんの斧のように切れる斧は、日本中にないかも知れません。釘もうちこめるし、板もけずれます。そして、薪をわる事だって出来るのです。ほんとに、おうちをつくる事も出来たかしれませんが、そこまでは私もよく聞かないでしまいました。

（『童話』大10・5）

〔『日本児童文学大系』第15巻、昭和52・11、ほるぷ出版〕

TIPS 1

私が童話を書く時の心持ち

小川未明

美しい花を見て、奇麗だといって、理由なしに飛び付く子供が好きであるばかりでなく、私には意味深く思われます。ある事実に対して、直覚的に、一方を正しとし、一方を正しからずとする子供の判断力が時には怖しい程誤らないのに驚かれます。

いかなる人々にも、産れた村があったように、そして、其の村の景色が永久に忘れられないもののように人間は、また子供の時代を一度は必ず経験する。そして、其の時分のことは、たとえば自然に対して、また周囲の人達に対して抱いた愛や、悩みや悲しみや、驚きの心というものは決して忘られる者ではないのであります。

少年時代の心持が最も真剣であって、且つ正直であったということは、何人にも異存のないことであろう。もし其人が、いつまでも善良の心を失わずに、誠実の人であったなら、きっと其の少年時代を思い出して感傷的にならずにはいられない。そして、自分より若き者に対する愛も、理解もこの心があって、はじめて生ずるということが出来るのであります。

私は、書くものが真実でありたいという願いから、自分の作にかかる小説と童話とに、其の間あまり差別のあることを望むものでありません。所謂《いわゆる》小説には、大人に分っても事柄が子供には分らないものがあります。けれど、真に美しいもの、真に正しいこと、また悲しい事実というものは、直覚力の鋭い、神経の鋭敏な子供にも、分らない筈はないのです。よく分るような文字を使って書いたならば、そして、子供に分ることは、もとより大人にも分らなければならない筈です。しかし、子供に分っても、稀にはある種の大人に分らないものがあります。其れは、其の人達がたしかに堕落したことによって、純真な感情を無くしてしまったからです。

この意味からして、私は、「童話」なるものを独り子供のためのものとは限らない。そして、子供の心を失わない、すべての人類に向っての文学であると主張するものです。私は、喜びをもって、私の自由な芸術の製作に従うのであります。

（『港についた黒んぼ』、大10・10、精華書院）

〔『日本児童文学大系』第5巻、昭52・11、ほるぷ出版〕

解説

小川《おがわ》未明《みめい》（一八八二〜一九六一）

新潟県高田市（現在の上越市）に生まれる。本名・健作。旧制高田中学から東京専門学校（早稲田大学の前身）に進学し、卒業後、早稲田文学社に入社、『少年文庫』の編集を務め、童話・小説を執筆した。社会主義・自由主義的な創作を続けた後、童話集『赤い船』（明43・12、京文堂）を刊行、鈴木三重吉が発刊した童話・童謡雑誌『赤い鳥』（大7・7創刊）の有力執筆メンバーとなり、「赤い蠟燭と人魚」（『東京朝日新聞』大10・2・16〜20）、「月夜と眼鏡」（『赤い鳥』大11・7）などの名作を量産して、昭和二〇年代に至るまで、近代の代表的な童話作家として活躍した。

原題は「私が童話を書く時の心持—童話集『港についた黒んぼ』序文—」（『早稲田文学』大10・6）で、子供の心を純粋なものと見なし、それを大人の理想としてとらえる「童心主義」の主張である。原文の末尾には、「大正十年九月　著者」とある。

坪田譲治

枝にかかった金輪

正太のお母さんは今日は朝からお洗濯だ。椎の樹の下で、若葉を翻す風の音を聞きながら、大きな盥《たらい》に向いてお洗濯だ。葉蔭をもれる春の日が、お母さんの耳の上や、盥《たらい》の隅のシャボンの泡や、後に垂れたメリンスの帯の上などに、黄ろい縞《しま》を作ってチラチラしていた。

其時フト、お母さんにシャンシャンと鳴る金輪の音が聞えて来た。

「正太はまあ今日も朝から金輪廻し、何処を廻して駈けていることやら」

お母さんはこう思った。が、実際正太は金輪を廻すのは上手だった。村の道という道は、どんなに細い処であろうと、どんなに曲りくねった処であろうと、正太の金輪を廻して駈けて行く得意げな小さい姿の見られない処はなかった。

シャンシャン、シャンシャン

また金輪の音が聞えて来た。正太が門から金輪を廻して入って来た。

「お母さん、もう御飯かな」

駈けながら正太は大きな声。

「何を云うてなら」

お母さんは今忙しい。お母さんの手許でシャボンの泡が四方に散っている。だから正太の方は振向きもしないで小さな声。

メリンス 毛織物の名前。メリノ種の羊毛で織ったことからいう。モスリン、唐縮緬とも。

金輪回し 輪回しのこと。竹や鉄などの輪を叉上の棒の先にあて、輪を転がす遊び。小さい輪をはめて、転がすと音が出るようにしたものもある。

「せえでも、お腹がすいたんで」

「すいても、御飯はまだなかなか」

この間に、正太は金輪を廻して、椎の樹とお母さんの周囲を一廻り。金輪の音がシャンシャンシャンシャン。

「御飯のおかずはな？」

「何にしょうか。あげにお菜でも煮とこうか」

「あげ？　魚の方がええなあ」

正太はこう云いながら、またもお母さんの周囲を金輪で一廻り。金輪の音は鳴りつづける。

「魚は晩、お父さんと一緒」

お母さんがこう云うと、俄《にわか》に金輪の音が高まった。

「魚は晩、お父さんと一緒」

こう繰返して、正太はもう門の方に駈けていた。彼はこれから村のどこへ駈けて行こうとするのか。然し、何しろ正太は金輪は上手だ。村のどんな小道であろうと駈けて行くその小さな姿の見られない処はなかった。

午《ひる》すぎお母さんは手拭を姉さん冠《かぶ》り、樹の下に張板《はりいた》を立てて、お張《はり》ものに忙しい。正太は座敷で絵雑誌を前に腹這《はらば》いになっていた。友達のない午後、お母さんの忙しい午後は永かった。先生のお父さんは中々学校から帰って来なかった。

「正太、金輪はもう止めたんか」

姉さん冠り　女性が、手ぬぐいの真ん中を額にあて、両端を後ろに回すかぶり方。
お張もの　洗濯した布に糊をつけ、板張りにすること。

退屈そうな正太を見て、お母さんが話しかけた。でも、お母さんは忙しい。湯気の立上る張板を白い手で撫でながら、正太の方は見もしない。其時正太は顔を上げお母さんの方に向いたのだが、それから庭の隅の若葉の鮮かな一本の柿の樹の方に眼をやった。そこには葉隠れに正太の金輪が懸っている。村を廻して歩いたあの金輪。今朝門を入ると、得意になって上に投げあげたそれが、今若葉の間に円をなして懸っていた。正太はそれを見ると、黙って頭を垂れた。だが、直ぐ、

「オット、ええことがあったぞ」

正太は飛び起きた。もう金輪なぞ如何《どう》でもいい。やがて、座敷の奥から下げ出たのは、布で作った一つの人形。パッチリした眼に、四つの手足、人形の歳はいま三つか四つ。彼は弟のように正太に片手をとられ、他の手足を下にブラ下げてやって来た。だが、縁側までやって来ると、正太はその手をもって、人形を椎の樹目がけて投げ飛した。人形は頭と足とで、クルクル廻りながら、樹の下の土、いや、しゃがんでるお母さんの尻の下の方に行って、大の字なりに寝転んだ。

「よしッ」

正太はこれを見ると、直ぐ下駄をはいて駈けだした。何さま永い午後である。それにお母さんは忙しい。正太だってあばれないでは居られない。足をもって、人形をお母さんの尻の下から引出すと、此度は空に向けて、ピョ――ンと高く投げあげた。人形はやはり頭と足とでクルクル舞いながら飛んで行ったが、落ちる時には頭を下にしてやって来たのか、見上げる正太の前に、椎の樹の枝の端っこに、片足をかけてブラ下っていた。

「コラ、落ちい」

何さま　いかにも。まったく。

正太は短い棒切れをもって来て、両手を下げている人形の頭を力一杯撲《なぐ》りつけた。ボテッという音と共に、人形は土の上に落ちて来た。

「まあ、可哀そうに」

お母さんは云うのに違いないのだけれども、いや、正太もそう云ってもらいたいのだけれども、何分お母さんは忙しい。

「よしッ」

正太は今得意だ。人形の撲《なぐ》られてボテッというのが気に入った。そこで人形の片足をもって、また樹の下枝にブラ下げ、ボールを打つ選手のような形をして、短い棒を力一杯振り廻した。思った通りにまたボテッ――。此度は人形は余り激しく撲《なぐ》られて、廻る余裕もなく逆立ちをした身体をそのまま、両手を垂れた身体をそのまま、ス――ッと空中を飛行して、彼方の塀に行って身体を打ッ付けた。そしてまた音がボテッ――。正太は益々得意である。大急ぎでそこに駈けつけ、立っている棒の上に、此度は人形を腹這《はらば》いに載せた。人形の手足が四つダラリと下に垂れ下った。

「飛べえ！」

棒を振る。ボテッと音がする。人形が飛ぶ。だが、此度は四這《よつんば》いの飛行だ。そして彼方の納屋の壁に行って頭を打《ぶ》ッつける。こうして正太は人形を追いかけ、あちらに走りこちらに走り何処でも人形を撲《なぐ》りつけた。何さま永い午後で、しかもお母さんは正太の勇しい姿を見てくれないのだ。正太は暴れないでは居られない。だが、実を云えば、正太ももう人形に飽きた。

「お母さん、何ぞつかあさい」

お母さんの処へ行って、肩に手をかける。

「何もないのお」

お母さんは気のぬけた返事だ。と——。

「そうだッ」

もう、正太はいいことを思いついた。三輪車に乗ろう。そこでこの時足許《あしもと》に転がっていた人形を彼方に蹴り飛《とば》して走り出した。人形は土の上を滑って、座敷の前で二三度コロコロして、それから手足を拡げて、大の字なりに寝ころんだ。彼はやはり子供らしく、パッチリ眼を開いて、お日様を仰いでいた。正太に撲《なぐ》られたことなど、もうスッカリ忘れていた。自分でも正太の弟だと思っているのかもしれない。「ピリピリッ、公園行き、公園行きでありまあす」

だが、もうこの時正太はこの声と共に納屋の方から三輪車に乗って現れ出た。座敷の前を通って、椎の樹の下のお母さんを廻って、後に三筋の跡をつけて、また納屋の方に帰って来る。これが公園行きの軌道である。三輪車も正太は上手だ。足を繰ることが誠に速い。だが、不幸なことに、人形は公園行きの軌道の上に寝ていた。そしてお日様を眺めて動こうとしなかった。その上に、正太は今は人形の首を轢《ひ》くなど平気の平左に考えていた。それ処《どころ》か、却ってそれが面白い。それだけでさえ、彼の足はペタルの上を躍るように踏みつける。では仕方がない。車輪は嫌でも人形の首の上に上らなければなるまい。ギッチリコ、車輪は首を轢《ひ》いてしまった。帰りも同じに、ギッチリコ、然し此度は足の方だ。車輪はこんなに思っていても然《しか》し人形の方は楽天家だ。それとも無邪気で痛みを知らないのか。首を縮めようともしないで円い眼をパッチリ開けて、やって来る車輪をほほ笑みかけて迎えている。それ処か、おへそを空に向けてボッテリしたその腹を車輪の過ぎるに任せていた。

「ピリピリッ、停車場行き停車場行きでありまあす」

三輪車は後ろに三筋の跡を引いて庭を目まぐるしく往来する。その度に人形を一度ずつ轢《ひ》いて行く。人形は何度轢《ひ》かれてもそのあどけない表情を変えなかったのだけれども、余りに激しい三輪車の往来に、到頭彼も首をダラリと、土の上に垂れてしまった。首と体とを結びつけていた糸が解けたのだ。それから体と足とをつないでいた糸もゆるんで来た。そして人形は遂に敗残者となって疲れて死にかかって、力なく土の上に自分の身体を投げ棄てていた。

何十回となく公園行き停車場行きを繰返した正太に、また午後の日が永くなった。そこで三輪車を椎《しい》の樹の下に乗りつける。

「お母さん、お父さんはまだかな」

「まだまだ」

「それでも善さんは帰ったぞな」

「善さんは生徒じゃもの」

「先生の方が遅いんかな」

「そうとも」

「フウ――ン」

仕方がない。午後が永いから、此度は三輪車は最大急行だ。無茶苦茶乗りだ。

「ピ――ピ――ッ、ピ――ピ――ッ」

だが、この最大急行も二三回で直ぐ椎の樹の下に停車する。

「お母さん、もう何ぞ貰うても宜かろうがな」

「――――」

「なあ、お母さんッ」

「そうじぁなあ」

「お母さん」

「そうじぁなあ」

仕方がない。正太はまた最大急行だ。

「ピ――ピ――ッ、ピ――ピ――ッ」

二三回でまた椎の樹の下の停車。

「お母さんッ」

「――――」

「何ぞッ」

「へいへい」

「早くッ」

「よしよし」

――これでもききめのないのを知ると、正太はヒドク考え込んで、三輪車を下りて、人形を拾いあげた。そして、縁側に腰をかけて、静に人形を弄《いじ》くり廻した。垂れ下がった頭をくっ付けて見たり、二本の足をプラプラ振らせて見たり、それからまみれている土を叩いたり吹いたり、自分の着物にこすり付けて見たり。その末糸のついた針をもって来て、首と足とを縫いつけにかかった。素《もと》より正太に縫えよう筈がなかった。縫えないのが解ると、また大きな声をあげた。今度は少し悲しみと怒りの混った声を。

「お母さんッ」

ビスケットの皿に向って、口をモグモグしながら正太は腹這いになっていた。

「あのなあ、お母さん」

正太は足をバタンバタンと打っている。

「あのなあ、お母さん」

正太はビスケットを一杯口に頬ばったまま此度は仰向けになって、側のお母さんに話しかける。その方がお母さんの顔がよく見える。

「人形でも死ぬるんかな」

「まあまあ」

お母さんは側にあった人形をとりあげた。

「可哀そうに、どうしたんなら」

斯う云われると、正太は背中を土にすりつける犬のように、上にあげた両足を両方の手で摑《つか》んで、畳の上をゴロゴロと転び始めた。

「のう、どうしたんなら、正太」

「ウウン――」

正太はニヤニヤして唯ころげていた。

「せえでも縫いつける気じぁったんじぁのお」

お母さんはさしてある針を使って、首と足とを縫いつけた。

「さあ、忙しい」

お母さんは手拭を冠る。エプロンをつける。そして椎の樹の方に立って行く。

「人形をねかそうッ」

正太もこう云って立上る。座蒲団を二枚持って来て、一枚を敷かせ、一枚をかける。

「ねとれえよ」

正太は仰向けにねかせた人形を覗《のぞ》いて、こう云ってきかす。素《もと》より人形はおとなしくねている。可愛らしい眼をして、天井を見上げている。

「お母さん、人形をねさした」

「そうかな」

正太はお父さんの机の上から一輪ざしの草花をもって来る。机の抽斗《ひきだし》から検温器を出して来る。それから残ったビスケットも一緒に、人形の枕もとを飾ってやる。側に正太も横になる。

「お母さん、人形は熱があるぞな」

「そうか、よしよし」

検温器　体温計。

だが、正太は横になって見ると俄《にわか》に眠くなった。そこでいつもお母さんの懐に顔を埋めるように、人形の蒲団に顔を押しつけた。すると何となく人形が可愛《かわ》ゆくなって片手を人形の上に載せかけた。それで今迄そぐわなかった気持が安らかになって、正太は直ぐスヤスヤと眠りに入った。

正太が眼がさめた時にはいつの間にか傾いた日ざしが椎の樹の幹を黄金色に染めていた。樹はまた黒い影を長々と地上に引いていた。お母さんの姿は庭には見えなかった。台所の方でコトコト音がしていた。

畳の上にボンヤリ坐っていた正太はフト眼を移すと、押入のフスマの陰から、如何《いか》にもイタズラものらしく、少し顔を覗けている蒲団の端に気がついた。自然に正太の口の辺に微笑が浮んだ。次第にそれが大きくなった。

「フフフフフ隠れてやろう」

お母さんが、寝ていた正太がいつの間にかいなくなったとビックリするだろう。そこで、四辺を見廻した末、ソット押入れのフスマを開ける。開ける内にも度々振返る。振返る度に笑いが次第にこみあげる。

フフフフ、フフフフ

さて身体を屈めて頭から——だが自然に正太の首が縮む。尻がまだ押入れの外にあるのに、彼はまた振返らないでは居られない。フスマをしめにかかっても、また首を突き出して、四辺を見廻さないでは居られない。何と嬉しいことだろう。だって、お母さんは知らないんだ。フスマがしまる。中が暗くなる。フフフフ、クククク笑いがグットこみ上げる。堪えても堪えても、フフフフ、クククク、中の蒲団に腰をかけ自分で自分の口に手をあて身体をゆすって、正太は笑いつづけた。はては蒲団の上に顔を埋め、蒲団の間にもぐり込み、足をバタバタやって笑いつづけた。終《しま》いにはとうとう堪えきれなくなって、フスマをサッと開け放し、外に飛び出て大声をあげた。

ハハハハハ　ハハハハハ、

身体を折り曲げ折り曲げ笑いつづけた。

「お母さん、お母さん」

それから正太はお母さんの処に出かけた。

「お母さん、正太は何処に居った。寝とったか？」

「そうじゃのお」

「云うて見られえ」

「何処《どこ》じゃあろう」

お母さんは首を傾げた。が、そうされて見ると、またしても吹き出して来る正太の笑い、喜び。

「押入れじゃあないんぞな」

「そうか。——けえど、押入れのようじゃあなあ」

「押入れじゃあないんじゃあて、お母さんッ」

「押入れのようじゃあなあ」

「押入れじゃあない云うたら！　お母さんッ」

「押入れ押入れ」

お母さんに顔を指ざされて、正太は遂に吹出してしまった。

「ハハハハハ　ハハハハハ」

「そうら、押入れじぁろうが」

「ハハハハハ　ハハハハハ。お母さん、正太が隠れたのが、どうして解ったらな。え！　どうして解ったらな」

「それは解るぞ」

「どうしてな」

「せえでも、正太は笑おうがな。笑うたら、お母さんには直ぐ判る」

「それでは此度は笑わんぞな。隠れるからあてて見られ。ええかな、隠れるぞな」

もう正太は駈け出した。こんなにお母さんに遊んで貰えるのだ。正太は駈け出さないでは居られない。

座敷まで来ると、正太はもうぬき足さし足、四辺をしきりに振返る。が、もう何かが彼の心をくすぐり始めた。クックックックッ、どうもおかしくて堪らない。そこで手取り早く、そこに吊してあるお父さんの着物の中に隠れる。隠れたものの、堪えれば堪える程、こみあげて来る笑い、喜び。とうとう正太は畳の上に頭を下にさげて行き、終《つい》にゴロリと転んでしまう。おかしくて、とても立っていられない。下に転ぶと、足をピンピン跳ねあげた。それからポンと跳ね起きて、ア――ア、ア――アと、大きな吐息をつき、笑いを殺して、またお母さんの台所へ。

「お母さん、正太は何処に隠れとった」

「そうじゃあなあ」

　お母さんは斯《こ》う云ってニコニコして、正太の顔をじっと見る。見られると、正太は笑わないでは居られない。

「何処！　早う云われい」

　お母さんの袖をとる。

「そうじゃあなあ」

　また、お母さんは正太の顔を見る。見た上に覗き込む。

「ハハハハハ　お母さんはいかん。正太の顔を見るんじゃあもの」

「でも、見にゃ解らんが」

「見ずに、見ずにあてて見られい」

「よしよし、それじゃあ、ええっと、座敷の方と――」

「あ、見とる見とる、横目で見とる。ハハハハ」

「見りゃせんぞ。ええと、座敷は何処かな。顔を見ると解るんじゃぁがなあ。ええとええと」

「ハハハハハ　着物の処じゃあないぞな」

「解った解った。着物ではないと、そうすると、床の間かな」

「ハハハハ　床でもないぞ。床でもないぞ」

　正太は歌のようにはやし出した。身体をゆすって、手を叩いて。

「床の間でもないと、それじゃあ、――着物ッ」

　他を向いて考えていたお母さんが、こう云うと、振向いて正太の顔の前に顔を突き出した。

「ハハハハハ　ハハハハハ」

　正太は笑いこけた。

「お母さん、どうして解るん？　ええ、どうして」

「そりゃ解るとも、お母さんにゃ、正太が何処に隠れても解る」

「面白いなあ――」

　正太はもう心から面白くなった。

「それじゃあ、お母さん、隠れるぞなッ」

　もう正太は駈出した。クックックックッ、何か解らないものにくすぐられ、解らないものに追いたてられ、彼は座敷を駈け、茶の間を走り、床の間の隅に身体を縮め、縁側の端に笑いを忍んだ。が、とうとう彼はそこにも忍びきれなくて、玄関から下駄をつッかけて外に走り出た。

「正太、正太」

　度をはずれたこの騒ぎように、お母さんは一寸困って、台所から正太を呼び立てた。が、こう呼ばれて見ると、何と正太の嬉しいことだろう。クックッ、クックッと正太はこの声に追い立てられるように駈けつづけた。あわてたり、狼狽《うろた》えたりして、庭を駈ける正太に、この時塀にたてかけた一つの梯子《はしご》が目についた。正太はそれに手をかける。と、この時また
「正太、正太」

と、お母さんの声。正太は考える暇もなく、あわてて梯子に駈けのぼる。クックッ、クックッ、と笑いを堪えて、綱渡りのように塀の上を伝うて行く。

「正太ッ、正太ッ」

お母さんには正太の声の遠くなったのが気懸りで、台所でしきりにまたこう呼び立てる。だが、呼び立てられれば呼び立てられる程、正太は狼狽《うろた》えないでは居られない。さて塀に上ったものの、見れば正太には隠れる処がない。ヒョロヒョロ、ヒョロヒョロと、正太は両手を拡げて危なかしく塀の上を伝っているのに。やっと、正太が塀の上に延びている椎の樹の枝にたどりついた時、玄関の方に出て来るらしいお母さんの跫音《あしおと》が聞えて来た。これではいけない。正太は椎の枝にとりすがって、その上に登りつく。そして玄関の方を振り向いて見る。あ、お母さんはそこに出て、庭をキョロキョロ眺めている。これはいけない。また上の枝にすがりつく。そして上に登りつく。

「正太――」

お母さんが呼ぶ。また正太はおかしくなる。嬉しさと、笑いとがこみあげて来る。そこでまた一登り。

「正太、何処《どこ》に居るんなら?」

「クックッ　クックッ」

「まあ、正太ッ」

お母さんはビックリして、樹の下に駈けて来る。

「正太ッ危いッ」

正太もビックリした。お母さんのこの声に。だが、正太の嬉しさは消えない。それ処か、正太は今は得意にさえなって来たのだ。そこでまたクックックックッと、上の枝に登て行く。

「正太ッ、正太ッ」

お母さんはもう顔色を変えて、樹の下で身体を折り曲げ折り曲げ、小さいながら声に必死の力をこめて呼び立てた。だが、呼べば呼ぶ程、正太は上に登って行って、終には高い椎の樹の頂、葉に隠れて見えない処、空の上の方の飛ぶ雲に近いような処に登ってしまった。そして、そこからクックックッと笑い声だけが聞えた。お母さんは樹の周囲をあちらに行き、こちらに行き、正太を見ようとグルグル廻り、背延びをし爪立ちをして、上を仰いだ。

冬の初め、空がカラリと晴れて、木枯しがその空を渡っていた。正太のお母さんは座敷の前で洗濯をしていた。盥《たらい》の中のお母さんの手もとでは白いシャボンの泡が冬の日光の中を四方に飛び散っていた。正太の声はもう聞かれなかった。椎の樹の影も庭にさしていなかった。正太が椎の樹から落ちて、生命をおとしたので、椎の樹は切り倒されてしまった。だが、庭には柿の樹が残っていた。葉が落ち尽して、黒々とした骨々しいその枝を空際にさし上げている柿の樹だけが。しかしその枝には一つの金輪が懸っていた。正太が夏の初め得意になって上に投げあげたあの金輪だ。葉が落ちたので、その金輪が空際に円い円をなして懸っていた。その円を通して、彼方の空の見えることは、正太のお母さんには淋しかった。でもその金輪が正太が自分でそこに懸けた金輪がそこに懸っていることは、正太のお母さんの慰めであった。そこにもまだ正太の生活が残っていたから、あのイタズラものの正太の生活が。

風が吹く度にチャリチャリチャリチャリと、金輪の鳴り輪がすれ合って音を立てた。その度にお母さんは金輪の方を振り返った。金輪が落ちはしないかと心配になったからである。時には夜ふけて、その音が聞えて来た。お母さんは床の中でどんなに淋しい気持になったことだろう。金輪をもう落してしまおうかと思った位である。時には鴉がその枝に来て、大きな嘴《くちばし》で金輪をコツコツつついていた。それ処でなく時にはその鴉は金輪の中に入ってとまっていた。これを見ると、お母さんは狼狽えた。

「シッ　シッ」

と、手をあげて追い立てた。金輪が落ちたらどうしよう。正太のものとては、たった一つ残ったそれである。だから、落しては正太にすまない、正太が可哀相だ。

それにしても、今日は風が強い。空が晴れているのに、何処からかドッと木枯が吹き寄せる。その度にチャリチャリと鳴り輪がきしる。またその度にお母さんはその方を向かなければならない。

正太は金輪が上手で村のどんな小道であろうと、駈けて行くその小さな姿の見られない処はなかったのだが、お母さんは洗濯をしていると、村の小道を何処か正太が金輪を廻して駈けているように思えてならなかった。

其時、チャリ――――ンという音を聞いて、お母さんはサッと立上った。金輪が跳ねている。大きく、そして小さく小さく、それから地上をくるりと廻って、お母さんの側でハタリと横に倒れてしまった。

どうしたんだ?

お母さんは初め金輪が枝から飛び下りたのかと思った。いや!　ドッと大きな木枯が吹いたのだ。お母さんは足もとの金輪をじっと見下した。何とその錆びたことだろう。一面に真赤に錆がついていた。

空にある頃はそれは唯だ黒くだけ見えていたのだが。

「そうじゃなあ。あれからもう半年になるんじゃもの」

お母さんは暫く立ったまま、指を折って数えて見た。

「錆びる筈じゃ」

金輪を壁に立てかけて、お母さんはまたお洗濯だ。白い泡が四方に散る。其内フトお母さんは金輪を廻して見る気になって納屋の壁にかけてあった正太の廻し棒をとって来た。そして金輪に棒の先の曲った処をかけて、ソロソロと前に押して見た。チャリチャリと鳴り輪の音がする。だが、二三歩でもう金輪は横に倒れる。また起してやって見る。また二三歩で横に倒れる。お母さんは首を傾けた。

「なる程、正太は金輪は上手だ」

またお母さんは盥《たらい》に向った。木枯しが何度も吹き寄せる。木枯しの間々に、お母さんは折々金輪の音を遠くで聞くような気がした。そしてまたしては考えつづけた。

「正太はホントに金輪は上手だ」


（『新小説』、大15・9）

〔『坪田譲治全集』第1巻、昭53・1、新潮社〕

TIPS 2

子どもと文学

いぬいとみこ

小川未明

日本の近代童話の開拓期にあたって、わが国の代表的な作家たちは、なんというさかだちの努力を演じなければならなかったのでしょう。

この人びとは、「子どもの文学」からたいせつな子どもを追い出すことに一所懸命努めたのでした。「タライの水をすてるのに、赤んぼうごとすてるな」ということわざが、どこかの国にあるようですが、わが国の子どもの文学からすてられたのは、しかし、子どもばかりではありませんでした。

低俗なおとぎ話が、げびたおもしろさにみちているというので、人びとは子どもの文学からおもしろさを追い出してしまいました。低俗なおとぎ話というものが、たいてい昔話を骨抜きにしたものだったというので、昔話や伝説などのもっている民族への愛情や、楽しい語り口や、説得力あるストーリー性や、心おどる空想性までも、人びとはすべて子どもの文学から追い出してしまいました。

そのかわり、いたずらに子どもの心理を描写したり、感傷的な文字をつらねたりすることが、子どものための文学をより近代的に、芸術的にすることだと、人びとは思ってしまったのです。子どもの理解力を考えてみたり、子どもをおもしろがらせたりすることは、その人たちにとっては邪道でした。

そこで小川未明が、それまで発表しつづけてきた難解な「童話」が、子どもを直接相手にしない態度のゆえに、筋だてや面白味の乏しさのゆえに、そして感傷性にみちた詩的なことばの氾濫《はんらん》ゆえに、童心に訴える「高級文学」として、世の中の大人《おとな》たちや、文学青年や、当時の感傷的な投稿少年たちから迎えられたその秘密が、いまここに明らかになりました。未明の「童話作家宣言」は、そうした下地に拍車をかけ、生きた子どもそのものより、作家と子どもの「童心」に基礎をおいた「童話＝詩」という形の文学が、日本近代童話の主流であることが、このときから決定的になったのでした。

〈『子どもと文学』、昭42・5、福音館書店〉

解説

いぬいとみこ（一九二四～二〇〇二）

東京に生まれる。本名・乾富子。日本女子大学中退、京都平安女学院卒。保育園、岩波書店勤務を経て、児童文学の創作に専念。宮沢賢治の影響を受け、想像力を駆使した幻想と、現実の歴史や風土とを編み合わせた作品を書いた。作品として『ながいながいペンギンの話』（昭32・3、宝文館出版、毎日出版文化賞）、『木かげの家の小人たち』（昭34・12、中央公論社、国際アンデルセン賞国内賞）、『うみねこの空』（昭40・11、理論社、野間児童文芸賞）、など多数。

『子どもと文学』（初版＝昭35・4、中央公論社）は、石井桃子・いぬいとみこ・鈴木晋一・瀬田貞二・松居直・渡辺茂男の共著で、小川未明に代表される近代の「童話伝統」を批判し、子どもにとっておもしろく、わかりやすい文学を提唱し、現代児童文学の起点の一つとなった。

宮沢賢治

十月の末

嘉《か》ッコは、小さなわらじをはいて、赤いげんこを二つ顔の前にそろえて、ふっふっと息をふきかけながら、土間から外へ飛び出しました。外はつめたくて明るくて、そしてしんとしています。

嘉ッコのお母さんは、大きなけらを着て、縄を肩にかけて、そのあとから出て来ました。

「母《があ》、昨夜《ゆべな》、土ぁ、凍《し》みだじゃぃ。」嘉ッコはしめった黒い地面を、ばたばた踏みながら云いました。

「うん、霜ぁ降ったのさ。今日は畑ぁ、土ぁぐじゃぐじゃずがべもや。」と嘉ッコのお母さんは、半分ひとりごとのように答えました。

嘉ッコのおばあさんが、やっぱりけらを着て、すっかり支度をして、家の中から出て来ました。

そして一寸《ちょっと》手をかざして、明るい空を見まわしながらつぶやきました。

「爺《じ》んごぁ、今朝も戻て来ないがべが。家《え》でぁこったに忙《いしょ》がしでば。」

「爺んごぁ、今朝も戻て来ないがべが。」嘉ッコがいきなり叫びました。

おばあさんはわらいました。

「うん。けづな爺んごだもな。酔たぐれでばがり居で、一向仕事助《す》けるもさないで。今日も町で飲んでらべぁな。うなは《(ハ)》爺んごに肖るやないじゃぃ。」

「ダゴダア、ダゴダア、ダゴダア。」嘉ッコはもう走って垣の出口の柳の木を見ていました。

それはツンツン、ツンツンと鳴いて、枝中はねあるく小さなみそさざいで一杯でした。

けら　防寒具、雨具の外套。

凍みだじゃぃ　氷ったよ。「じゃぃ」は、「じぇ」に近い発音か。

土ぁぐじゃぐじゃずがべもや　地域語で、土がぐじゃぐじゃだろうね、の意。

爺んごぁ～忙がしでば　爺さんは、今朝も戻ってこないのだろうか。家ではこんなに忙しいというのに。「ない」は「ねぇ」に近い発音か。

けづな爺んご～肖るやないぢゃい　けちな爺さんだもんな。酔っぱらってばかりいて、いっこうに仕事を手伝ってくれもしないで。今日も町で飲んでるのだろうな。お前は爺さんに似るんじゃないぞ。

実に柳は、今はその細長い葉をすっかり落して、冷たい風にほんのすこしゆれ、そのてっぺんの青ぞらには、町のお祭りの晩の電気菓子のような白い雲が、静《しずか》に翔けているのでした。

「ツツンツツン、チ、チ、ツン、ツン。」

みそさざいどもは、とんだりはねたり、柳の木のなかで、じつにおもしろそうにやっています。柳の木のなかというわけは、葉の落ちてカラッとなった柳の木の外側には、すっかりガラスが張ってあるような気がするのです。それですから、嘉ッコはますます大よろこびです。

けれどもとうとう、そのすきとおるガラス函《ばこ》もこわれました。それはお母さんやおばあさんがこっちへ来ましたので、嘉ッコが「ダア。」と云いながら、両手をあげたものですから、小さなみそさざいどもは、みんなまるでまん円になって、ぼろんと飛んでしまったのです。

さてみそさざいも飛びましたし、嘉ッコは走って街道に出ました。

電信ばしらが、

「ゴーゴー、ガーガー、キイミイガアアヨオワア、ゴゴー、ゴゴー、ゴゴー。」とうなっています。

嘉ッコは街道のまん中に小さな腕を組んで立ちながら、松並木のあっちこっちをよくよく眺めましたが、松の葉がパサパサ続くばかり、そのほかにはずうっとはずれのはずれの方に、白い牛のようなものが頭だか足だか一寸出しているだけです。嘉ッコは街道を横ぎって、山の畑の方へ走りました。お母さんたちもあとから来ます。けれども、この路ならば、お母さんよりおばあさんより、嘉ッコの方がよく知っているのでした。路のまん中に一寸顔を出している円いあばたの石ころさえも、嘉ッコはちゃんと知っているのでした。厭《あ》きる位知っているのでした。

みそさざい 全長十・五センチ程の非常に小さい鳥。黒褐色をしており、山間の水辺に多く住む。
電気菓子 綿菓子。

嘉ッコは林にはいりました。松の木や楢《なら》の木が、つんつんと光のそらに立っています。

林を通り抜けると、そこが嘉ッコの家の豆畑でした。

豆ばたけは、今はもう、茶色の豆の木でぎっしりです。

豆はみな厚い茶色の外套を着て、百列にも二百列にもなって、サッサッと歩いている兵隊のようです。

お日さまはそらのうすぐもにはいり、向うの方のすすきの野原がうすく光っています。

黒い鳥がその空の青じろいはてを、ななめにかけて行きました。

お母さんたちがやっと林から出て来ました。それから向うの畑のへりを、もう二人の人が光ってこっちへやって参ります。一人は大きく一人は黒くて小さいのでした。

それはたしかに、隣りの善コと、そのお母さんとにちがいありません。

「ホー、善コォ。」嘉ッコは高く叫びました。

「ホー。」高く返事が響いて来ます。そして二人はどっちからもかけ寄って、丁度畑の堺で会いました。

善コの家の畑も、茶色外套の豆の木の兵隊で一杯です。

「汝《うな》ぃの家さ、今朝、霜降ったが。」と嘉ッコがたずねました。

「霜ぁ、おれぁの家さ降った。うなぃの家さ降ったが。」善コが云いました。

「うん、降った。」

それから二人は善コのお母さんが持って来た蓆《むしろ》の上に座りました。お母さんたちはうしろで立って談《はな》していま す。


汝ぃ（うなぃ）　おまえ。

二人はむしろに座って、

「わああああああああ。」と云いながら両手で耳を塞いだりあけたりして遊びました。ところが不思議なことは、「わああああゝあああ。」と云わないでも、両手で耳を塞いだりあけたりしますと、

「カーカーココーコー、ジャー。」という水の流れるような音が聞えるのでした。

「じゃ、汝《うな》、あの音ぁ何の音だが覚《おべ》だが。」

と嘉ッコが云いました。善コもしばらくやって見ていましたが、やっぱりどうしてもそれがわからないらしく困ったように、

「奇体だな。」と云いました。

その時丁度嘉ッコのお母さんが畦の向うの方から豆を抜きながらだんだんこっちへ来ましたので嘉ッコは高く叫びました。

「母《があ》、こう云《ゆ》にしてガアガアど聞えるものぁ何だべ。」

「西根山の滝の音さ。」お母さんは豆の根の土をばたばた落しながら云いました。二人は西根山の方を見ました。けれどもそこから滝の音が聞えて来るとはどうも思われませんでした。

お母さんが向うへ行って今度はおばあさんが来ました。

「ばさん。こう云《ゆ》にしてガアガアコーコーど鳴るものぁ何だべ。」おばあさんはやれやれと腰をのばして、手の甲で額を一寸こすりながら、二人の方を見て云いました。

「天の邪鬼《しゃぐ》の小便《しょんべ》の音さ。」

二人は変な顔をしながら黙ってしばらくその音を呼び寄せて聞いていましたが、俄かに善コがびっくり

あの音ぁ何の音だが覚だが　あの音は何の音か分かるか。

天の邪鬼　あまのじゃく。民間伝承にみえる嫌われ者の鬼。

する位叫びました。

「ほう、天の邪鬼の小便ぁ永ぃな。」

　そこで嘉ッコが飛びあがって笑っておばあさんの所に走って行って云いました。

「アッハッハ、ばさん。天の邪鬼の小便ぁたまげだ永ぃな。」

「永ぃてさ、天の邪鬼ぁいっつも小便、垂れ通しさ。」とおばあさんはすまして云いながら又豆を抜きました。嘉ッコは呆れてぼんやりとむしろに座りました。

　お日さまはうすい白雲にはいり、黒い鳥が高く高く環をつくっています。その雲のこっち、豆の畑の向うを、鼠色の服を着て、鳥打をかぶったせいのむやみに高い男が、なにかたくさん肩にかついで大股に歩いて行きます。

「兵隊さん。」善コが叫びながらそっちへかけ出しました。

「兵隊さんだなぃ。鉄砲持ってなぃぞ。」嘉ッコも走りながら云いました。

「兵隊さん。」善コが又叫びました。

「兵隊さんだなぃ。鉄砲持ってなぃぞ。」けれどもその時は二人はもう旅人の三間ばかりこっちまで来ていました。

「兵隊さん。」善コは又叫んでからおかしな顔をしてしまいました。

　見るとその人は赤ひげで西洋人なのです。おまけにその男が口を大きくして叫びました。

「グルルル、グルウ、ユー、リトル、ラズカルズ、ユー、プレイ、トラウント、ビ、オッフ、ナウ、スカッド、アウィイ、テゥ、スクール。」

たまげだ永ぃな　驚くほど長いな。

ユー、リトル〜スクール　こらお前たち、悪がきども、ずる休みだな、すぐに行け、早く学校に駆けてゆけ、の意。

と雷のような声でどなりました。そこで二人はもうグーとも云わず、まん円になって一目散に逃げました。するとうしろではいかにも面白そうに高く笑う声がします。向うの方ではお母さんたちが心配そうに手をかざしてこっちを見ていましたが、やがて一寸おじぎをしました。二人は振り返って見ますとその鼠色の旅人も笑いながら帽子をとっておじぎをして居りました。そして又大股に向うに歩いて行ってしまいました。

お日さまが又かっと明るくなり、二人はむしろに座ってひばりもいないのに、

「ひばり焼げこ、ひばりこんぶりこ、」なんて出鱈目なひばりの歌を歌っていました。

そのうちに嘉っこがふと思い出したように歌をやめて、一寸顔をしかめましたが、俄かに云いました。

「じゃ、うなぃの爺んごぁ、酔ったぐれだが。」

「うんにゃ、おれぁの爺んごぁ酔ったぐれだなぃ。」善コが答えました。

「そだら、うなぃの爺んごど俺ぁの爺んごど、爺んご取っ換えだらいがべじゃぃ。取っ換えなぃどが。」

嘉ッコがこれを云うか云わないにウンと云うくらいひどく耳をひっぱられました。見ると嘉ッコのおじいさんがけらを着て章魚《たこ》のような赤い顔をして嘉ッコを上から見おろしているのでした。

「なにしたど。爺んご取っ換ぇるど。それよりもうなのごと山山のへっぴり伯父さ呉でやるべが。」

「じさん、許せゆるせ、取っ換ぇなぃはんて、ゆるせ。」嘉ッコは泣きそうになってあやまりました。そこでじいさんは笑って自分も豆を抜きはじめました。

そだら、うなぃの～取っ換えなぃどが　それなら、お前の爺さんと俺のところの爺さんのことを、取っ換えたらどうだろうか。取っ換えないというか。

なにしだど～呉でやるべが　どうしたって。爺さん取っ換えるって。それよりもお前のこと山々のへっぴり伯父にくれてやろうか。

じさん、～ゆるせ　爺さん、許せ許せ、取っ換えないから、許せ。

※

火は赤く燃えています。けむりは主におじいさんの方へ行きます。

嘉ッコは、黒猫をしっぽでつかまえて、ギッと云うくらいに抱いていました。向う側ではもう学校に行っている嘉ッコの兄さんが、鞄から読本を出して声を立てて読んでいました。

「松を火にたくいろりのそばで
　よるはよもやまはなしがはずむ
　母が手ぎわのだいこんなます
　これがいなかのとしこしざかな。第十三課……。」

「何したど。大根なますだど。としこしざがなだど。あんまりけづな書物だな。」とおじいさんがいきなり云いました。そこで嘉ッコのお父さんも笑いました。

「なあにこの書物ぁ倹約教えだのだべも。」

ところが嘉ッコの兄さんは、すっかり怒ってしまいました。そしてまるで泣き出しそうになって、読本を鞄にしまって、

「嘉ッコ、猫ぉおれさ寄越せじゃ。」と云いました。

「わがなぃんちゃ。厭《や》んたんちゃ。」と嘉ッコが云いました。

「寄越せったら、寄越せ。嘉ッコぉ。わあぃ。寄越せじゃぁ。」

「厭んたぁ、厭んたぁ、厭んたったら。」

「そだら撲《は》だぐじゃぃ。いいが。」嘉ッコの兄さんが向うで立ちあがりました。おじいさんがそれをと

そだら撲だぐじゃぃ　それなら殴るぞ。

め、嘉ッコがすばやく逃げかかったとき、俄に途方もない、空の青セメントが一ぺんに落ちたというようなガタアッという音がして家はぐらぐらっとゆれ、みんなはぼかっとして呆れてしまいました。猫は嘉ッコの手から滑り落ちて、ぶるるっとからだをふるわせて、それから一目散にどこかへ走って行ってしまいました。「ガリガリッ、ゴロゴロゴロゴロ。」音は続き、それからバァッと表の方が鳴って何か石ころのようなものが一散に降って来たようすです。

「お雷さんだ。」おじいさんが云いました。

「雹《ひょう》だ。」お父さんが云いました。ガアガアッと云うその雹の音の向うから、

「ホーォ。」ととなりの善この声が聞えます。

「ホーォ。」と嘉ッコが答えました。

「ホーォォ。」となりで又叫んでいます。

「ホーォォー。」嘉ッコが咽喉一杯笛のようにして叫びました。

俄に外の音はやみ淵の底のようにしずかになってしまって気味が悪いくらいです。

嘉ッコの兄さんは雹を取ろうと下駄をはいて表に出ました。嘉ッコも続いて出ました。空はまるで新らしく拭いた鏡のようになめらかで、青い七日ごろのお月さまがそのまん中にかかり、地面はぎらぎら光って嘉っこは一寸氷砂糖をふりまいたのだとさえ思いました。

南のずうっと向うの方は、白い雲か霧かがかかり、稲光りが月あかりの中をたびたび白く渡ります。

二人は雀の卵ぐらいある雹の粒をひろって愕《おど》ろきました。

「ホーォ。」善コの声がします。

「ホーォ。」嘉ッコと嘉ッコの兄さんとは一所に叫びながら垣根の柳の木の下まで出て行きました。となりの垣根からも小さな黒い影がプイッと出てこっちへやって参ります。善コです。嘉ッコは走りました。

「ほお、雹だじゃぃ。大きじゃぃ。こったに大きじゃぃ」善コも一杯つかんでいました。

「俺家《おらい》のなもこの位あるじゃぃ。」

稲ずまが又白く光って通り過ぎました。

「あ、山山のへっぴり伯父。」嘉ッコがいきなり西を指さしました。西根の山山のへっぴり伯父は月光に青く光って長々とからだを横たえました。

〈『新校本宮沢賢治全集』第8巻、平7・5、筑摩書房〉

こったに　こんなに。
俺家のなも　俺の家のもの。

注文の多い料理店

宮沢賢治

序

わたしたちは、氷砂糖をほしいくらいもたないでも、きれいにすきとおった風をたべ、桃いろのうつくしい朝の日光をのむことができます。

またわたくしは、はたけや森の中で、ひどいぼろぼろのきものが、いちばんすばらしいびろうどや羅紗《らしゃ》や、宝石いりのきものに、かわっているのをたびたび見ました。

わたくしは、そういうきれいなたべものやきものをすきです。

これらのわたくしのおはなしは、みんな林や野はらや鉄道線路やらで、虹や月あかりからもらってきたのです。

ほんとうに、かしわばやしの青い夕方を、ひとりで通りかかったり、十一月の山の風のなかに、ふるえながら立ったりしますと、もうどうしてもこんな気がしてしかたないのです。ほんとうにもう、どうしてもこんなことがあるようでしかたないということを、わたくしはそのとおり書いたまでです〔。〕

ですから、これらのなかには、あなたのためになるところもあるでしょうし、ただそれっきりのところもあるでしょうが、わたくしには、そのみわけがよくつきません。なんのことだか、わけのわからないところもあるでしょうが、そんなところは、わたくしにもまた、わけがわからないのです。

けれども、わたくしは、これらのちいさなものがたりの幾きれかが、おしまい、あなたのすきとおったほんとうのたべものになることを、どんなにねがうかわかりません。

（『イーハトヴ童話　注文の多い料理店』、杜陵出版部・東京光原社、大13・12）
（『新校本宮沢賢治全集』第12巻、平7・11、筑摩書房）

解説

宮沢賢治《みやざわけんじ》（一八九六〜一九三三）

現在の岩手県花巻市に生まれる。旧制盛岡中学から盛岡高等農林学校に進み、土壌学を専攻するとともに、在学中、同人誌『アザリア』に短歌を発表するなど創作を始めた。稗貫農学校（後の花巻農業高校）の教諭として教鞭を執る傍ら、詩と童話の制作を行い、『心象スケッチ　春と修羅』（大13・4、関根書店）および『イーハトヴ童話　注文の多い料理店』（大13・12、杜陵出版部・東京光原社）の二作品集を刊行した。詳細は巻末「宮沢賢治解説」参照。

『注文の多い料理店』の「序」は、畑・森・林・野原・鉄道線路など、賢治の想像力が生み出される場所を指し示すとともに、彼の作品に「わけのわからないところ」が含まれていることをも明確に語っている。原文の末尾には、「大正十二年十二月二十日　宮沢賢治」とある。

北川千代

夏休み日記

八月一日

もういつのまにかお休みも十日経《た》ってしまった。十日の間に何をしたろうと考えると、まるで何にもしていない。宿題もしなければならないし、読もうと思っていた本もあったのだけれど、それもみんな、一昨日《おととい》寛子《ひろこ》さんや貞子《さだこ》さん達《たち》から避暑に出かけたというおしらせを戴《いただ》いてからすっかり厭《いや》になってしまった。何をしたってつまらない。何故《なぜ》家《うち》ではどこへもやって下さらないんだろう、お金のない家《うち》になんぞ生れてくるんじゃなかった。

「十六にもなってお手伝い一つしない」

と母さんは今朝《けさ》も仰有《おっしゃ》った。けれど十六になるまで一度もどこへもやって下さらないことを母さんは忘れていらっしゃるのだ。

寛子さんはこの頃《ごろ》、歌を毎日一つずつ書くことにきめたとおっしゃった。貞子さんと君子《きみこ》さんはスケッチがもう三枚出来たと言っておよこしになった。けれど私《あたし》だって箱根《はこね》だの軽井沢《かるいざわ》だのに行っていたら、絵でも歌でもいくらだって書いてみせる。けれど、この暑い東京の、しかもちっとも変化のない平凡な生活《くらし》をしていては、何をしようと云《い》ったって出来はしない。あの方達より私が、才能ではちっとも劣っていないのに、こんな事から宿題の点はあの方たちに負けてしまわなければならないのだ。そう思うと口惜《くや》しくてたまらない。

つくづくつまらなくなったのでペンを投げてお庭へ出た。春、正《まさ》ちゃんや愛《あい》ちゃんの播《ま》いた千鳥草の花が、蕾《つぼみ》を持ったまま萎《しお》れている。たった三日位水を遣らないからって、もう萎れてしまうなんて、ケチな花だ、憎らしいから一本折ってやった。

何をしても馬鹿馬鹿《ばかばか》しくって、そして癪《しゃく》にさわる。ダリアの花は何故《なぜ》あんな毒々しい色に咲くんだろう。

千鳥草　ラン科の多年草で高山にみられる。夏に薄い赤紫の花を穂のようにつける。

八月五日
朝、藤井絹子《ふじいきぬこ》さんからお手紙が来た。お母様《かあさん》が病気で外へ出られないから、好《よ》かったら遊びに来て頂《ちょう》戴《だい》と書いてあった。あの方は何処《どこ》へもいらっしゃらなかったのかしら。

東京にいると云《い》うだけで、平生《ふだん》あんまり親しくない絹子さんが何だか急に懐しい人になった。で母さんにお願いしたら行っても好いと仰有《おっしゃ》った。そして、

「お母様が御病気なら、お見舞に庭の花を持って行ってお上げなさい」

と言って花鋏《はなばさみ》を持って来て下すった。けれど庭の花は、この節私《わたし》があんまり気をつけてやらないものだから、何だか先《せん》よか元気がないように思われて、こんな花を持って行って上げるのは少し済まないような心持がした。しかし絹子さんのお母さんは「綺麗《きれい》だ、綺麗だ」と言って随分喜んで下すった。私はそれが却《かえ》って悲しかった。何故《なぜ》私はもっと骨を折って花の世話をしなかったろう。

絹子さんのお家《うち》は、お庭も何もない小さな長屋だった。二間きりないお部屋の、広い方の六畳にお母様は寝ていらしって、絹子さんはその枕許《まくらもと》で宿題の作文を清書していらしった。そして私の持って行っ

た花を見て、スケッチの材料が出来たとお喜びになった。それを見たら私は、うちの母さんに済まなくなった。済まなくなって泣きたくなった。こんな狭い、こんな暑苦しいところにお母様の看病をしながら勉強している方もあるのに……悪い悪い私！　私は今日から生れ変らなければいけない。

夕方まで遊んで、お薬とりにいらっしゃる絹子さんと電車路《みち》まで一緒に来てお別れした。お別れする時に、二人は一緒に孔雀草《くじやくそう》の写生をしましょうとお約束した。私は今日半日で絹子さんがすっかり好きになった。

家《うち》に帰ってすぐ、母さんに、

「ふうちゃんのお守りをしましょうか」

と言ったら、一寸《ちよつと》妙な顔をなすった。私はその時「母さん御免なさい」と言いたかったのだ。

ふうちゃんをおんぶして八百屋《やおや》へお使いにゆく、お唐茄子《とうなす》が随分重たかったけれど我慢して持って来た。

「まあ真赤《まつか》な顔をして……暑かったでしょう、御苦労さまでしたね」

と母さんは笑いながら嬉《うれ》しそうに仰有《おつしや》った。私も嬉しかった。そして久しぶりで何とも言えない明るい爽《さわ》やかな気持になった。

電車路　路面電車の軌道が敷かれた道路のこと。

孔雀草　シロクジャク、ハルシャギク、マリーゴールドなどの別名。

お唐茄子　「唐茄子」はカボチャの別名。

八月七日

今朝《けさ》も昨日《きのう》に負けず早く起きた。そして働いた。花に水もやったし、お洗濯《せんたく》もしたし、お雑巾《ぞうきん》がけも愛《あい》ちゃんと二人でした。気持が好《い》い。

私《わたし》はもう避暑に行かれないことを、ちっとも悲しいとは思っていない。私《わたし》は元気でそして毎日が愉快である。この頃《ごろ》の私は「私みたいな健康な体を持つ少女が、この位の暑さから逃げ出すのは恥かしい」と思っている。私達《わたしたち》はどんな場合にも備えるだけの健康な精神と、肉体とを持っていなければならない。そしてそれらは、今の避暑地では到底得られないものなのだ。

夕方、お縁側に腰をかけて唱歌をうたっていたら、利《とし》ちゃんが「明日《あした》の朝顔は私《あたし》の年よ」と言いながら嬉《うれ》しそうに上《あが》って来た。何の事なのかと思ったら、明日《あした》の朝は利ちゃんの年と同じ九つだけ朝顔が咲くと云う事だった。

コスモスの花が莟《つぼみ》を持ったと言って愛ちゃんが呼ぶから行って見た。ほんとに莟がもう紅《あか》くふくらんでいる。丈《たけ》もろくに暢《の》びないうちに咲いてしまうなんて、何と云うそそっかしいコスモスだろう。私はコスモスの丈《せい》の低いのは見っともなくって嫌《きら》いだのに。

ついでに垣根《かきね》の朝顔の莟を勘定したら、明日朝《あしたのあさ》咲くのは十二あった。十二咲いては正《まさ》ちゃんの年になってしまって、楽しみにしている利ちゃんに可哀想だと思ったから、そっと三つだけ摘《つ》んでおいた、朝顔には気の毒だったけれど。

八月十三日

母さんの御用で午後から番町《ばんちょう》の四郎叔父《ろうおじ》さんのところへお使いに行く。引っ越したばかりの家なので路《みち》が好《よ》くわからなくってあちこち探しているうちに偶然貞子《さだこ》さんのお家《うち》の前へ出た。「村田雄蔵《むらたゆうぞう》」と云《い》う貞子さんのお父様の名は可《か》なり有名なものだけれど、でもこんな立派な家《うち》だろうとは思わなかった。御門から玄関まで見透せないほどある。こんな大きな、こんな広いお庭のある、涼しいお家《うち》にいる貞子さんが避暑に出かけて、あんな狭い暑苦しい家《うち》にいる絹子《きぬこ》さんがどこへも出かけられないなんて、何と云う変手古《へんてこ》な世の中だろう、貞子さんなんぞお家《うち》にいたって御用も何もしないんだから、ちっとも暑くはないんだのに……私《わたし》は妙な気持になった。

叔父さんの家《うち》で氷水を飲みながらそのお話をしたら、

「そうだ、そうだ、今の世の中はみんなそんな風に間違っているのだ。路《みち》ちゃんはそれをどうしようと思う」と仰有《おつしや》った。

番町　東京都千代田区の地名。現在の市ヶ谷駅の南側。

八月十八日

八月の半ばだと云うのに、まるで秋のような細かい雨が朝から静かに降っている。もう夏が去ってしまったようで、何となくじっとしていられないような気持もするけれど、でもそこらの空気が綺麗《きれい》になったような気がして、ほんとうに気持が好《い》い。それに、もっと気持の好いことは、今日で宿題も何もみんな片附《かたづ》いてしまったことだ。あとお休みはまだ十二日ある。私はこの十二日の間に好きな御本を沢山読もう。

夕方の御飯の時、お父様に「図書館へ行っても好《よ》ござんすか」と伺ったら「それは好かろう」と仰有《おっしゃ》った、そして回数券を買って上げようと言って下すった。図書館へゆけば好きな御本が沢山あるから嬉《うれ》しい。私《わたし》はお昼前のうち母さんのお手伝いをして、お昼っから毎日行こう。そして夕方早く帰って来よう。

夜、お縁側でみんなして線香花火をあげていたら、迷子《まいご》の螢《ほたる》がふわふわとお縁先にとんで来た。生き残りの螢と見えて元気がなく、すぐ正ちゃんの団扇《うちわ》に叩《たた》き落されてしまった。

八月二十日

私《わたし》は昨日《きのう》から図書館に通っている。昨日は馴《な》れないので少し極りがわるかったが今日はもう馴れた。夏休みのせいか人も少なく、そして年も私よりずっと大きい人達《ひとたち》ばかりだった。ほんとに誰方《どなた》もみんな静かでそして熱心だ。私はここへ来てから自分が平生《ふだん》勉強をする時に、落ちつきが足りないことをさとった。

今日は「ハイジ」をよんだ。そして瑞西《スイス》に行きたくなった。瑞西には山に木犀草《もくせいそう》の花が咲いているそうである。帰って母さんにお話したら「日本にだって山につつじだの藤だの竜胆《りんどう》だのそれからまだいろいろの花が咲いているじゃないの」と仰有《おっしゃ》った。ほんとうにそう言えばそうだ。矢張《やっぱ》り外国でそんな事を書いてある本を読んだ子があったら「母さん日本には山につつじだの竜胆《りんどう》だの咲いているんですって好《い》いわね」と言うだろう。木犀草《もくせいそう》よりつつじや竜胆《りんどう》の方がどんなに綺麗《きれい》かしれないのに、自分の側《そば》のものは馴れてしまったものだから、何とも思わなくって、自分の傍《そば》にないものが好《い》いような気がするの

木犀草　モクセイソウ科の一年草。夏に緑がかった白い花を穂のようにつける。

だ。母さんにそう言ったら、それは単に山の花のことばかりではないと仰有《おっしゃ》った。

母さんの話では、三浦《うら》三崎《さき》には野性の水仙《すいせん》が咲いているそうである。私は一遍で好《い》いから、水仙の花の中に寝ころんで、海の鳴る音が聞いてみたい。

八月二十四日

ハンネレが綺麗《きれい》な夢を見ながら死んでゆく話をしたら、母さんが「凍死する人は綺麗な夢を見ながら死ぬのだそうですよ。何でも昔お父様のお友達で凍死した方があったそうだけれど、その方も矢張りにこにこした気持好《よ》さそうな顔をして死んでいらしたって……そう言えばホラ、先に路《みち》ちゃんのリーダーにあったマッチガールだってそうでしょう」と仰有《おっしゃ》った。私《わたし》はハンネレのように、又マッチガールのように綺麗な夢を見ながら死んでゆけるのだったら、凍え死んでも好《い》いような気が一寸《ちょっと》した。

八月二十七日

今日は帰りが遅くなって母さんに御心配をかけてしまった。遅くなったのは上野で可哀想な荷馬車の馬を見たからだった。その荷馬車はいろいろの形をした大きな石を一杯積んで、何処《どこ》へか運んでゆく途中であった。

私《わたし》がそれを見たのは、山下《やました》へ下りようとした広い路《みち》だった。しかし私は、口から泡《あわ》を噴きながら喘《あえ》ぎ喘ぎ、しかも何処かで負傷《けが》をしたと見えて跛《びっこ》をひきながら、苦しそうに車を曳《ひ》いて行く馬を見て、立ち止らないではいられなかった。そして私は何だかその儘《まま》通り過しが出来なくなって思わず知らずその荷

三浦三崎　神奈川県南東部の三浦市の中心部で、三浦半島の突端に位置する。

ハンネレ　ハウプトマンの童話劇『ハンネレの昇天』(*Hanneles Himmelfahrt*)(1893)の主人公。

マッチガール　アンデルセン童話『マッチ売りの少女』(*Den lille Pige med Svovlstikkerne*)(1848)の主人公。

山下　現在の上野駅(山下口・不忍口)あたり。

馬車の後《うしろ》について、元の路を博物館の方へと引き返したのである。

その気持は、今でも何と言っていいかわからない。ただ引きつけられて歩いて行ったというのが本当だろう。私は馬に何とか言って慰めてやりたいような気がして堪らなかった(今考えると可笑《おか》しい話だけれど)けれど、私が声をかけたら、馬は屹度《きっと》泣き出すに違いない……恰度私達《ちょうどわたしたち》が悲しいのを堪《こら》えている時に、優《やさ》しい言葉をかけられると我慢がしきれなくなるように……きっと泣いてしまうに違いないと思われた。私は荷馬車のコトコト行く後《うしろ》から、ぼんやりと従《つ》いて行ったのだった。

谷中《やなか》の坂の下り口まで来た時、私はとんでもない方へ来てしまった事に気がついた。そしてそれと一緒に、馬方に何とか言って見ようと云《い》うことにもやっと気がついた。で私は少し怖《こわ》かったけれど、馬方に声をかけた。

「あなたの馬、びっこをひいていますよ」

馬方は振り返った。その顔は汗で濡《ぬ》れて、真赤《まっか》になっていた。

「途中で怪我をしたんだ」

その声は思ったより静かでそして力がなかった。

「あの……随分苦しそうですよ。休ませてやらなくちゃ……可哀想じゃない?」

言ってしまったあとで、私は馬方が怒りはしなかったかとはっとした。

「可哀想なのは知ってるけどね」

馬方は汗を拭《ふ》きながら立ち止った。

「この石さ夕方までに運んでかねえと、俺《おれ》も飯が食えなくなるだ」

谷中 東京都台東区にある地名。現在の日暮里駅の西側。

馬方 馬で人や荷を運ぶ仕事をする人。馬子ともいう。

そう言って、馬方は馬の背をいとしそうに撫《な》でた。それを見ると、私も何だか悲しくなった。

「この石はそんなに急ぐの」

「うむ、松本さん家《ち》の新宅が建つだでね……この石はその庭に飾るだが……松本さんの荷物を遅らせると、俺は親方から首になるだから」

馬方は思い出したように又歩き出した。馬もびっこをひきながらその後《うしろ》につづいた。私は何と言っていいかわからなくなってぼんやりしているうちに、一人路ばたに取り残された。とぼとぼと歩いてゆく馬と人とを白い埃《ほこり》の向うに見て、私は胸が一ぱいになった。何とかあの人に言う言葉がまだあったような気がした。「馬を大事にして」……いいえそれではない。あの人は馬を大事にしてやりたいとは思っているのだ、思っていても出来ないのだ、だから、それはもう言わなくも好《い》い……では……何を言ったら好いのだろう。

あの人も疲れている、馬も疲れている。それだのに、急ぎもしない庭の石をああして運ばなければならないのだ……いまに、あんなことをしているうちに、人も馬も死んでしまう……それほどまでにして飾らなければならない庭が、あって好いものだろうか……。

私は何だか眼《め》の前が暗くなったような気がして、傍《そば》の板塀《いたべい》に倚《よ》り懸《かか》って泣いてしまった。するとどこかの十ばかりの可愛いお嬢ちゃんが「お姉《ねえ》ちゃん」と言って慰め顔に私の傍にやって来た。そのお嬢ちゃんは私が母さんに叱《しか》られたのだと思ったらしい。母さんに叱られて泣くより他に涙を知らない人が羨《うらや》ましい。私もこの間まではそんなだったけれども。

八月三十日

もうお休みも今日と明日《あした》で終る。私《わたし》は今日は図書館へ行くのを止めて、二日から始る学校の用意をした。ほんとうに永《なが》いようで短い夏休みだった。しかしそれは私《わたし》の心持が張りつめていたからで、決して何もしないで居たからの為《ため》ではない。私は四十日のお休みの間から、いろいろな玉や宝石を拾い上げる事が出来る。第一私は本を読んだ、それから運動もした。お手伝いもした、母さんは「路代《みちよ》のお蔭《かげ》で助かった」と昨夜《ゆうべ》も話《はなし》ていらしった、私はそれが何より嬉《うれ》しい。それにも一つ嬉しいことは、このお休みの間に絹子《きぬこ》さんとすっかり仲よしになったことだ。私は絹子さんをもう好きだけではない、私はあの方を心から尊敬している。どんな貧しい生活をしていても卑屈にならない人は尊い。私があの方を懐かしんでいる点はそれである。私達《わたしたち》はいつの場合にも自尊心を失ってはならない、しかしそれは一番難かしいことだ。

私は貧乏の為に卑屈になった人を見ると悲しくなる。その人をそんなにした世の中が悲しくなる。

（『女学生』、大正12、月不詳、研究社）

〔『日本児童文学大系』第22巻、昭和53・11、ほるぷ出版〕

世界同盟

譲《ゆずる》さんと信二《しんじ》さんと武夫《たけお》さんとが上野《うえの》の山へ遊びに行った時、

「これから僕達《ぼくたち》はもっと仲好《なかよ》しになるように三人して同盟をしようじゃアないか。」と武夫さんが言いました。

「ああ、しよう。三人とも国になろう。」と続いて信二さんが言いました。

「国になってどうするの。」と聞いたのは、一ばん年下の譲さんでした。

「日本だのアメリカだのイギリスだのになって同盟するのさ。いいだろう、君。」

「ああ、そりゃア面白い。君は背《せ》が高いからアメリカになり給え。」

「武夫さんはイギリスがいいや。」

「嬉《うれ》しいなあ。」と譲さんは飛び上がって喜びました。

武夫さん「喧嘩《けんか》をしっこなし、意地悪をしっこなし、お互いに威張りっこなしで、対等に付き合おう。今までもそうだったけれど。」

信二さん「そうだとも。これからは尚《なお》そうしなくっちゃアいけない。そうしてみんな団結して外の敵に当ろうよ。」

「だけどそれよりも、世界同盟をすると尚いいんだがなあ。」と譲さんが言いました。

信二さん「そうだ。三人だけよりも皆《みんな》に教えて仲間に入れた方がいいじゃないか。そして僕達子供は皆《みんな》仲よくして行《ゆこ》う。」

譲さん「そうして悪い国を亡《ほろ》ぼすんだね。」

武夫さん「君々、亡ぼすんぢゃアいけない。改めさせると言い給え。僕達の国は人間の国なのだから。」

譲さん「そうだっけ。改めさせて僕達の同盟国にするんだったね。」譲さんはちょいと頭を掻きました。

武夫さん「それじゃア誰を入れよう。」

信二さん「浩《ひろし》さんがいいじゃアないか。そして浩さんは物に熱心だからフランスにしようよ。」

譲さん「じゃア、長四郎《ちょうしろう》さんをロシアにしようか。」

武夫さん「それがいい。しかし、ここで話をしているより、早く帰って皆《みんな》に相談しようじゃアないか。」

こう言って三人は、急いで自分達の町の方へ帰って行きました。

すると丁度《ちょうど》町の四辻《つじ》で、長四郎さんと浩さんと安之助《やすのすけ》さんとが独楽《こま》を廻していました。それから少し離れたところには、譲さんの妹の窈《よう》ちゃんが、祥子《さちこ》さんと薫《かおる》さんとお咲《さき》さんと四人して、羽根を突いていました。

三人は、すぐ、独楽《こま》を廻している三人に向ってその話をしました、すると、三人とも手を打って喜びました。

「そりゃア面白い。僕等《ぼくら》もすぐに同盟をしよう。」

こうして前の三つの国の外に、ロシアとフランスとイタリイとが同盟に加わりました。

その時ふいに譲さんが、

「誰《だれ》かベルギイにならないかなア。」と言いました。

すると信二さんが、

「そうだ、ベルギイを拵《こしら》える必要がある。しかしベルギイには女がいい。ねえ、君、少し女も入れようじゃないか。」

「そうだ、女も同盟国にして男が保護をしよう。」

こう言ってみんなが賛成をすると、信二さんは大きな声を出して、

「窈ちゃんも祥さんもみんな入らっしゃい。いい御相談があるんだから。」と呼びました。

すると一ばん先に紅《あか》いリボンをかけた窈ちゃんが、

「なアに……。」と言いながら飛んで来ました。それに続いて、

「何があるのあるの。」と言いながら、紫の着物を着た祥子さんも、緑色のリボンを結んだ薫さんも、朱鷺《とき》色の帯を締めたお咲さんも、みんな駈《か》け寄って来ました。

六人の男の子は早速今の話を詳しく聞かせました。

すると、みんなは喜んで、

「まあ、いいわね。」とすぐ同盟に加わりました。

そこで祥子さんはベルギイ、薫さんはオランダ、お咲さんは支那《しな》ということになりました。

「ぢゃア、あたしは何になるの。」

小さい窈ちゃんが兄さんの譲さんの顔を見上げながら言いました。

「窈ちゃんは西蔵《チベット》におなり。兄さんが日本だから。」

朱鷺色 トキの羽のような薄桃色。「鴇色」と同じ。

「西蔵？　あたし西蔵はつまらないわ。」

「つまらないもんか。西蔵はいいお国だよ。お前に丁度いいよ。西蔵の子はそりゃア可愛らしいんだってさ。ねえ君。」

　すると、みんなが、

「そうだそうだ」と言うものですから、とうとう窃ちゃんもしまいには喜んで西蔵になりました。

その後二日ばかりのうちに、ドイツとオースタリーとスウィッツルとデンマークとが同盟に加わりました。ドイツになったのは五郎さんでした。五郎さんは初め、

「ドイツなんぞなるのは厭だ。」と言ったのですが、ドイツを除《の》けものにするのは大人の国のことで、子供達の国——殊にこの同盟には、どこの国だからいけないなんということはない、ドイツだって何だって、みんな、仲のいいお友達なのだ、そんなけちを付ける者があったら、それこそその方を除名してしまおうと言ったので、五郎さんもやっとドイツになったのでした。こうして一週間目には、もう十幾つという国が同盟をしてしまいました。ところがある日、武夫さんがみんなにこういうことを伝えました。

「ねえ、君、八百屋《やおや》の小僧の三公ね、あれが仲間に入れてくれって言うんだがね。何でも三公が配達にゆく途中で、よくいけない奴《やつ》に逢って、余所《よそ》へ持ってゆく蜜柑《みかん》や林檎《りんご》を取られるんだって。だから同盟して護《まも》って貰《もら》いたいんだそうだ。」

「いいともそんなら尚入《なおいれ》てやろうじゃアないか。」

　そこで小僧の三吉もすぐ同盟に入れて貰って、トルコになりました。

スウィッツル　スイス連邦。

ドイツを除けものにする　第一次世界大戦で、日本が連合国として、同盟国のドイツと敵対したことを示す。解説参照。

それから後は、三吉が、お得意先へ物を運んで行くのにも、取られたりいじめられたりする心配がちっともなくなりました。

殊に重い荷物を背負っていたり車を曳《ひい》ていたりすると、学校から帰って来た譲さんや武夫さんたちが、

「君、重たいだろう。僕達も少し手伝おうよ。」などと言って、親切に車を押してくれたり、籠《かご》の大根を途中まで運んでくれたりするので、仕事が大へん早く片附《かたづ》いて、親方から褒《ほ》められました。

その上みんなから本なども貰えるし、その本の分らないところなども教えて貰えるので、大へん喜んでおりました。

しかし三吉にとって、それよりももっと嬉しかったのは、もう誰からも小僧扱いにされずに、みんなと同じお友達になれたことでした。

三吉は、今はもう、名前も三ちゃんだの三吉君だのと呼ばれて、道で逢えば、可愛らしい窈ちゃんも、綺麗な祥子さんも、みんな、にこにこしながらお時儀をして行くし、武夫さんや五郎さんなどとは、お互に敬礼をし合って、同じ言葉で話が出来ました。

三吉はもう何だか、久しく屈《かが》んでいた体が、すっきりと伸びたような、なんとも言えない、明るい、ゆったりとした気もちで、元気よく暮すようになりました。

三吉は、何をしても楽しくて楽しくて溜《たま》りませんでした。

それで或日《あるひ》御用聞《ごようきき》に行った途中で、この話を魚屋の小僧の佐平《さへい》に話しました。

「君、そりゃア愉快だぜ。僕はもう小僧をしていたって、ちっとも悲しかアないよ。みんなはこう言

うんだ。――三吉さんは働くことを知っている人間だ僕達よりずっとえらい。僕達もそのつもりでしっかり勉強しなくッちゃアって
「そしてね、君、意地のわるい奴があると、大ぜいして加勢してくれるだろう。そうすりゃア、どんな強い奴だって、人数で負けるからね。そこで其奴《そいつ》をみんなして親切に忠告して、同盟させるんだ。同盟すると素《もと》のことはみんな忘れて仲よくつき合うんだ。

「こうやって大ぜいが助け合って、おたがいに、威張らないで仲よく暮すんだから、それこそ素晴しいもんだぜ。」

こういう三吉の言葉は、もう小僧の言葉ではなくなっていました。

すると佐平もすぐ、

「じゃア俺《おれ》も入れて貰いたいなア。」

と言いました。そこで三吉の紹介で、佐平もその同盟に入れて貰いました。

こうして、だんだん人数《にんず》がふえてゆく度《たび》に、みんなは一々地図を出して、それぞれ名前を付けました。

しかし、どんな小さな国の名前が付いていても、権利はすべて同《おんな》じですから、誰も不平をいう者はありませんでした。

そして、誰も彼もみんな一しょに助け合って、それぞれ自分自分の勉強をしました。

そればかりか、この同盟に加わった人は、余所《よそ》の人たちにまで大へん親切でした。

こうしていつの間にか、町中の子供は男の子も女の子も、みんなこの同盟に加わって来ました。

ですからもうこの町では、子供の喧嘩などは見ようと思っても見ることが出来ませんでした。ましで、いたずらなどをする子供は一人もありませんでした。その上、よその子供たちにいじめられる心配がなくなったので、みんな楽しくその日その日を送りました。

（『赤い鳥』、大正8・3、赤い鳥社）

〔『日本児童文学大系』第22巻、昭和53・11、ほるぷ出版〕

吉屋信子

フリージア(Freesia)

緑《みどり》が幼い姿を或《あ》るミッションの女学校の幼稚部に姿を現わした時校中の生徒の間に注目されました。それは緑が無邪気な子でしたし、又伊太利《イタリー》にお父様《とうさん》やお母様《かあさん》があって自分ひとり幼くて日本の国に残されて寄宿舎に入った事なども注意を引きましたゆえ。

本科のお姉様方は緑を見て申しました、「まあ、ゴムで作った西洋人形の様ねえ。」と、そして誰《だれ》言うとなく緑をミドちゃんと呼びならわしました。それはミドちゃんとは、ほんとに可愛い西洋人形にふさわしい名でございましたもの。しかし緑は「ミドちゃん」とお姉様やお友達から呼ばれる時不平を申しました。

「私の名《マノム》は《エ》緑《ミドリ》。」と仏蘭西語《フランス》で澄《すま》して言います、まるで小さい外交官の夫人が客室《サロン》で挨拶《あいさつ》するかのように。

けれども、やはり緑は「ミドちゃん」といつまでたっても呼ばれました。でも緑はほんとにミドちゃんらしい事を度々演じました。

卒業式の時に本科や小学科の方達《かたたち》は修業証書を戴《いただ》きますが幼稚園の方では砂糖菓子《キャンディー》の袋を一つずつ下さるだけでした、式の後で緑はお友達と遊びながら、そのお菓子を戴きました。間もなくお姉様方が手に手に巻いた証書を級色彩《クラスカラー》の細いリボンで結んで胸に抱いて寮のお部屋へ帰った姿を緑はみとめて走りより不思議そうに証書を指して尋ねました。

ミッションの女学校　「ミッション」はキリスト教の伝道。ここでは布教を目的として設立された女学校のこと。

本科　ここでは高等女学校の意。生徒はほぼ、旧制の中学生の年齢に相当する。

「それは、なあに?。」

「これはね、お免状なの、今日の式で戴いた大事なものなのよ。」とお姉様の一人は優しく仰《おっ》しゃいました。緑は此時《このとき》悲しそうに叫びました。

「あら、私、お免状を食べてしまったの!。」

その円い双の眼《め》から、ぽろぽろと涙が流れ落ちました……。

やがて緑も食べる事の出来ないお免状を戴く様になって女学校の一年生になりました。その頃《ころ》になれば緑はなおさらミドちゃんと呼ばれるのが嫌《いや》でなりません。仲のいいお友達に或時《あるとき》緑はひそかに願いました。「後生よ緑って呼んで頂戴《ちょうだい》、私永久に御恩は忘れないつもり。」しかしお友達は声高く笑いました。

「だってやっぱしミドちゃんが似合うのですもの。」——折角の願いも誰《だれ》も聞き入れず緑は悲しく思って居ました。

……それは新しい春が訪れて間もない二月の頃でした、緑は元気よく運動場で遊んで居《お》りました、お垂髪《さげ》に結んだ美しい紅色《あか》のリオン絹の巾広いリボンに、きさらぎの風が吹いて居ました。そこへ島《しま》先生がいらっしゃいました。島先生は緑を受持った優しい音楽の先生でした。「一寸《ちょっと》いらっしゃい」と緑を手招いて寮へ連れていらしゃって、舎監のミス、エレンの室へ入りました。

緑は何《な》んの事か少しもわからず気味を悪くも思いました。ミス、エレンはいつもの様に優しい顔をしてお伽噺《とぎばなし》に出るお婆様《ばあさん》のようでした、けれども何処《どこ》となく愁《うれ》いを其《そ》の日は帯びて居ました。島先生は大変に沈んでいらっしゃるのです、緑はぼんやりしました。

リオン絹 「リオン」はフランス南東部の都市リヨンのことで、絹織物生産で世界的に知られる。

舎監 寄宿舎で寄宿している学生・生徒の生活指導や監督をする人。

椅子《いす》に緑を腰かけさせて、ミス、エレンは物静《ものしずか》に申しました。上手な日本語で、

「今日私は貴女《あなた》に苦しい悲しいことをお知らせするはずです。しかし、私はそれをなしとげる勇気を持ちません。そのわけで島先生に貴女の愛するお父様《とうさん》のお手紙を読むように、私は願いました――」

ミス、エレンの声が消え入ると、島先生が顫《ふる》える手もとに手紙を持ちながら沈んだ声音《こわね》で読まれました。

――此度《このたび》緑の母馨子《けいこ》儀祖国を離れて遠きローマの都にて神に召されて天国に昇り候、病みたるは七日ばかり、終りの息を消す刹那《せつな》、唯《ただ》一言「緑」と呼び候のみ、母すでに逝《ゆ》きしその宵《よい》届きし緑より、はるばる送り来し手紙を胸に抱きて永遠に彼女の眠る棺《かん》は、かねて好み居《お》りし真白きフリジヤの花もて覆われ候うて異国の教会堂にて寂しくも聖《きよ》き告別を致し候、……。父には遠く離れ今又母を失いし緑のことのみ夢にも忘れがたく……存じ――候……。

島先生の御声は涙につまりました。あわれそを聞き居《おり》し緑の姿よその面よ。石蠟《せきろう》の様に青白く変っていった顔色、深い森の中の千古の動かぬ水を湛《たた》えたごとき痛ましくも悲哀の絶頂を盛ったその瞳《ひとみ》、赤い唇《くちびる》は蕾《つぼみ》のまま梢《こずえ》の霜に凍ったように閉じられて動かず、そのままミイラになってゆくかの様に見えました。ミス、エレンは緑の小さい双手をしっかりと握って、おののく声で言いました。

「小さい可愛想な女の児《こ》――けれども失望してはいけない。神様は私共の生活に様々な悲しい変化を下さっても、倒れないでその悲しい事のために私達の生涯《しょうがい》を豊な聖《きよ》い勇ましいものにしなければいけません。」

緑はかたく眼を閉じて此《こ》の言葉を聞いて居ました。一分――二分――やがて緑は椅子《いす》から立ち上りま

フリジヤ(フリージア) アヤメ科の多年草で、春に白・黄・オレンジ・薄紫などの花をつける。

石蠟 パラフィンのことで、石油を原料としてつくられ、ロウソクやクレヨンなどの材料となる。

した、その心はたしかに平静にもどりました。

「貴女大丈夫?　大丈夫?。」

ミス、エレンは心配そうに尋ねました。緑は此時始めてその口を開きました。それは今まで緑の持たなかった落ついた静《しずか》な声でございました。

「先生、私はもう、お母様から愛して戴く幸いは無くなってしまいましたのね。」

「ええ。ほんとにお気の毒です。」

と島先生は力なく御返事をなさいました。

「先生、けれどもまだ、も一つの幸いは有《あり》ますのね。」

と緑は申しました。島先生は今度は俄《にわか》にお答えが出来ませんでした。すると緑は更に申しました。

「お母様《かあさん》の様な優しい心で多くの人を愛してあげる『幸い』を私は今日から持ちますの。そして後で天国でお母様《かあさん》にお目にかかる時、

『緑はいい子でした。』

と仰《おっ》しゃるように――。私善い女の児になりましょう。悲しいけれども、あの我慢する事は立派な事ですもの。」

堪えかねた涙が其時《そのとき》緑の頬《ほほ》を伝りました。

ミス、エレンはつと緑をわが胸に引きよせる熱情のこもった接吻《せっぷん》の音をたてました。

緑は舎監室を出ました、もうそのお垂髪《さげ》に結ばれた真紅《まっか》のリボンは捨てられて、悲しみの黒絹の細いリボンに更《か》えられてありました。そして緑の足取りの落ちついて気品は小さい姿に凛々《りり》しく備えられて

見えました。

まあ何《な》んという心の変化でございましたろう。

少し前運動場で遊んだ時のミドちゃんの面影は失《う》せました、そして其処《そこ》には健気《けなげ》な賢い一人の少女が現れたのでございます。

その明けの朝、部屋の扉《とびら》をたたいて訪れる者がございました。緑が扉を開くと中に級の友が二人、純潔雪のごときフリジヤの花環《はなわ》を捧《ささ》げて入りました。

級の代表者の二人は声を合せて言いました。

「お母様の御霊前にささげて下さいまし私どもの尊敬する親しき友の――緑さん！。」

終りの一語は、ことさらに声を強めて――。

ああ「緑」この一言こそ母なる人の地を去る最後まで唇に繰り返したる同じ音《ね》なるを！と――

緑はそぞろに胸がせまって答えもなくてただ、その胸に気高く匂《にお》うフリジヤの花を抱いたのみでございました。


（『少女画報』大8・1、2）

〔『日本児童文学大系』第6巻、昭53・11、ほるぷ出版〕

福寿草

薫《かおる》が学校から帰って来ると、お座敷には伯母《おば》様方が集まっていらっしゃいました。

薫の姿を一番先に見つけた伯母さんがニコニコして申しました。

「薫さんに近いうちに綺麗《きれい》なお姉様が出来ますよ。」

「あら！　ほんとう？　どうして？。」

二つの問いを続けて、いっしょに薫は出しました。けれども伯母さんは落ちついて笑いながら、二つの？　に一々答をつけて下さいました。

「ええ、ほんとうですとも、薫さんがおとなしくって可愛いからお美しいお姉様がいらっしって下さるのですよ。」

薫はこれを聞いて、どんなに嬉《うれ》しかったでしょう、去年のクリスマスにサンタクロスのお爺《じい》さんが、夜中にそっと大きな西洋人形を薫の枕《まくら》もとへ置いて行ったのを朝みつけたよりも、もっともっと嬉しかったに相違ありません。

薫は尋常科の二年生でした、つい去年の春世界中で一番大好だったお母様が亡《な》くなってから寂しい悲しい日を送って居ました。

薫のお家《うち》は、たくさんの召使いにくらべて家内の人数《にんず》は少しでした、年とったお祖父《じい》様と、それからお父様と、たった一人のお兄様と幼ない薫の四人暮《ぐらし》でございました、お兄様と薫は大変に年齢《とし》が異《ちが》って居《お》りましたから、もとより遊び友達になるはずはありませんもの、それはそれは薫の子供の日は寂しいものでした。

お祖父様もお父様もお兄様もみな男の方でいらっしゃるのですから、いくら「薫々」と可愛がって下さっても何だか物足りないのでした、どうしても薫は優しい女の方が自分の家《うち》にほしくてなりませんでした。

亡いお母様の俤《おもかげ》はいくら求めても求められないことを幼ない胸ながら知って居りましたので、此《こ》の上はせめてもに、お母様に代る優しい姿を自分の家《うち》の中に見たいと切《しきり》に願って居りましたこととて今日の伯母さまの御言葉は、どんなに嬉しいことでしたろう。

薫はお家《うち》へ今度いらっしゃるお姉様って、どんな方かしらと、それから、いつでも未《ま》だ見ぬお姉様の俤を心の中で種々《いろいろ》と想像いたしました、それはお伽噺《とぎばなし》にある様な悧口《りこう》でお美しい真珠の首輪をかけたお姫様のような方かも知れない——そんなに綺麗なお姉様をもし意地悪の魔法使のお婆《ばあ》さんがみつけて大理石の像にしてしまったら、どうしよう……、こんなよけいな心配も起りました。

お姉様のいらっしゃる日が近づくと、薫のお家《うち》ではたいへん人が出入りして忙《せわ》しくなりました。お庭が大きく広げられたり大きな自動車が求められたり、裏の土蔵が塗り代えられたり何となくお正月の前から、もう春が来た様に家中が明るくなりました。

或日《あるひ》、ほんとうにお姉様がおいでになりました、薫が想像した様に、お優しいお美しい方でした。

このお姉様がいらしってからお家《うち》の中には華やかに柔らかな空気が流れました。お姉様は愛と光の女神の様に思われました。

お姉様は薫にとって無くてはならない方になりました。

お姉様がいらしって間もなく新しい年の春を迎えました。

元日の朝、薫とお姉様はお家《うち》の同じ御紋《ごもん》を染めた美しい振袖《ふりそで》を身につけました、薫のは明るい紫地でお姉様は気品ある黒地でしたが、その晴れの裳《もすそ》に胸に袖《そで》に置かれた模様は双方同じ金糸の繍《ぬ》いもまばゆい黄金《こがね》の葩《はなびら》でございます、その花は福寿草――おごそかに、ふくよかな黄金の花でございます。

この花は薫の家《うち》では代々好んで立派な花を作って伝えるえにし深い花でした、薫のお家《うち》の福寿草は高雅で珍らしい変種の名花を咲かせるので名高うございました。

そうした「家《うち》の花」とでもいう福寿草ゆえ、その初春の第一日にまず薫とお姉様の晴れの衣裳《いしょう》に匂《にお》うたのでございます、ゆたかな春の日を浴びて福寿草の鉢《はち》が黄金の花を盛って、広い邸宅の間毎《まごと》に飾られて、新春の長閑《のどか》さをひとしおますのでした。

薫もお姉様も此の花が大好きになりました、自分の家《うち》に特に好まれて昔から春毎《はるごと》に名花を競《きそ》って咲かせる花かと思うと懐しみも含まれるのでしたゆえ。

その春の一夜《ひとや》、歌かるたの遊びが催されました、その宵《よい》集い来る人達《ひとたち》が、みな此の家《うち》に現われた美しい女王のお姉様に御挨拶《ごあいさつ》しました、薫が少しもお傍《そば》を離れられないお姉様について其《そ》の席へ出て居りますと、誰でもお姉様をお呼びする時、「奥様」と言うのでした。

――私のお姉様を何故《なぜ》奥様とお呼びするのだろう――。

薫は不思議でなりません、よく気をつけて聞くと女中達が皆お姉様を奥様とお呼びするのですもの、薫は吃驚《びっくり》してしまいました。

御紋　代々その家で定め伝えられる家のしるし。
福寿草　キンポウゲ科の多年草で、春に黄色または白の花を咲かせる。
えにし　縁。ゆかり。

薫は自分についている女中のきよに向って申しました。

「私《わたし》の大事なお姉様を何故奥様と言うの。」

すると、きよは笑ってお返事しました。

「お兄様の奥様でいらっしゃいますから、そうお呼びいたしますので。」

けれども薫はなかなかきき入れません、はげしく首をふって。

「いいえ私《わたし》のお姉様よ、お兄様の奥様ではないのよ。」

と真面目《まじめ》な顔で申しました。

又きよが申しました。

「はい、お嬢様のお姉様におあたりになりますから、お兄様の奥様でいらっしゃいますので——。」

薫は聞いて吃驚《びっくり》いたしました、何故？ 何故？ 奥様だからお姉様——お姉様だから奥様——何が何《な》んだかわからなくなりました。

奥様かお姉様か、いったいどちらがほんとうでしょう、薫は心配になりました、もしお姉様がうそで奥様がほんとうだったら、まあどうしたらいいだろうと薫は泣き出しそうに悲しくなりました。

そして折角の楽しい歌留多《かるた》も、たった一枚とれる「乙女の姿しばしとどめん」の札を膝《ひざ》の下にかくして置くことも何もかも打忘れて其《そ》の大きな不安と悲しみの為《ため》に薫はお座敷をぬけ出て自分のお部屋へ来てお机の前にしょんぼりと座って泪《なみだ》ぐんで居りました。

綺麗なお声でお姉様の札をお読みになるのが伝わって参りました。それが耳に入ると薫はなおさら悲

「乙女の姿しばしとどめん」『古今和歌集』『小倉百人一首』にみえる僧・遍昭の歌「天つ風雲の通《か》ひ路《よいぢ》吹きとぢよおとめの姿しばしとどめむ」の下の句。

しくなりました。

時々波の打つ様に大きく響く奥からの笑い声も意地悪の人達が大事なお姉様を勝手に「奥様」にしてしまったような気がして、うらめしく思われました。すると廊下の方に衣摺《きぬずれ》の気配がして襖《ふすま》が開きました。

「薫さん、まあお一人で、どんなに私《わたし》さがしたでしょう。」

とこう言って入っていらっしたのは、薫にとっては「お姉様」でないと思われたお姉様でした、お蜜柑《みかん》やお菓子の包みをお持ちになって、あの集いの中からぬけていらしたのでしょう、灯《ひ》のもとに美しい姿を浮かして薫の傍近く優しくほほえんで……。

薫はその時ほろほろと涙が頬《ほほ》に流れました。

「まあ、どうなさって。」

吃驚《びつくり》したお姉様が薫の背に手をおかけになった時、薫は悲しげに泣きじゃくって申しました。

「あの、あのお姉様は(奥様)で……私のお姉様じゃあないのですって……。」

これをお聞きになったお姉様は、ぱっちりとしたお瞳《ひとみ》を一寸《ちよつと》まばたいて、うつむいた襟足《えりあし》のあたりが薄紅《うすあか》くなって――

「まあ、可愛い方!。」

堪えられなく、いとしい様にこう言って背にかけた手を、そのまま胸へ薫さんを抱きあげてリボンのゆらぐ髪のあたり顔を伏せて、薫の房々とした額髪《ひたいがみ》の上に柔かい接吻《くちづけ》の跡を残して……優しく囁《ささや》きました。

「まあ私《わたし》がこんな可愛い薫さんのお姉様《あねさま》にならないでどうしましょう。」

優しい美しいお姉様を得た後の薫の乙女の春は、ほんとに祝福された楽しい思いに描かれてゆきました。お母様を失なった子の嘆きの泪も、此の幸いな日の中には薄れてゆくことが出来ました。薫のために、その家庭のために誰《たれ》でもが此の喜こばしい事実を祝って、いっしょに嬉しがりました。「幸いな薫さん！」こう叫んで、その可愛い黒髪を撫《な》でることがふさわしいことでした。

けれども、――(けれども)といふ此の言葉よ！　お前は時として前の意味を覆えすことがあるものを……。

薫のためにも、その幸福の後に、やはり(けれども)という恐ろしい打ち消しの言葉を悲しいことに付けねばなりませんでした。うららかな春の光に恵まれた薫の家庭には、まもなく思いがけぬ事柄が起きました。それは薫のお父さんの持っていらっしゃる、財産のほとんど全部が一度に失なわれてしまった事でした。この事柄は薫の身の上にも大変な変化を与えました。

昨日まで富める家の子は、今日は貧しい家の子となってしまいました。

広い大きな邸宅も樹木暗きばかり茂って、主人の趣味でかたどられた床しい庭園も、白壁の土蔵も、家の中を飾った様々の貴い家具装飾品も、皆人の手に渡されました。僅《わずか》な日数の間に、これまでの変異が行なわれました。

薫は、小さな、ささやかな家を自分達の住家として持ちました、使わるる者は去りました、一人二人の僕婢《ぼくひ》だけ残されて、後はお父様とお兄様とお姉様と薫だけ！　何《な》んという寂しい暮しに変ったことでしょう、けれども、その小さな寂しい財宝を失なった家庭にも、やはり優しい美しいお姉様は天使の様に輝いて慰めと安らかさを贈りました。「お家《うち》は貧乏になったのですって、お父様が一寸《ちょっと》した間違いから、でもまた元の様にするって仰《おっ》しゃって働らいて下さいますし、それにお姉様がいらっして下さるのですもの、私《わたし》少しもお金やお宝なぞ欲《ほ》しくない――。」

これは薫がその悲しい変り事のあった間に、誰にも言った言葉でした。

お姉様、お姉様、ほんとに薫には無くてはならない大事なものでございます。

――けれども！

おお、もう一度悲しい(けれども)という言葉を使わねばなりません。

あの優しい美しいお姉様を薫の許《もと》から永遠に離す魔の黒い手が強い力で襲いました。

無財産の家となった、薫の家に若い美しい娘を嫁がせておいて、貧しい日を送らせる事が、お姉様のお父様やお母様には辛《つ》らい堪えがたいことでした。また薫のお父様方も、優しいおとなしい若いひとを、貧しくなった自分達の家で侘《わび》しく暮らさせるのは気毒《きのどく》でならなかったのでした。

その二つの心持が合って、お姉様は薫の家を去って、御実家へお帰りになる様に外の人達からさせられました。

貧しくとも、辛らくとも、苦しくとも此の家の愛と光の女神となって働らきたいと、血の様に熱い望を持っていらっしゃったお姉様の若い姿は、再び返ることなしに、他《ほか》の人達の手に依《よ》って薫の家から取り去られました。

財宝を失なった悲しみは薫にとっては淡《うす》いものでした、しかし次に起きたお姉様を失なった事は永久に癒《なお》しがたい深い深い悲しみでございました。

その悲しみの中に月と日は年を作って流れて去りました。

薫が十三の春は、とにかく母はなくとも姉はなくとも、お父様の愛の力で綺麗な少女の世の一人に育《はぐ》くまれて居ました、その時はお兄様《あにいさま》はかたむいた家運を再び立てる為にと海をへだてた亜米利加《アメリカ》の国土へ渡っていらっしたのです。

薫が住む町から少し離れた或《あ》る街に建てられてある私立の小さな女学校に入学いたしました。母のない家庭におくよりは、むしろ寄宿舎にと、お父様のお心づくしから、その学校の寄宿舎に起臥《きが》しました。

最初の一年も夢の様に過ぎて近よる春には二年級に進むという二月の頃《ころ》、その学校の紀念式に慈善市《バザー》が開かれることになりました、生徒の手製の品や其他《そのた》何んでも売れるものならならべたてられました。

薫も何か出品したいと思いました、一日の休日に父のみ一人います我家へ薫は訪れました、その時お父さんは寂しい顔で仰しゃいました。

「薫、お父さんも兄さんの居るあちらへ行って、お前を幸福にしてあげるために働らくつもりだから、もう近い中《うち》に別れて国を立つだろう、家はもう片づけて行くからお前は又お家《うち》が出来る日まで寄宿舎で勉強して居ておくれ。」

薫は黙ってうなずきました、次から次へ起った様々の苦しみが、こんなに素直《すなお》なつつましい心に薫をさせたのでした。

「何といっても、お前に残してあげる財産はないが、丁度《ちょうど》あの先祖から好《このん》で伝わる福寿草が貧しくなった此の家にもなお幾鉢か名花が残されてあったよ、今は咲き頃だ、丹精して今年も忘れずに咲かせた

起臥　起きることと寝ること。ここでは、日々の生活を送ること。

慈善市　利益を生活困窮者に寄付するなどの慈善事業の資金に当てるために開く市。

から、あの花の鉢をお前に渡すから、来年からお父様に代って寄宿舎の花壇の隅《すみ》にでも咲かせてやっておくれでないか。」

と、これのみは忘られずに咲かせられた貧しい家の黄金色の花の鉢、二つばかりしかと薫の胸に抱かれて！　幾日の後お父様は其の言葉のごとく海の向うの国へと船の旅につきました、今はただ一つの家さえ失なった薫は心寂しく父に残された花の鉢を抱いて寄宿舎へ帰りました、すると中では慈善市《バザー》のため、毎日急《いそが》しく生徒も先生も立ち騒いで居ました、薫は持って来た一鉢の花は我が部屋の机の上に、残る一鉢は学校の慈善市《バザー》へ出そうと思い立ちました、袋物や造花や細工物や編物類の売品の中に、これのみ一つ異なる福寿草の一鉢が美しい葩《はなびら》をそよがせて会場の売場の卓子《テーブル》に置かれました。

「価《ね》は幾ら？。」

と係の人に聞かれた時、薫は一寸《ちよつと》考えました、もとより花に価をつける事は不可能なことでしたけれども、代々我が家に伝はる名花の一鉢、旅立った父の丹精の品と思うと、薫は此の上なく貴く思われました。

「あの……百円でございます。」

薫がこう真面目《まじめ》に言った時、先生方も生徒達《がた》も笑いくずれました。

「縁日の植木屋さんの様に掛価《かけね》なんかしては、おかしいわ。」

と言って笑いました。薫は首を振りました、唇《くちびる》をかみしめて——ああ、我が家に伝わる名花、父の手に依《よ》って咲きし此の花、生きた黄金の葩《はなびら》は何んで冷い金貨に代えられようぞ！　と薫の胸には花の誇《ほこり》がありました。

掛値　本来の価格よりも高い値段をつけること。

「まあ、そう仰しゃるなら折角出品なさったのだから売れないにしても出しましょう。」

と先生が笑いながら百円と代価の紙札をつけてならべました、その鉢についた価をしるした紙片を見る毎に生徒達は笑いころげました。

「もし、これが売れたら大変ね、薫さんの御出品ので私達の出品の全部の売上げより多い収入が得られるかも知れないもの。」

と大評判になりました。

いよいよ慈善市《バザー》の日になりました、会場の売品陳列棚に、黄金を展《なら》べた様な花弁、琥珀《こはく》を琢《みが》いた様な苞《つと》、緑昌を削ったかの如《ごと》き嫩葉富麗《ふたばふれい》の色鮮やかに仄匂《ほのにお》う其の花の一鉢は飾られました。

開場の最初にこの売店に導かれたのは、当日特に招待された知事夫人の一行——いづれも愛国婦人会の会長とでも言う風に取り澄した姿で売店の前を通られました——卓子《テーブル》の上に大小とりどりにならべられた売品を、こともなげに見渡して、

「あの何んですのね、私達《わたしたち》でみな買い上げてしまったら御面倒が無くていいでしょうね……。」

と、一人の夫人が連れをかえり見て笑いました。

「ええ、そりゃあ、たかの知れたものですもの——ねえ、——。」

と又一人の夫人が言って、どっと皆笑い出す、その時、前に進んだ一人の眼《め》を、ちらと黄金の葩《はなびら》が射る——

「あら、綺麗な珍らしい福寿草ですねえ。家の床の間に置きましょうか。」

「まあ、いい花、やはり売るんでしょう。」

琥珀　樹脂の化石。黄色で半透明。樹脂光沢があり、しばしば昆虫などの入ったものもある。アクセサリーにも利用される。

苞　つつみ。

緑昌　不詳。「緑玉」(エメラルド)の意か。

嫩葉富麗　「嫩葉」は二葉(フタバ)のことで、ここでは花々が豊かに咲いて美しいさまをいう。

愛国婦人会　一九〇一(明34)年に社会事業家の奥村五百子《いおこ》らによって創設された、華族の夫人たちを中心とする婦人団体。戦死者・傷痍軍人らとその家族に対する救援活動などを行った。

と、鉢のもとの小さい札を読む――

「まあ、まあァ――。」

「あら、まあ、！」

「えっ！　まあッ！　ええッ。」

呉服屋の飾り窓にならぶ帯の其の価には、けっして驚かない夫人達は土から生えて咲く自然の花の価に驚ろかされました。

「戯談《じょうだん》でしょう、生徒さん方の悪戯《いたずら》でしょうね、ほんとにこれは戴《いただき》きたいのですから相当の価を言って頂戴《ちょうだい》な。」

花の鉢を床の間に飾ろうと望んだ夫人は、かたわらの生徒にこう言いました。

けれども生徒達は顔を見合せて答えません、何故ならば其の花の主の薫の心をはかりかねたからでございます。その中《うち》の一人が走り出《い》でて薫を呼びました。売店に薫が姿を現した時、あの夫人達は福寿草の鉢の前に群がって居ました。

「ね、ほんとにほしいのですから、ゆずって頂戴な。」

鉢の前で一人の夫人が申しました。薫は答えました。

「はい、宜《よろ》しゅうございます、今日の慈善市《バザー》のお役に立つために出したのですからお求め遊《あそば》して下さい。」

夫人は「そう。」とうなずいて、「それなら、ほんとのところ幾何《いくら》ぐらいのおねだん？。」とたずねました。

「あの代価は紙に記してあります。」

薫は真面目《まじめ》に答えました。

「あら、いやな、まあ。」

呆《あき》れはてたといふ風に夫人連は声を揃《そろ》えました。

生徒達や先生方は困った顔をして薫の顔に眼くばせいたしました。

「いい御身分の奥様方ですもの、ただ差し上げたらどう薫さん。」

と親しい友は見かねて薫の耳にいい忠告と思って囁《ささ》やきましたがやはり薫は黙って居ました、父から残された其の花の誇りを心ない人にどうして任されようときっと唇をかみしめて立ちました。

もう、その時は会場には、たくさんの人が流れる様に歩いて居りました、今、福寿草の鉢の前に一団の夫人が群がって居るのを人々は好奇の眼《まなこ》で見守って居ました。

おりしもその場所へ通りかかった、あでやかな美しい人の眼《め》が、その問題の中心にされた花の鉢に向けられた時歩みを止めて佇《たたずみ》ました。

上品なよそおいは目立ぬほどに床しく調えられて美しい面には、ややかすけき愁いの陰が浮いて、ひとしおのつつましさを示す其の姿は、人の群をかきわけて進みました。

「どうぞ、此の花を戴かせて下さいまし。」

かく美しい人は願うとみるや、左手に軽くさげられた手提袋《てさげぶくろ》の中から重き袱紗《ふくさ》の包みは開かれて、優しい指先につとはさまれし金貨は卓子《テーブル》の上に事もなげに置かれました。

「あらッ。」

袱紗 絹、縮緬などで作られる。儀礼用の方形の布。進物の上に掛けたり、物を包んだりするのに用いる。茶の湯でも使用される。

とまわりのその町の貴夫人達は悲鳴をあげて驚嘆いたしました。

その周囲の群衆の驚ろきの視線を一身に集めた美しい人は今その花の匂う小鉢を抱くがごとく胸近くよせて、花に囁きなげかいし優しき言葉！

「なつかしい――どうして忘られましょう、この花――此の花。」

黄金の葩《はなびら》の表に、そのときぱらりと露が散ってこぼれて――優しいひとの袖に……。

先きほどから息をひそめて、この有様を見つめて居た薫は颯《さっ》と面の色を変えて、おののく声をあげました。

「お姉様！。」

かく呼ぶとひとしく、かたへの友の肩にすがったままはたと床の上に倒れました。


（『少女画報』大7・2）

〔『日本児童文学大系』第6巻、昭53・11、ほるぷ出版〕

TIPS 4

オトメの祈り

川村邦光

おそらくオトメのままでいることは可能だった。それには、ある種の装置が必要だった。〈オトメ体〉を使用し続けることがそのひとつである、この〈オトメ共同体〉として出現した世界は、文体とその喚起するイメージによってつくりあげられているだけに、読者をやめれば、この世界から抜けでるかといえば、そうではない。昔話や世間話のように語りによって〝体験〟が伝承されるのではなく、文体とイメージによってこの世界の〝経験〟は保持され伝承されるのだ（現在でも、おもに高等女学校卒で、六〇代以上の女性の中に、〈オトメ体〉で手紙を書いているひともまま見受けられる。私の知っている、ある六〇代の女性の手紙の文体は、一〇代後半に書いた手紙とまったくといってよいほど同じなのだ）。

そして、もうひとつはオトメを表徴するモノに取り囲まれていることである。〈オトメ共同体〉が日常の社会的世界のリアリティを凌駕して、もうひとつの世界としてリアリティをもちうるのは、この世界を具体化するモノによってであり、それによっても、〝経験〟が蓄積され続けるのだ。現実世界との隔たりのいくぶんかは埋められ、また〈オトメ共同体〉のリアリティに厚みを加えることができたのである。この〈オトメ共同体〉の構築にとっては、たとえば『女学世界』という女性雑誌が不可欠のモノであることはいうまでもない。

（『オトメの祈り―近代女性イメージの誕生』、平5・12、紀伊國屋書店）

解説

川村邦光《かわむらくにみつ》（一九五〇〜）

福島県に生まれる。東北大学大学院博士課程単位取得。民俗学・宗教学専攻。天理大学勤務を経て、現在、大阪大学教授。近代の文化史・社会史を、巫女・民衆・セクシュアリティ・他界などのテーマから追究している。著書に『巫女の民俗学』（平3・11、青弓社）、『セクシュアリティの近代』（平9・9、講談社）、『〈民俗の知〉の系譜―近代日本の民俗文化』（平12・5、昭和堂）ほか多数。

『オトメの祈り』は、「オトメ」（乙女・処女）という概念がいかにして形成され、一般化したのかを、『女学世界』の雑誌記事などから探り、「少女」が作られる概念であることを明らかにしている。

安房直子

小さいやさしい右手

1

ずっとむかし。

森の、大きなかしわの木の中に、魔物《まもの》が一匹《ぴき》すんでいました。

魔物《まもの》といっても、まだほんの子どもで、しっぽもみじかかったし、知っている魔法《まほう》は、たったひとつしかありませんでした。

その魔法《まほう》というのは、こうでした。

おまじないをして右手をひらくと、ほしいものがなんでも、その手の中にはいってくるのです。食べものでも、金貨《きんか》でも、小鳥《ことり》でも、片手《かたて》に持てるものならなんでも。

魔物《まもの》は、この魔法《まほう》を、ちょうど三か月練習《れんしゅう》して、このごろやっと、じょうずになったのでした。そこで、このおぼえたてのすてきなことを、だれかに見てもらいたいと、しきりに考えながら、かしわの木の中から、毎日じっと外を見ていました。

けれど、魔物《まもの》というものは、一人前《いちにんまえ》になるまで、けっして人に姿《すがた》を見せてはならないのでした。

さて、この森の入り口に、まずしい小屋《こや》があって、そこに母親《ははおや》と、ふたりの女の子が住んでいました。

　毎朝、おっかさんは、ふたりの娘《むすめ》に、こういいました。

「さあ、野原《のはら》へ行って、うちのうさぎに食べさせる草を刈《か》っておいで。でも、草が、かごいっぱいになるまでは、帰ってきちゃいけないよ。」

　そうして、子どもたちに、道具《どうぐ》とおべんとうをわたしました。上の娘《むすめ》には、よくといだかまと、白いパンを。下の娘には、さびた古《ふる》いかまと、かたい黒《くろ》パンを。なぜって、妹娘《いもうとむすめ》は、まま子《こ》でしたから。

　姉妹《しまい》は、毎朝そろって、かしわの木の前を通《とお》りました。

　けれども、帰りは、まるっきりべつべつで、姉娘《あねむすめ》は、お昼すぎの、まだお日さまが高いうちに、草を山ほどせおって帰ってくるのに、妹娘《いもうとむすめ》は、日がとっぷりと暮《く》れて、星がふたつ三つ光りはじめるころに、やっと、かしわの木の前を通《とお》るのでした。

　魔物《まもの》は、毎日、そのようすを見ていて、これはいったい、どういうわけだろうかと、何日も考えましたが、このごろやっと、そのわけがわかりました。

「そうだ、かまのせいなんだ。そうだ、そうだ、どう考えたって、そうにちがいない。」

　魔物《まもの》は、何度もうなずきました。

　そしてある晩《ばん》、妹娘《いもうとむすめ》が、草をせおってとぼとぼと帰ってきたとき、思わず木の外にとびだして、声をかけてしまいました。

「こんばんは。」

「え？」

女の子は、立ちどまりました。月の光で、さくらんぼのような顔が、とてもよく見えました。かわいい子だな、と、魔物《まもの》は思いました。そして、大いそぎで、木のうしろにかくれました。

それから、小さな体《からだ》を、できるだけちぢめて、木のかげで、あのおまじないをとなえました。それから、その黒い右手だけ、にょっきりと外へのばして、

「ほら、あげる。」

といいました。その手の中には、焼《や》きたてのお菓子《かし》がはいっていました。

「まあ、あんただれ？」

女の子は、おどろいてさけびました。それから、この小さな手のぬしを見ようとして、木の裏側《うらがわ》へまわりました——でも、だれもいませんでした。

女の子は、またすこしまわりました——やっぱり、だれもいません。もうすこしまわりました——だれも見えません。そうして、とうとう女の子は、木のまわりを、ひとまわりしてしまいました。

すると、やっぱり木のうしろから、お菓子《かし》を持った黒い手がのびているのでした。

「すばしっこいのね、あんた。」

女の子は、あえぎあえぎいいました。それから、お菓子《かし》を受けとって、食べはじめました。

「おいしいかい。」

と、魔物《まもの》は聞きました。女の子は、息《いき》もつかずに食べおわってから、たったひとこと、

「とってもおいしい。」

と、いいました。魔物《まもの》は、すっかりうれしくなって、こうたずねました。

「ねえ、新しいかまがほしくない？」

女の子は、うなずきました。

「ほしいわ。よく切れるかまがあったら、あたし、もっともっと早く草が刈《か》れるもの。」

「そんなら、」

と、魔物《まもの》はいいました。

「毎朝ここを通《とお》るとき、すばらしいかまをわたしてあげるよ。」

「ほんと？　そんなもの持ってるの？」

「ああ、なんでも持ってるんだ。ぼく、魔法《まほう》がつかえるんだからね。」

「そう！」

女の子は、おどりあがりました。

「でも、このことは、だれにもないしょだよ。」

魔物《まもの》は、声をひそめていいました。

「いいわ。あしたからあたし、姉《ねえ》さんより、ずっと早くおきて、ここへくるわ。」

「それじゃ、ここについたら、ぼくを呼《よ》んでよ。そしたら、ぼく、すぐに手をだすから。」

「いいわ。」

翌朝《よくあさ》、女の子は、姉《ねえ》さんよりずっと早く家を出て、かしわの木のところまできました。それから、やさしい声で、こううたいました。

小さいやさしい右手さん
あたしにかまを貸《か》しとくれ
氷《こおり》みたいによくといだ
魔法《まほう》のかまを貸《か》しとくれ

すると、木のかげから、魔物《まもの》の手が、にょっきりとのびました。その手には、とぎすまされて青光《あおびか》りしたかまがにぎられていました。女の子は、それを、自分のさびたかまととりかえると、大よろこびで、野原《のはら》へでかけていきました。

こうして、魔物《まもの》と女の子の約束《やくそく》は、だれにも知られずに、いく日《にち》かすぎました。

ところがある日、いじわるのおっかさんが、姉娘《あねむすめ》にいいました。

「ねえおまえ、このごろどうも、あの子のようすがおかしいよ。帰りがずっと早くなったし、毎日、ばかにきげんがいいじゃないか。」

「…………。」

「きっとなにかあるにちがいない。おまえ、あしたの朝、あとをつけてごらん。」

こうしてつぎの朝、姉娘《あねむすめ》は、いつもよりずっと早くおこされて、ねむい目をこすりながら、妹のあとを、見えがくれにつけていきました。そして、妹が、かしわの木の魔物《まもの》から、かまを受けとっていくところを、横《よこ》からすっかり見てしまったのです。

姉娘《あねむすめ》は、家にかけもどると、大声でいいつけました。

「あのね、母ちゃん、かしわの木のうしろに、魔物《まもの》がいてね……。」

そして、いちぶしじゅうを話し、あの歌まで、うたってきかせました。

「魔物《まもの》だって！」

おっかさんは、ぎょうてんしました。それから、きみがわるいのと、はらがたつのとで、まっ青《さお》な顔をして、しばらくじっとすわっていましたが、やがて、いいことを思いついて、にんまりとわらいました。


つぎの朝、いじわるのおっかさんは、お日さまよりも、早くおきました。そして台所《だいどころ》へ行き、つぼの中のお砂糖《さとう》を、たっぷりとなめました。それから、足音をしのばせて、外へ出ました。かしわの木の前まできて、おっかさんは、こううたいました。

小さいやさしい右手さん
あたしにかまを貸《か》しとくれ
氷《こおり》みたいによくといだ
魔法《まほう》のかまを貸《か》しとくれ

なめたてのお砂糖《さとう》のせいで、その声は、女の子の声にそっくりでした。

やがて、木のうしろから、黒い手がのびてきて、ピカピカのかまをさしだしました。おっかさんは、そのかまをすばやくひったくると、いきなり、魔物《まもの》の手の上に、さっとふりおろしました。

「きゃっ。」

というさけび声が聞えて、小さな手は、まるで棒《ぼう》きれがおれるように、ポロリと落《お》ちました。一滴《てき》の血《ち》もでずに、かわいそうなほどほそい魔物《まもの》の腕《うで》は、ひっこんでしまいました。

2

右手をなくした魔物《まもの》の子どもは、かしわの木の、まっくらな中に、ぺたんとすわって、いく日《にち》もいく日も、荒《あら》い息《いき》をしていました。

魔物《まもの》は、自分の手を切ったのは、てっきり、あの子なのだと思っていました。そして、大すきな女の子に、とつぜん裏切《うらぎ》られたおどろきは、十日たっても、二十日《はつか》たっても、魔物《まもの》の胸《むね》から、はなれませんでした。

朝、目をさますと、魔物は、

(ほんとだろうか。)

と、思いました。そして、片方《かたほう》の手で、おそるおそる右手をさぐってみます。……ありません……。

(やっぱりほんとだ。)

そして、魔物《まもの》はまた、いまさらのように、おどろくのでした。

そうして、何か月かすぎ、魔物《まもの》のこのおどろきは、やがて悲《かな》しみにかわりました。魔物はこのとき、悲しいということを、はじめて知りました。

くる日もくる日も、魔物《まもの》は、まっくらな木の中に、ちぢこまって悲《かな》しみました。胸《むね》がいたくなるほど。そして、もっと悲しいことに、魔物というものは、泣《な》くことができませんでした。どんなに泣きたくて、胸《むね》の中が、ぞくぞく寒《さむ》くなるようなときでも、涙《なみだ》ひとつこぼすことができないのでした。

そして……そんな悲《かな》しみがたびかさなると、涙《なみだ》のかわりに、まっ黒いいじわるな心がむらむらとわいてくるのが、魔物《まもの》のさだめなのでした。

ある日、魔物の心に、そんな思いが、むっくりとわきました。

しかえし！


「そうだ、しかえししてやろう。百倍《ばい》も二百倍もしてやろう。」

魔物《まもの》は、きゅうに、生き生きした気持ちになりました。それから、いきなりひざまずいて、しっかりと、かたきうちの誓《ちか》いをたてました。

つぎに魔物《まもの》は、だいじにしまっておいた魔法《まほう》の本をとりだすと、パラパラとめくりました。けれど、その本に書かれている何千種類《しゅるい》もの魔法のうち、この魔物の力《ちから》でできそうなものは、ほんのすこししかありませんでした。この魔物は、もう、片手《かたて》しか使うことができなくなったのですから。でも、魔物は、そんなことで、すこしもひるみませんでした。

それからというもの、魔物《まもの》は、一心《いっしん》に魔法《まほう》の練習《れんしゅう》をしました。不自由《ふじゆう》な体《からだ》で、しんぼうづよくがんばって、とうとうある日、この小さな魔物は、やっと新しい魔法を身《み》につけました。それは、人間の姿《すがた》を、ほかのものにかえる魔法でした。

右手をなくしたあの日から、長い月日《つきひ》が流れていました。

なんと、二十年もの！

けれど、魔物《まもの》は、やっぱり子どものままでした。魔物というものは、人間の三倍《ばい》も長生《ながい》きするので、おとなになるのも、それだけおそいのでした。

ある朝、魔物《まもの》は、二十年ぶりに、外の明るい世界をのぞきました。なんてまぶしいのでしょう。魔物《まもの》は、勇気《ゆうき》をだして外におどりでると、木の下で、いきなり、さか立《だ》ちをしました。一本の、棒《ぼう》のような片手《かたて》で。長い練習《れんしゅう》のおかげで、魔物の体《からだ》は、ぴいんと立って、くらりともゆれませんでした。それから、魔物は、さか立ちしたまま、むずかしい呪文《じゅもん》を、ながながと暗唱《あんしょう》しました。

こうして、魔物《まもの》は、人間の男の子の姿《すがた》になりました。人間の子どもは、耳も小さいし、しっぽもありません。

「なんだか、へんな感じだな。」

魔物《まもの》は、体《からだ》のどこかが、くすぐったいような気がしました。

ところで、この人間の子どもは、やっぱり片手《かたて》でした。けれど、魔物《まもの》は、自分の魔法《まほう》にすっかり満足《まんぞく》して、こんどは、かしわの葉《は》をつづって、緑《みどり》の上着《うわぎ》とズボンとくつをこしらえました。あんまりじょうずにつづりあわせたものですから、まるで、ほんもののビロードでできているように見えました。

すっかりしたくができあがると、魔物《まもの》は、いさましく村のほうへ歩いていきました。

3

魔物《まもの》は、村へ行きさえすれば、あの女の子に会《あ》えるのだと信じていました。あの子が、とっくにおとなになって、いまでは、村の粉屋《こなや》のおかみさんになっているなんて、思ってもみませんでした。

「どんなしかえしをしてやろうかな。」

魔物《まもの》は、森の道を、考え考え歩きました。そして、村にはいったころに、こう思いました。

「そうだ、ロバにしちゃえ。」

そして、にやりとわらいました。

村では、たくさんの子どもが、元気に遊《あそ》んでいました。魔物《まもの》は、遊んでいる女の子の顔を、ひとりひとりのぞきこみました。が、さがしても、さがしても、あの子は、いません。

「ちえっ。きっと、しかえしされるのがこわいもんで、どこかにかくれてるんだな。」

そこで、魔物《まもの》は、草むらにすっぽりとかくれて、葉《は》のすきまから、子どもたちのようすをうかがいました。が、待てどくらせど、さくらんぼのような子はやってきません。

「いったい、どういうわけだろ。」

魔物《まもの》は、いらいらして、草の中からとびだすと、こんどは、村じゅうをさがしまわりました。荷車《にぐるま》の下や、牛小屋《うしごや》のほし草《くさ》の中や、おまけに、井戸《いど》の中まで、のぞきこんでさがしました。

やがて、魔物《まもの》の緑《みどり》のくつには、大きな穴《あな》があき、上着《うわぎ》もズボンも、ほころびだらけになりました。

「ああ、どこにいるんだろう。」

日もしずみかけてきたし、おなかもすいてきたし、魔物《まもの》は、つくづくなさけなくなりました。と、そのとき、風にのって、いいにおいが流れてきました。それは、あまいお菓子《かし》のにおいでした。

魔物は、思わず、そのにおいのほうへ歩いていきました。

角《かど》をまがったところに、小さな粉屋《こなや》があって、お菓子《かし》のにおいは、粉屋のパン焼《や》きがまから、流れていたのでした。魔物《まもの》は、そっと、中をのぞきました。

大きなかまどのそばで、ふとったおかみさんが、粉《こな》をこねていました。粉はまっ白で、こねているおかみさんの手もまっ白でした。パン焼《や》きがまからは、ゆげがふうっとあがっていて、さきに入れたお菓《か》子《し》が、もう焼《や》きあがるところらしいのです。

魔物《まもの》は、ゴクンと、のどを鳴らしました。ひとつわけてもらいたいな、と、思いました。こんなとき、おとなの魔物ならば、魔法《まほう》をつかって、ほしいものを、すぐ手に入れるのですが、なにぶんにも、この魔物は、まだまだ子どもでした。それで、戸の外でしばらく考えていましたが、やっと、いいことを思いつきました。歌をうたうことです。

そこで、魔物《まもの》は、大いそぎで、歌のもんくをこしらえて、それに、よく知っているふしをつけました。むかし、何度も何度も聞かされて、もうけっしてわすれられないあのふしを。

粉屋《こなや》の白い手のおばさん
ぼくにお菓子《かし》をくださいな
ひつじのようにふくらんだ
焼《や》きたてお菓子《かし》をくださいな

うたいおわって、魔物《まもの》は、われながら、なんていい声でうたえたんだろうと思いました。

粉屋《こなや》のおばさんは、びっくりしてこちらを見ましたが、すぐにやさしくいいました。

「まあ、いったい、どこの子ども？　そんなところに立っていないで、中におはいり。」

魔物《まもの》は、すっかりうれしくなって、家の中に、とびこんでいきました。

おかみさんは、この、ほころびだらけの服《ふく》を着《き》た、片手《かたて》の子どもを、とてもかわいそうに思いました。そこで、パン焼《や》きがまから、いちばん大きなお菓子《かし》をとりだしてくれました。魔物《まもの》は、よごれた左手でそれを受けとると、いきなりかぶりつきました。

「おいしい？」

と、おかみさんは聞きました。魔物は、息《いき》もつかずに食べおわってから、たったひとこと、

「うん、とっても！」

と、いいました。

「ねえ、あんた。」

粉屋《こなや》のおかみさんはいいました。

「さっきの歌を、もういちどうたってごらん。あたしも子どものころ、あれとそっくりのふしで、歌をうたったような気がするよ。」
そこで、魔物《まもの》は、とくいになってうたいました。

粉屋《こなや》の白い手のおばさん
ぼくにお菓子《かし》をくださいな
ひつじのようにふくらんだ
焼《や》きたてお菓子《かし》をくださいな

魔物《まもの》がうたいおわると、粉屋《こなや》のおかみさんは、つづけました。

小さいやさしい右手さん
あたしにかまを貸《か》しとくれ
氷《こおり》みたいによくといだ
魔法《まほう》のかまを貸《か》しとくれ

ふしは、そっくりおなじでした。そして、その声は、聞きおぼえのあるあの子の声とおんなじでした。

ああ、この人だろうか……でも、まさか……魔物《まもの》の片手《かたて》は、なぜか、ぶるぶるふるえました。その手を、大いそぎで、ポケットにかくすと、魔物は、たずねました。

「おばさん、野原《のはら》に草を刈《か》りにいったことある？」

「ええ、あるわ。むかし二十年もまえにね。」

「二十年もですって？」

たった二十年のあいだに、人間というものは、こんなにかわるものなのでしょうか。こんなに大きくなるものなのでしょうか……魔物《まもの》はふと、頭が、くらくらするような気がしました。

おかみさんは、静《しず》かにいいました。

「毎日、姉《ねえ》さんとふたりで、森を通《とお》って、草刈《くさか》りにいったわ。森の中にね、大きなかしわの木があってね……。」

これを聞いて、魔物《まもの》は、胸《むね》が、ずきんとなりました。

やっぱり、この人なんだ！

魔物《まもの》は、とぎれとぎれにいいました。

「おばさん……お菓子《かし》をくれたあなたの手を……いきなり切ってしまうなんて……そんなこと、ぼくには、とってもできないな……ねえ、そうでしょ、そうじゃないの……おばさん。」

「いったい、なんのことといってるの。」

粉屋《こなや》のおばさんは、きょとんとたずねました。魔物《まもの》は、心をしっかりとおちつけ、それから右の腕《うで》を、まっすぐにさしだしました。

「これを見て。」

「ええ、知ってたわ、あんたが片手《かたて》の子どもだっていうこと。」

おかみさんは、静《しず》かにいいました。

「じゃあ、なぜ片手《かたて》なのかも知ってるでしょ。」

魔物《まもの》の心は、だんだん、つめたくおちついてきました。

「いいえ……。」

「ぼくが、森のかしわの木の中に住んでいたっていっても？　それでも、ぼくを知らないっていうの？」

そういうと、魔物《まもの》は、いきなりうしろをむいて、呪文《じゅもん》をとなえました。緑《みどり》の服《ふく》を着《き》た少年は、みるみるうちに、黒い魔物《まもの》にもどりました。長い耳としっぽをもった魔物の子どもに。

そして、この小さな魔物《まもの》は、まるで棒《ぼう》きれのような右手を、おかみさんの前につきだしました。その目の中には、かたきうちをするまえの、赤い光がありました。

おかみさんは、魔物《まもの》の腕《うで》を見て、さけびました。

「まあ、これ、あたしにかまを貸《か》してくれたあの手なんでしょう？　なぜ、こんなになってしまったの？」

おかみさんの目には、涙《なみだ》があふれました。魔物《まもの》はこのとき、涙というものを、はじめて見ました。

それから、おかみさんは、やさしく、魔物《まもの》の右腕《みぎうで》をさすりました。

…………。

そのうちなんとなく、そして、だんだんはっきりと、魔物は、ほんとうのことを知りました。

「ねえ、あなたじゃなかったの？」

魔物《まもの》は、ふりしぼるような声でたずねました。

「ええ、ええ、どうしてわたしが、そんなことをするものですか。」

「じゃあだれ？　だれがしたの？」

魔物《まもの》は、顔をきっとこわばらせて、見えない敵《てき》をにらみました。おかみさんは、首をふりました。

「わからないわ。でも、もうその人のこと、ゆるしてあげられない？」

「ゆるすですって！」

魔物《まもの》は、このことばを、はじめて聞きました。

「それ、いったい、どういうこと？」

「かたきうちの反対《はんたい》よ。」

「じゃ、かたきうちをしないっていうこと？」

「いいえ。」

おかみさんは、首をふりました。

「かたきうちをしないどころか、その人によくしてあげることよ。」

「へーえ、そんなこと……。」

魔物《まもの》は、目をまるくしました。それから、つくづく考えて、ぼそりといいました。

「ぼくには、とってもできないな。」

しばらく、ふたりはだまっていました。

やがて、魔物《まもの》は、しょんぼりといいました。

「だって……あなたのいうことが、ぼくにはわからないんだもの。なぜそうしなきゃならないのか、どうしてもわからないんだもの。」

そしてこのとき、魔物《まもの》は、はっとしました。

(それは、ぼくが、魔物だからだろうか)

いまはじめて、魔物《まもの》は、自分が魔物であることを、つくづく悲《かな》しいと思いました。おかみさんのもっている、ひとかけらのすきとおったものを、自分もほしいと思いました。魔物は、きゅうに、胸《むね》があつくなりました。

「……あなたのいうことがわかりたいと……ぼくは思う……。」

魔物《まもの》は、とぎれとぎれに、こういいました。その声は、たしかにぬれていました。そして、いまはじめて、魔物の目から、ポロンと、涙《なみだ》が落《お》ちました。

たちまち、魔物《まもの》は、しゃくりあげました。

それから、だんだんはげしくすすり泣《な》きました。

魔物が泣くなんて、あとにも先にも、これがはじめてでした。

それから、魔物は、泣《な》き泣き森にかけもどりました。そして、あのかしわの木の中にとびこんで、いつまでもいつまでも泣いていました。

これで、この子どもの魔物《まもの》は、もう一人前《いちにんまえ》になることはできなくなりました。おとなになるまえに、人に姿《すがた》を見せてしまったし、誓《ちか》いをはたさなかったし、おまけに、泣《な》くことを知ってしまったのですから。

でも、切りおとされた小さな右手のかわりに、魔物は、二十年かかって、涙《なみだ》というものを知ったのです。

いく年《ねん》たったでしょうか。

こぼしたたくさんの涙《なみだ》にぬれて、魔物《まもの》は、自分の体《からだ》が、だんだんすきとおっていくような気がしました。ちょうど、角砂糖《かくざとう》が、お湯《ゆ》にとけていくときのように。

そしてある朝、とざされた、暗《くら》いかしわの木の中から、すきとおるように白い若者《わかもの》が、まぶしい日の光の中に、とびだしていきました。

若者《わかもの》は、ちょうど、光の王子《おうじ》のような姿《すがた》をしていました。そして、かろやかな足どりで森の奥《おく》ふかく消《き》えていきました。

（『北風のわすれたハンカチ』、昭41・月不詳、旺文社）
〔『安房直子コレクション』第1巻、平16・3、偕成社〕

TIPS 5

異文化としての子ども

本田和子

ところで、子どもが「無限の可能性」であるとすれば、それは大人にとって把握不能である。「無限」をつかまえることなど、とうてい出来はしないのだから。そこで、前面に押し出されたのが「発達」であった。子どもを「発達」でとらえるために、一応の道すじや段階が必要となる。ゆえに、大人に至る道すじが焦点化され、子どもはその途上にある者として輪廓を与えられる。道をつけるためには、現行の秩序体系に基づく分節化が適用された。こうして「発達」は、「秩序への適応」とほぼ同義となり、「無限の可能性」は密かに有限化されて、子どもは、たいへんわかりやすい存在となった。大人との距離、すなわち、秩序を到達点とする道すじの、どの段階にいて、どれだけの適応能力を獲得しているかが、指標となるからである。

「発達」という隠喩は、「無垢」や「白紙」に比して能動的に機能しやすく、実利と結びつきやすい。しかも、それが、科学的児童研究からの借用であってみれば、合理的で客観的という保証つきでもある。いつの間にか、それは、規範化され、権力を持ち、子どもをすっぽりと覆いかくしてしまった。現代は、「発達」というフィルターを通してしか子どもを把えることが出来なくなったのである。

しかし、いま、子どもに対するそのような「まなざし」に向けて、尖鋭なメスが突きつけられている。よくわかっていたはずの子どもたちがにわかに姿を消していき、合理的な「子ども観」は急速にかげりを帯び始めた。なにしろ、ごく普通の子どもたちが、ごく当り前に、血塗られた劇の主役を、次々と演じて見せてくれるのだから……。

それは一般に、「子どもがわからなくなった」という言い方で表現されている。しかし私どもは、ここで、「わかっていた」と思っていたことの虚妄性に気づかねばなるまい。それと同時に、私どもの深層には、意外につつましやかな、「子どもへのためらい」が隠れ住んでいることにも気づくべきであろう。先の二つの解釈に見られたように、「悪魔を指ささず、名前を呼ばない」、すなわち形を明確にし、範疇化することを避けようとする、あの態度である。それは、規範としての「科学的発達観」から締め出された、子どもに関する「あらゆる感性的なもの」を基盤としている。隠れ住んでいたそれらが、いま、折にふれて姿を現わすとは……。強固に鎧《よろ》われていた規範の体系がようやくゆらぎ、覆い難くその裂け目が露呈され始めたというべきであろうか。

（『異文化としての子ども』、平4・12、ちくま学芸文庫）

解説

本田和子《ほんだますこ》（一九三一〜）

新潟県に生まれる。お茶の水女子大学家政学部卒。一九七〇年よりお茶の水女子大学で教鞭を執り、二〇〇一年からお茶の水女子大学長を務めた。少女・児童の観点から、日本近代・現代の文化史・社会史のあり方を根底から再考した。著書に『少女浮遊』（昭61・3、青土社）、『子どもという主題』（昭62・4、大和書房）、『フィクションとしての子ども』（平元・12、新曜社）ほか多数。

『異文化としての子ども』（初版＝昭57・6、紀伊国屋書店）は、「べとべと」「ばらばら」「わくわく」「ひめやかな」「もじゃもじゃ」「ひらひら」などの感性・感覚の表現を中心として、子どもへの眼差しを想像力豊かに更新し、以後の子ども研究に大きな影響を与えた。

横光利一

滑稽な復讐

或る夜《よ》、彼等の一団は、たて続けに煙草をふかしながら母性愛について論じ合った。垂れ下った煙の底をくぐり抜けた言葉は、母性愛の讃美に傾き出した。

が、その時、Sという男がきざな言葉で次ぎのように語り出した。

——僕の母が僕を愛していたかということの問いに対しては、否と答えることは出来ないが、母がまだ若かった頃は、寝床の中で僕の体を抱きすくめることがいつもだった。僕は丘のような二つの乳房に挟まれた僕の頬へ、それから体全体へじんじんと浸されて行く母の愛情を感じた。また母を前から見ると、見えない愛情を始終投げられていたことも知っている。だが、僕にはこんな記憶があるのだ。それは今ではこの煙草の煙のように、もやもやと崩れかかってはいるのだが……。

——その頃僕の両親は貧しさに追い立てられて、馬車馬のようなあせり方だった。彼等は官林の木材運搬という過激な労働に従っていたが毎夜月を迎えて黙黙と小屋に帰りその同じ月を送りながら背後に痩せた影を引ずって仕事に出かけるという有様だ。そうして常に幸福になろうという希望よりも不幸から逃れたいという考えが先立っていた。彼等は動きそうもない運命を無理に動かそうと努めてうめいていた。が、彼等の心労を五つの僕は察することが出来なかった。手足纏《まと》いである僕は一日中いつも小屋で留守番をさせられたが堪えられない淋しさで両親に怒り出した。或る朝僕はどうしても彼等について行くといってきかなかった。僕を寝かしつけるために一人残った母はほとほともて余した。それは凍ったまま明けた二月の朝だった。霜が白々と下りていた。跣足《はだし》のまま小屋から走り出した僕の小さい踵《かかと》の下で大地はそり返りながら退《しりぞ》いた。母の寒さにくだかれた鋭い声が追っかけて来た。僕は身体中を「意地」にして駈け続けた。道はいつのまにか木材運搬の軌道になっていた。枕木の植えられたその軌道は蛇のようにのたくりながら僕の前に迫り初めた。母は草鞋《わらじ》を右手で振りながら二人の距離をせばめて来た。

「そんなきかん子は、大瀧の中へ放り込んでやるッ。」

道は「大瀧」と呼ばれる瀧の上に延びていた。母は僕の背中を左手で瀧の方へ押しつけた。と、二人はアッと叫びを上げた。僕は瀧の方へよろめいて腰を落した。

「死ねッ死ねッ」といいながら、母は僕を抱き上げようとした。僕は「重り」のように地に食いついたまま動かなかった。

「死に腐れッ」と母は草鞋を鞭にして僕を擲《なぐ》りつけた。僕は噴水のように泣き出した。

「泣く奴があるかッ」と母は声をひきつらせて泣いた。そして二人は張りつめた胸の堰《せき》を落すと、別々の気持で泣き合った。長い間だ。……身体を石のように凍らせて……。

――この記憶は、案外母に対する少しの悪意もなしによみがえって来る。そして母の憎しみよりもむしろ彼女の全部的な愛情を感じる。が、これは僕が年を加えた後の附け足りであるかも知れない。なぜなら今では、その時彼女を支配していた経済的環境を加えて解釈するように智慧《ちえ》づけられているからだ。だが、こんなことはどう説明していいかな。――とSは続けた。

――古風な諺《ことわざ》の中に「稼ぐに追いつく貧乏なし」というのがある。僕の両親にそれをつきつけるには余りに呑気《のんき》な響きを持ちすぎる言葉だが、とに角《かく》それだ。彼等は町へ出て商売をはじめた。そして、僕が十二になった頃から彼等の生活は微笑《ほほえ》み出した。くろずんだ生活の色に染《そめ》られて来た僕は、この生活の微笑に微笑んだ。が、父と母とは彼等が造出《つくりだ》したこの微笑みを挟んで、絶えず口論に疲れなかった、これは僕には意想外だった。彼等はこれまで激しい口論を日課のように繰返して来た。だがそれは彼等の前につきつけられた暗い生活にいらいらしての、心にもない結果であろうと思っていた。

ところがそうではなかったのだ。彼等は互に異《こと》った歯を持った歯車であった。生活という原動機の好《よ》し悪しに拘《かかわ》らず、それはどんなにしても衝突は避け難かったのだ。それは性格的な確執であった。そうして口論はいつも父によって焚《た》きつけられ、母によって消された。母は自分の主張を黙らせてしまうことによってまた父を黙らせた。僕は胸を暗くしながらこの争いを見た。そしていつのまにか母の味方になった。父に押しつぶされた彼女の姿を眺めると「立てッ、立てッ」と声のない叫び声を幾度となくあげていたのだ。

が、僕は或る日のいまわしい情景を頭から棄《す》て去ることが出来ない。

それは日光の重さに堪え兼ねた町のうめきを耳にするような夏の日の午後だ。道は打ちのめされて横たわり、人影は一つもなかった。犬がよろよろと動いていた。僕は何かしら物悲《ものかな》しい気分で遊びから帰

「稼ぐに追いつく貧乏なし」 常によく働いていれば、それ以上に貧乏になることはない、という意味。

りながら、自分の家へ這入《はい》った時に、その感情を家一杯に打ち撒《ま》いて、ひねくれた泣き方で母を困らす自分を感じた。

が、家の前に立った時、不意にその感情は飛び散った。僕は鎮まり返った大きなざわめきに耳を傾け、「静かに、静かに」と囁《ささや》く神経に身体を引きしめた。何事かがこの家の中で行われているという直感がひらめいたのだ。僕は忽《たちま》ち息を殺し、足をしのばせるという子供になった。家には誰の姿もない。僕は放射されている眼に見えないあるものをさがし当てた。それを胸で押しちぢめるようにしながら二階の階段へ近づくと、蛇のように一段一段と音を立てずに登り出した。と、母が、稲妻のように階段の上に現れた。

「今帰ったの」と母は無理に微笑を刻んでいった。

「外は暑い?」

媚《こ》びている! と僕は思った。僕は返事をせずに、かすかに顫《ふる》えている母の身体を睨《にら》んでいた。

「階下《した》へ下りよう、二階は暑い。」

僕はやはり黙りながら階段を下りた。僕は母の憎しみを感じて固くなった。それをはね返そうとした時、不意に又子供の僕がよみがえった。母の憎しみを彼女の子として感じた時、子は負けた。僕は意地の悪い泣き方で益々悲しみに固まった。

「暑かったんか。氷を飲みに行こう。さあ一緒に行こう。」

母が父に復讐したと僕は思った。母の復讐を期待した僕は、母の復讐にぶつかると母を憎まずにはいられなかった。それは母がきわめて下劣な方法で父に復讐したからだ。母は父を愛しているのは間違いない事実である。それにも拘らず彼女は愛している父への反抗として、愛してもいない男を愛して復讐したと考えている。それが僕をいまわしく思わせた。だが、僕が母の復讐を期待した心理の裏《うち》には、母の復讐によってやがて母と僕とが父と共に朗らかな微笑を交《かわ》すであろう情景を願っていた。だが、母が遂行した復讐は、子が母を憎み、反って父の味方になろうという結果で終っている。その僕の裏切られた気持が強く母に向ってせまり出した。母はそれを憎しみではね返した。そうして互に憎しみを投げつけ合った。父は何も知らなかった。父の焚きつける口論を母が意識なしに消してしまうまで、僕と母との戦いも終らなかった。

――この記憶を手繰《たぐり》寄せる時に、僕はいつも母が僕に投げた憎悪を呼び覚して、刺されるような気持になる。僕はこの記憶だけはぜひ塗り潰してしまいたいと思っているのだが――

とSはいった。

Hという男は平凡な顔をしてこういった。

――しかしそれを母の憎しみとして解釈するのはどうかね。それはもちろん母の憎しみには違いないが――

――この事件は普遍的な性質のものでなく、アブノーマルなものなんだ。

――僕はそんなことをいうのじゃない。僕のいう意味はこの母の憎しみを母の憎しみとしないで、むしろ女の憎しみとして解釈しなければならないと思うのだ。つまり君が話したお母さんの心理は母としての働きでなくて、女としての働きであると思うのだ。

アブノーマル　異常。

——母はそれが僕であってもなくても同じ憎しみを投げつけただろうというのだね。彼女の憎しみは母としてではない。だが、僕はやはり女としての憎しみ以外に、母としての憎しみをも受け取ったように思う。僕はそれを明《あきら》かに感じたんだ。——

とSはいって続けた。

——彼女の秘密を知ったのは、彼女の愛している子だった。彼女は愛する子供を愛し得ないばかりか、憎しみをも投げつけねばならないことに気がついた。その悲しみが憎しみの色に塗りかえられて流れはじめた。僕はその流れを感じたのだ。滔々《とうとう》と波立てて流れて来る母としての憎しみに洗われている僕である事を感じたのだ——

——しかし、母はいつの場合でも子を愛しているということは確かだね。憎しみがあるとすればそれは愛情の変形に過ぎないのではないだろうか——

とAという男が勿体振《もったいぶ》った。

Sはいった。

——それは事実だ。母は常に子を愛しすぎる位愛している。ときには愛情で子を縛りつけて身動きもさせない。そうしていつまでも、まるで彼女の身体の一部分でもあるかのようにいたわろうとする。だが僕は彼女の愛に押し潰されているのを感ずると、そこから逃れようとしてもがいた。母はよくこんなことをいう。

「お前は少しもお母さんの気持を知ろうとしないんだから。」

僕はこう答えた。

「お母さんこそ僕の気持を知ろうとなさらんじゃありませんか。僕はお母さんに、とや角干《かく》渉されるのがいやなんです。」

そうして母の愛情をはね返して起き上った時に、僕は初めて自由だと思った。僕は彼女から離れて上京したのだ。

そうしてSは次ぎのように話を結んだ。

——僕は母の愛が、愛以上の利己的なものを強制するので不愉快だが、彼女を憎むことは出来ない。

「お前は少しもお母さんの気持を知ろうとしないのだから。」

という言葉は、子を自分のものになし得ない母の歎きであり、母になり得ない母の歎きでありはしないか、と僕は思うのだ。

Sがこういったとき、今まで部屋の隅で馬鹿らしそうに黙って聞いていたKが、突然こういうことをいい出した。

「今までSの話して来たことは、みんなSの錯覚だよ。Sはつまり、何でも深刻に深刻にと考えたがる癖があったんだ。馬鹿な話さ。」

すると、Sは急に青くなってKを睨みつけた。

「君は僕が冗談で家を飛び出して来たと思っているんだな。」

「そこだよ。問題は。僕は君のお母さんが他の男と馬鹿な遊びをしていたと睨《にら》んだ君の眼力《がんりき》に自信が置けないんだ。君のお母さんが稲妻のように二階から現れて君に媚びたということで、君は君の大切なお母さんを一生疑って来たんだが、一体母というものは子供にとっては実に善良で、心が空のように快活なときには不意に子供に媚びるものだ。」

　Sは面体《めんてい》をぴしゃりと打たれたように眼を光らせた。Kはそれにはかまわず、今まで聞いて来た不愉快な話に復讐するようにいい続けた。

「僕はSが家を飛び出した原因が、お母さんのそんな些細な媚びから初まったのだとすると、人間というものが恐ろしくなるね。実に馬鹿な奴じゃないか。媚びれば媚びさせて置くがいいんだ。女に媚びなくして、何の人生ぞやだ。馬鹿馬鹿しい。」

　すると、一座は俄《にわか》に笑い出した。ひとりSの深刻な表情だけが、壺の口のように滑稽に見えて来た。

　Aはいった。

「お母さんに復讐したつもりでいたSが、今度はKに復讐された、という形だな。この人生という奴は、どこまで復讐されるか分ったもんじゃないね。はッはッはッはッ…………。」


（『サンデー毎日』昭2・9）

〔『定本横光利一全集』第2巻、昭56・8、河出書房新社〕

面体　顔。

安部公房

探偵と彼

颱風《たいふう》のあとで二、三日めずらしく乾燥した日がつづいた。風がふくと蒸発した水溜《たま》りから、夕陽を背にした製粉所のまわりのように白いほこりが湧《わ》きあがる。顔をふせ、薄目をして歩きながら、ふと私は不安になった。どうやら不安は私の足どりと関係しているらしかった。しかしこれは毎日歩きつけた平凡な道で、不安の理由になるようなものが隠されているとは思えない。けれども不安はやはり私の足どりの中にあった。立ちどまって、目をあげた。見なれた町角と、塀《へい》と、雑貨屋と、電柱と、それに赤味をおびた灰色の空があった。不安が消えた。しかし顔をふせ、薄目になり、歩きだすとすぐまた不安がもどってきた。

薄目に見える狭い視野には、ぽこぽこと乾いた土を交互にふんで歩く私の左右の靴と、道端のほこりをかぶったわずかの雑草があるきりだった。ところがその単調さのなかになにか異様なものが感じられるのだ。一歩一歩、危険にむかって足をはこんでいるような気さえしてくる。不安の理由をつきとめようとして、私はあせった。不安を感じて中断した思考、それまでの考えごとの中に糸口があったかもしれないと思い、もう一度たぐりよせてみることにした。

私はある口論について考えたらしい。しばらくまえ、友人と犯罪について論議し、かなり強く罪悪内在説を主張したことがあった。すべての犯罪者は、終局において自分自身責任をとらなければならないという意見である。ところがそれから間もなく、別な友人に同じ問題で議論をふっかけ、こんどはなぜ

歩きつけた　歩き慣れた。

か罪悪外在説を主張していた。前後の予盾に気づきながらも、かえって面白がりさえしていたようだ。どうせ犯罪なんかに関係をもつことはないのだからと、たかをくくった気持でいたのだろう。それっきり忘れてしまったはずだった。ところがいままた、私は知らずに自分自身に向って議論をぶりかえしていたのである。だが相手のない議論に熱が入るはずがない。ふらふら迷路の中を手さぐりで歩き、そのうち二つの意見の区別がつかなくなり、ついには罪が、たとえば殺人が、なぜ罪なのかさえ理解できなくなって、ぼんやり薄目のあいだから足もとをながめていると、ぽこぽこの土をふんでいく私の足があり、ほこりをかぶったわずかばかりの雑草があり、それから突然不安におそわれたというわけだ。

目をあげれば道は見馴《な》れた街々に通じている。目を伏せると道は見知らぬ謎の土地に通じていた。わけを知ろうとして、古い記憶の内部にむかって八方手さぐりをする。すると突然、不安がきたと同じように突然、薄目にうつるこの小さな風景が遠い思い出にむすびついていたことに気づいた。

これは私が育った町の風景だ。その町は年中乾いていて、ほこりっぽい風が吹き、年中顔をふせ薄目をして歩かなければならなかった。ぽこぽこの土をふんで歩く左右の靴と、ほこりをかぶったわずかばかりの雑草だけが、その町の風景のすべてだった、私は記憶の中を歩いてるのだった。

そう気づくと同時に、本のページがぱらぱら風にくられるように私は不安の核心に近づいていった。淡い灰色の思い出のなかから、瀬戸物をこすり合わしたような音をたてて、一つの事件が突進してくる。それは私が大人になってからまだ一度も思い出したことのない事件だった。なぜ急に思い出したりしたのだろう？　いやそれよりもなぜすっかり忘れてしまっていたのだろう？　風が強くなる。息をこらす。しかし突進してくる思い出からもう身をさけることはできない。風にさからって、足を早めた。

向うには生徒の及落をきめるいやな会議が待っているのだ。私はこれから一人の劣等生に落第を宣告しに行くところだ。

もっともあれが本当に私であったかどうかははっきりしない。十二、三の年頃の記憶などあいまいなものだ。自分のしたことを他人がしたことのように、あるいは反対に他人のしたことを自分がしたことのように思いこんだりする。しかしこの場合、私でありえた可能性がある以上、どっちだって同じことではないか。仮に私だとしておこう。

町の名ははっきりしているが、これも仮にHということにしておこう。当時私はHの日本人小学校の六学年だった。学校は租界——租界という言い方をしたかどうかは明確でないが、とにかくそれらしきもの——のはずれにあって、道路をへだてたすぐ裏側は古い中国人の町だった。だから裏門のかんぬきは動かないように釘でとめてあり、さらにそのうえに有刺鉄線がまきつけてあった。しかし塀をのりこえてくる子供も五、六人はいた。大体租界ができる以前から住んでいて、租界ができてもこちらに移ってくることができなかった貧しい中国人相手の商人の子供たちである。軍隊に守られてやってきた新しい御用商人や役人や鉄道従業員たちの子弟とのあいだに自然区別がうまれた。私がギセイ者にえらんだあの少年も、塀をこえてくる向う側の子供たちの一人だった。

彼が彼でなくても、べつの彼がえらばれていただろう。そのころ私は馬鹿気た探偵小説や冒険小説に夢中になっていたにちがいない。私の頭は怪しげな空想でいっぱいになり、見るもの聞くものに謎と秘密を感じていた。それはたしかに日本人の閉ざされた環境と租界の外にまつわる様々なうわさ話に刺戟《しげき》

H　安部公房は、成城高校に入学する前の少年時代、旧満州の奉天（現在の遼寧省瀋陽）に居住していた。

租界　第二次世界大戦以前、中国の都市で、外国人が行政や警察権を管理する地域のこと。上海の共同租界が有名。

されたということもあると思う。私はいやでも犯人をさがさなければならなかった。私はロープとナイフと、蝋燭《ろうそく》とマッチと、鏡のかけらと、それに黒い表紙の手帖をポケットにして、あらゆる言葉、あらゆるものから事件の糸口をつかもうとやっきになっていた。しかし一人ではなかなかやりにくいことが分った。教室の窓枠のきず、廊下に落ちていたチョークのかけら、校庭のいたずら書き、どこかの家の塀のひび、ネズミの死骸、犬の遠吠え、誰かの咳ばらい……あやしいことはいくらでもあるのに、そこから先にどうしても入っていけない。そこで仲間をつくることにした。仲間はすぐみつかった。誰だったか名前は忘れたから、一応Kということにしておこう。

やはり仲間というものはいいものだ。Kと一緒にはじめるとすぐに容疑者のめぼしがついた。いや、Kがいい情報をもっていたから仲間にしたのだったかもしれない。いずれにしても私たちはついに「彼」を発見してしまったのである。もっともはじめにKが言ったのは、ただこれだけのことだったのだが。

——あやしいやつといえば、なんだってぼくは、＊＊君だと思うな。

しかしそれだけで沢山だった。いままで気づかなかったと思われるのはくやしいから、すぐに相槌をうった。そう思ってみれば、＊＊君が怪しいことにいままで気づかなかったというのは、おそろしくうかつなことなのだ。彼は租界の外から塀をのりこえて通っていたし、いろんなものを袖や胴の中にかくせるようにダブダブの服を着ていた。学校をよく休むくせに、休んだ理由は誰にも話そうとしない。ほかの子供と一緒に遊びたがらず、いつでも一人でニヤニヤしている。弁当を食べるのが一番早く、すぐ外に出ていくので、昼休みの彼の行動をほとんど知ることができない。とにかく、絶対に怪しいというよりほかないわけだ。

ついでにもう少し彼の説明をつけくわえれば、髪の毛がうすく禿げ上っており、それが子供には珍しく分別くさい顔をつくっている。成績は中の中から中の下あたり。しかも学期ごとにきちんきちんと下っていく。鉛筆をかじるくせがある。ただ、ほかの子供と一緒に遊びたがらないというのは、おそらくそうではなくて、ほかの子供のほうが遊んでくれなかったのだろう。

（しかしこれが本当に「彼」のイメージなのだろうか？　おかしい、まったくあの生徒とそっくりだ。これから私が落第をきめに行こうとしている、あの生徒のことを考えているみたいじゃないか……）

私たちはまず手帳のはじめに、彼の名前を大きく書きつけた。そのわきに頭蓋骨の絵をかいた。はじめての昼休み、私とKはつぎのように手分けして行動した。Kは弁当を食べ残して彼の跡を追う。私は、一番最後までかかって、誰も居なくなったところで彼の持物をしらべる。計画は一応予定どおりはこんで、とにかく私が彼の机をしらべるところまできた。胸がどきどきして、すこし足がふるえた。ポケットの七つ道具にさわってみたが、ちょっと今は使いようが分らない。しのび足で近づいて、蓋にさわろうとして、ふと指紋がついては困ることを思い出した。やはり準備は周到でなけりゃならんものだ。ナイフを出して、手をつかわずに蓋を開けた。このことはぜひともノートしておかずばなるまい。表紙のはげかかった教科書と、帳面、そのわきに筆入れがあった。まず筆入れをしらべてやろう。半分以上噛みくだかれた鉛筆が三本。片刃の安全カミソリ一枚。それに変な形をした消ゴム一箇……おや、これは怪しい消ゴムだ。靴の踵《かかと》みたいに固くて、キラキラ光るものが入っている。これは大事な証拠になりそうだぞ。ナイフで片面をこそぎ落し、落ちた屑を手帳の紙につつみこんだ。つぎに帳面の調査にかかろうとしていると、そこに息を切らしてKが駈戻ってきた。私はあわてて机に蓋をし、Kの腕をつかんで教室の外にとびだした。築山《つきやま》のすべり台の下に入って、ほっとした。

——どうしたのさ。

——うん、ずっと後をつけて行ったんだよ。そうしたら＊＊君はね、ずっと校舎の裏にまわって……

——ちょっと待てよ。手帳に地図を書かなくっちゃ……こう校舎があって、ここに裏門があって……

——うん、この垣根の下をくぐって行ったのさ。それから、小使室の窓の下で、窓に向って変な合図をしたぜ。

——じゃ、小使までぐるなんだな。こりゃきっと大事件だぞ。

——ぼくもそう思うな。しばらくこの角からのぞいていたらね、＊＊君がこっちにまがったから、ぼくも垣根をくぐってついて行ったんだ。小使室の窓の下じゃ、壁にぴったりくっついたりしてさ、そりゃすごい冒険だったんだぜ。ちょうど窓の下を通りぬけようとしたとき、急に小使が笑ったもんだから、びっくりしちゃった。

——笑った？

——うん。

——なぜだろう？……でもとにかく、書いとこうか。記録ってのはとっても役に立つんだよ。

——それがいいよ。そいでね、次の角までやっとこさたどりついて、ひょっと見るとさ、すぐそこに、裏塀にまたがって、こっちを見てるんじゃないか……

——＊＊君がかい？

——そうなのさ。

――そいで？

――ぼくを見て、ニタリと笑ってさ、ぼくに一緒に来ないかいって言うんだよ。

――ニタリと笑ってかい？　そりゃすごい悪党だな。そんなときニタリと笑うなんて、まるで冷血動物じゃないか。

――そうだろう。こわかったよ。

――そいからどうしたのさ。

――逃げてきたよ。だって誘拐されたりしちゃ、ばからしいじゃないか。

――そうだね。そりゃきっと誘拐しようとしたんだね。まちがいないな。でも、無事でよかったなあ……

――やれやれ、世間っていうのは恐いもんだ。で、君のほうは？

私は収穫の消ゴムの屑をとりだして見せてやった。しばらくつまんだり、嗅いだりしてみてから、Kが溜息まじりに言った。

――きっと、なにかの証拠だな。

――すぐ先生に言っていこうか。

――だめだよ。もっとはっきりした証拠をつかまなくっちゃ。

私たちはこわごわ教室の窓のほうをふりかえってみた。校舎全体が急に秘密めかしく、おそろしいものに思われた。しかしそれ以上に、私たちは強い使命を感じとっていたのだ。

その放課後、二人で彼を尾行してみることにした。こんどへまをやったら、学校の外だという心細さと、とにかく不吉な噂に満ちている租界の外に出るのだということで、私たちはすっかり緊張しきっていた。ふと名案を思いついた。十歩行くごとに、マッチの軸を小さくちぎって落すのだ。こういう心掛が、いつも探偵の生命を危機からすくいだすことになっている。やがて町の様子が一変し、ゆがんだ黒い、焼いてない煉瓦《れんが》の軒並《のきなみ》になる。高い塀、小さな窓、大きな門、まがりくねった道。区別のつかない、いくつもの同じような路地……マッチが切れた。私たちは先に進むのを思わずためらった。海にでもとびこむような気持でまた歩きだしたが、そのためらいのあいだに、彼を見失ってしまうことになった。あわてて引返そうとすると、わけの分らぬ袋小路に迷いこんでいた。高い木の柵でかこんだ材木置場に出た。中国人たちが私たちを見てにやにや笑っていた。大きな犬が近づいてきてくんくん鼻をならした。Kが泣出しそうになった。泣いたりしたらつかまってソーセージにされるぞとおどかすと、やっと泣くのをやめた。戻ってちがう道を、マッチの軸をさがして盲めっぽうに歩きまわった。困ったのは、マッチの軸なんてどこにでもおっこちているということだった。

日がくれかけていた。私たちはぐったりして道端に腰をおろし、動けなくなってしまった。しだいに心細さがくわわって、たがいにたがいの非を難じはじめる。もうすこしでけんかになろうとしたとき、私たちに声をかけたものがあった。

――なにしてるのさこんなとこで?

彼だ。まるで塀の中から湧出したみたいに、上衣《うわぎ》なしのシャツ一枚でこちらをむいて立っていた。私たちは疲れなどふきとんでしまい、同時にはね上るように立上った。

――道に迷ったんだよ。とK。

——ちがうよ、休んでいたのさ。と私。

——道に迷うなんてはずはないじゃないか。そら、そこに測候所の塔がみえるだろ。でも、そんなとこで坐っちゃ、ダニにたかられるよ。

身ぶるいして振向いた。なるほど、黒い屋根の向うの、赤い空の中に、ロシア人の建てた白い塔の先端が見える。なんていうヘマをしたんだろう。下ばっかり見ずに、ちょっと上を見ればよかったんだ。私たちは何くわぬ顔で塔の見える方角に歩きだした。しばらく行って振向くと、彼はまだじっと私たちを見送っていた。私はポケットから鏡をとり出した。

——いいかい、もう後を見たりしちゃいけないぜ。こうして、鏡で見て油断させるんだ。

かなり行った曲り角で、曲るふりをして身をひそめ、鏡にうつして様子をうかがった。彼はたしかめるようにしばらく待ってから、向うの角に姿を消した。

——な、そうだろう、ぼくたちに何か隠し事をしているんだよ。ぼくたちに見られちゃ具合のわるいことをしようとしているんだ。

——そうだね。でなきゃ、上衣を脱いで変装したりするはずないもんな。行って見ようか。

——いや、＊＊君はぼくらがこの道からいなくなるのを待っていたんだから、きっとここから見えることをするつもりさ。

——じゃあこっちにやってくるかもしれないよ。どうする……？

あわててあたりを物色した。半開きになった門があった。

——来たらあの中にかくれよう。

鏡だけでのぞいていたので頭がくらくらしはじめた。ほんの数分間だったと思うが、全身がしびれるほどながく感じられた。やがて予期したとおり――はじめて予期したとおり、彼がふたたび道にあらわれた。樽をのっけたリヤカーを押していた。私たちはよろこびのあまり小突きあい、思わず叫びだしそうになった。いそいで門の陰にかくれた。ごとごとリヤカーの音が近づいてくる。くっつきあって、隅っこにうずくまり、互いの体のふるえがよく分った。リヤカーが角を通りすぎるのを見はからって、そっとのぞいてみた。リヤカーを押していく彼の姿がすぐそばに見えた。丸襟のシャツの肩の継目のほころびが見えるくらいだった。

興奮のあまり、しばらくは口もきけないでいる。リヤカーの音がほとんど聞えなくなってしまってからKが言った。

――後をつけていこうか？

――いや、名探偵というものは、そんなに尾行ばっかりしてるもんじゃないよ。あるところまでやったら、あとは手帳に書いたり、じっと考えたりしなきゃいかんのだ。

本当の理由はむろん空腹と母親の小言がこわかったからにほかならない。しかし当面筋の立つ理由である。Kもむろん大賛成だった。

――でも君は、あの樽の変なところに気づいたかなあ……

――え？

――そら、樽の口のまわりのところさ。

――ああ、あの黒いしみかい？

——しみじゃなくて、こびりついた固りだよ。

——うん。

——K君、あれはね、阿片なんだよ。ぼくは知ってるんだ。阿片ってのはね、コールタールみたいなものでね、これっくらいで百円もするのさ。それで、人殺しだってできるんだって。

——じゃ、あの樽なら千円はするね。

——ばかいえ、一万円さ。

——そんなに人殺しして、どうするんだろう？

突然私たちはぞっとするような恐怖におそわれ、塔の見えるほうへ夢中で駈出した。


翌朝、すこしおくれてやってきた彼は、鞄もおかずにまっすぐ私の前にきて言った。

——君はおれになんの用があるんだい？

べつに咎《とが》めだてする声ではなく、むしろ哀願の調子でさえあった。とっさに私は叫んだ。

——＊＊君は、おれって言ったぜ！

教室の中でおれという言葉は禁句になっていた。彼はぎょっとしたようにあたりを見まわし、眼をふせて、すごすご席にもどった。私は自分のしたことが、名探偵にはふさわしくない、少々卑劣なやり方だったような気もしたが、彼に対する気持が探偵という客観的な関心から、いつのまにか強い憎しみと敵意にかわっていて、それがすぐに反省の気持をおさえつけてしまった。

二時間目の休み時間に、私たちは思いきって先生に訴えてでた。昨日の出来事をのこらず報告し、大

阿片（アヘン） ケシの実の殻から分泌される液を乾燥して作られる。アルカロイドと呼ばれる薬物を含み、鎮痛剤のほか麻薬として流通した。アヘン戦争（一八四〇～四二）は、中国の植民地化の契機となった。

コールタール 石炭を乾留して得られる黒色の物質で、染料や医薬品、防腐塗料として用いられる。

犯罪の計画が行われていることをつげると、先生ははじめ驚きのあまり顔をひきつらせていたが、やがて気が狂ったように大声で笑い、笑いながら椅子の上で何度もとびあがった。私は先生が授業以外のことはなんにも関心を示さない人物であることに、かねがね不満をもっていたのだが、このときばかりは本気で腹を立ててしまった。私が腹をたてると先生も腹をたてた。

——ばかもいいかげんにしろ!

そう叫んで竹の棒をはげしく床にうちつける。私は黙って席に戻り、しかし決してへこたれてしまったわけではなかった。むしろ彼を倒すべく、ますます敵意をたかぶらせただけである。今夜はどうしても彼らの阿片の隠し場所をつきとめてやらなければならない。ところがあいにくその日は、彼が昼から早退けしてしまい、後をつけることができなかった。計画は翌日まわしにされた。

しかしそれから十日ほど、彼がつづけて休んでしまうのである。はじめの三日、私たちは落胆した。四日目に気をとりなおし、思いきってやりさえすれば、かえって先生を納得させることにもなるのだと考えた。学校を休んでまで悪事をはたらいているのだと知ったら、いくら先生だって許すまい。むろん私たちも休まなければならないが、それは正しいことのためだし、ちょっとくらいならおこられても我慢しよう。そういうわけで、五日目は、朝から例の塔の見える横丁にはりこむことにした。

三時間ばかり待ったがなにもおこらなかった。思いきって、彼がリヤカーを引出したあたりの路地をさぐってみることにした。黒くて高い塀が三十メートル以上もつづいており、同じような門が五つ同じようにぴったり戸を閉ざしていた。彼が出てきたのはきっとそのどれかだ。しかし見てまわるだけの勇気はなかった。出会いがしらに彼が現われ、ピストルでもつきつけてきたらどうしよう。ひっぱりこんでソーセージにするくらいはお茶の子にちがいない。それに門の中には彼の仲間がうじゃうじゃしているのだ。

塀の高さをはかってみた。ロープをつかえば越えられないほどの高さではなかった。どこかリヤカーの跡のある門はないだろうか？　リヤカーの跡くらいはどの門にもついている。待とう、待とう、あせってはいけない……やがて正午のサイレンが鳴る。

鳴りおわると同時にうしろから声がした。

——なにしてるのさ、こんなとこで！

彼だ。またへまをした。私たちは唾を飲んで立ちすくむ。

——ぼくになにか用があるのかい？

彼は上唇をめくって、歯をむきだした。しかしそれは怒ったのではなく、泣きかけているのだった。涙が両方の眼から一滴ずつ、するすると頬をつたって口の中に流れこんだ。彼は唾をはいて、こもった声で言った。

——いいさ、ぼくの家をみて笑いたいんだろ。見たらいいじゃないか、おしえてやるよ。……その二軒目さ。

彼はリヤカーをひき、私たちの前をとおって、二軒目の門の戸をおした。戸は重々しく、しかし簡単に開いた。振向きもせずに門をくぐった。その後に、キリキリキリと音をたてて戸がしまった。

私たちはしばらく、はぐらかされたような気持で、黙りこんでしまった。しかしこの気持にはなにか誤解があるのかもしれない。そう、たぶん誤解にちがいない。だが、悪い誤解ではあっても、いい誤解

お茶の子　「茶の子」は茶菓子のことで、腹にたまらないことから、「容易にできること」の意味。

であるはずがないのだ。気をとりなおして、門にせまった。隙間から中をのぞくと、中庭があり、黒い煉瓦でつんだ物置のような小屋の入口がみえた。入口のそばの木の台に一人の男が寝ていた。その頭に彼が濡らした手拭いをかけてやっていた。彼の親分かもしれなかった。

——あれはきっと、阿片患者だな。

視線をまわすと、中庭の反対側に例のリヤカーと樽がいくつもつんである。樽はぜんぶで二十近くあった。樽の向うにもっと小さい建物の入口がのぞいていた。男がなにか言うと、彼は眼の下をぬぐって首を横にふった。それから樽をころがして一つ一つ、小さな小屋の中にはこびはじめた。

——すごいな、二十万円だ。二十万円って、どんなだろうな。とKが声をふるわせてささやく。

——もっとさ、もっとだよ。あの中にまだ沢山かくしてあるんだ。きっと百万円くらいはあるよ。と私。

その日、どんなに勝誇った気持で先生の前に立ったことだったろう。彼は病気でもなんでもなかった。学校を休んでせっせと悪事をたくらんでいた。この眼でたしかめたのだから間ちがいはない。だが先生の顔は険悪だった。机から顔もあげずに、分ってる、と一言いっただけだった。しかし先生はなんにも分ってやしないのだ。私は先生に本当に分らせるために、さらに次の手段をとらなければならないと考えた。

翌日私は例の七つ道具のほかに、かん詰の空かんを一つ用意して出掛けた。十一時ごろ、昨日の経験から、彼はあと一時間くらいはいないはずだったが、念のためにKを横丁の角に立たせ、口笛で合図してもらうことにした。のぞいてみたが、誰もいなかった。男はあるいは小屋の中で寝ているかもしれない。そっと戸をおしてみると音もなく開いたが、しまるときにきしむことを知っていたから、石でおさえて開いたままにしておいた。しのび足で手前の樽に近づき、横にしてみると空っぽだった。その向うの、つみ上げてあるのが、中味の入っているやつなのだろう。しかし、音をたてずにおろすのはむつかしい。思いきって中庭をつききり、小さな小屋の方に入ってみる。むっと吐気をもよおすようなにおいがした。変な音がするので振向くと、中国人の女が門からこちらをのぞいていた。視線があうと、笑顔をうかべてうなずきそのまま立去った。心臓が頭の中に入りこみでもしたように、ごとごと大きな音をたてていた。

向うの小屋に大きな瓶がよせかけてあった。その下に口に漏斗《ろうと》をさした樽がおいてある。するとその瓶の中味が樽の中味だというわけだ。一歩ふみこんだとたん、つまずいて、樽がごろごろころがりだした。大きな小屋の方から、＊＊の名を呼ぶ男の声がした。私は空かんをもって瓶のほうに突進し、中味をすくいあげると同時に、はねかえされたように外にむかって駈出していた。男の呼声が聞えた。樽がつぎからつぎに、くずれてころがりだした。私はかまわず門を駈けぬけ、Kに逃げろと合図しながら、空かんをかかえて一散に走った。男はべつに追いかけてくるようでもなかった。たぶん阿片中毒がこうじて、身動きできなくなっているのだろう。横丁の角で、さっきの中国人の女がにこにこ笑っていた。なにかの暗号のように思えて、かえって薄気味わるかった。

学校につくまでに、かんの中味は半分くらいに減ってしまっていた。しかし、証拠としては充分だ。授業が終るのを待って、先生の前にとんでいった。

――なぜ遅刻した！

先生は私を見るなり声をふるわして叫んだ。Kはどこかに逃げてしまっていなかった。卑劣なやつだ。

——それどこじゃありません。先生、大変なんです。私は黒いどろどろした液体の入った空かんを先生のまえにつき出しながら、きっぱりと言う。いやむしろ、しゅうねん深くといったほうがいいかもしれない。——先生、これ、なんだか分りますか?

先生はうたがわしげに空かんの中をのぞきこんだ。においをかぎ指の先にちょっとつけてなめてみた。

——なんだ、正油《しょうゆ》じゃないか……

——ちがいますよ、阿片ですよ! ね、ほら……

——阿片?……

先生は立上って私のほうに向きなおった。私は危険を感じて後すさった。先生の大きな手が私の頭を横なぐりに打った。首をすくめたのでほとんど痛くはなかった、しかしその瞬間私は先生の正態《しょうたい》をみぬいてしまっていたのだ。つまりそういうわけだったのか。小使だって彼とぐるだった。やはり手帖につけておくといい。いつかはきっと役にたつ。私は先生のところから逃げだして、最後の作戦にとりかかった。これは名探偵が最後によくつかう手だ。犯人を自殺させてしまうあの最後の手だ。これが探偵小説の結末にもなる。

むろん本当の結末はいろいろある。実際に私がやったのは、あの樽にのこらず穴をあけて、中味をすっかりぶちまけてしまうことだった。私はしこたませっかんされ、父が全額賠償し、おかげで私は学校中の英雄にまつりあげられた。彼はそれっきり他の学校に転校してしまった。だが、どんな結末だろうと、私が英雄になり、彼が姿を消してしまうという結果には変りなかったと思う。なぜだろう。問題はそこなのだ。私がなぜ私であり、彼がなぜ彼だったのか。

風がふいている。私は不安だ。一体私が私の生徒について、なにを決められるというのだろう。私には彼を落第させる資格はない。

（『新女苑』昭31・1）

〔『安部公房全集』第5巻、平9・12、新潮社〕

TIPS 6

現代児童文学の語るもの

宮川健郎

「現代児童文学」は廃墟と化した。だが、そのことは、子どもたちにとっては、それほど意味のあることではないのかもしれない。

最近、こんなことがあった。日曜日の朝、小学二年生の娘が、自分の本棚の前で、「あっ！」と声をあげた。「どうしたの？」とちかづいていくと、「ねえ、ねえ、『王さま』シリーズを書いたひとって『かいぞくポケット』を書いたひとと同じなんだね。」という。（中略）

娘は、ふたつシリーズの作者が同じという「大発見」にちょっと興奮気味で、「おとうさん、知ってた？」というが、私はむしろ、がっかりしてしまった。このことは、私も、何回かアナウンスしたはずだったのに、彼女は、それにようやく気がついたのだ。ごくごく小さいころから、この娘にも、その下の弟にも、毎晩、絵本を読み聞かせてきた。読み聞かせするときには、まず、作品のタイトルを読み、そのあとに、かならず、作者の名前と画家の名前、そして発行所も、大きな声で読む。作者にも画家にも出版社にも、敬意を表さねばならないと考えるからだ。それなのに……。

しかし、私は、一方で、やっぱり！　と思っていた。私は、子どもの読書には、「歴史性」がないのではないか、とうたがってきたからだ。私の娘の例でもわかるように、子どもは、（観察によれば一〇歳ぐらいまでの）、どんなに愛読している作品でも、その作者のことをほとんど意識しない。作者を意識しなければ、その作品が生まれた年代にも、当然、関心をもたないだろう。子どもの前では、大正期の童話も、六〇年代の児童文学も、九〇年代の児童文学も、ただ、「本」

として、横一線にならんでいる。だから、歴史的な目で見れば、子どもの本棚は、「ごちゃごちゃの本棚」なのだ。
たぶん、子どもたちは、ジャンルもあまり意識しないと思われる。子どもたちの前では、児童文学もマンガもアニメーションも、そして、ゲームのソフトも、共時的な一線にならんでいるのではないか。だとすると、「児童文学」という概念は、大人のものにすぎないということになる。半ズボンを誕生させ、児童文学を成立させたのは、「子ども」の発見によると、「はじめに」に書いたけれども、それは、大人たちの心のなかでおこったことだった。「子ども」を発見し、「大人」と「子ども」を区別したことによって、彼らは、はじめて、「大人」になったともいえるだろう。

（『現代児童文学の語るもの』、平8・9、NHKブックス）

解説

宮川健郎《みやかわたけお》（一九五五〜）

東京に生まれる。立教大学大学院前期課程修了。宮城教育大学助教授、明星大学教授を経て、現在、武蔵野大学教授。宮沢賢治から現代作家に至る多くの児童文学の作家・作品の分析を踏まえつつ、現代の児童文学史を根底から再検証している。著書に『国語教育と現代児童文学のあいだ』（平5・4、日本書籍）、『宮沢賢治、めまいの練習帳』（平7・10、久山社）ほか多数。

原題は『「児童文学」という概念消滅保険の売り出しについて―ゆらぐ『成長物語』の枠組―』で、一九五九年を画期として成立した現代児童文学の三つの問題意識である「『子ども』への関心」「『散文性』の獲得」「『変革』への意志」が、一九八〇年代に至って変質・崩壊しつつあることを論じたものである。

福永武彦

入江も小さかったが、岬よりの端に近いコンクリートの白い桟橋も小さかった。それは波止場と呼ぶことさえ出来なかった。しかし村の人たちはそれを波止場と呼んでいた。

彼は中学校の制帽をかぶって、ズボンのポケットに両手を入れたまま、その桟橋の突き出た端に立っていた。西風が岬を廻って外海から泡立った波浪を運んで来た。この桟橋は防波堤を兼ねていて、波浪は彼の立っている足許《あしもと》にぶち当り、それをゆすぶろうと懸命に身悶《みもだ》えし、その度に波の死んで行く荒々しい呼吸を立てた。しかし彼のいるところは波の高さよりずっと高かったから、飛沫《しぶき》が白く舞い上っても、それは彼の足まで跳ね上ることはなかった。況《いわん》や顔や手を濡らすこともなかった。波浪がどんなに繰り返しゆすぶったところで、岩を積み重ねコンクリートで塗り固めたこの桟橋は、びくともする筈はなかった。これが存在というものだ、と彼は考えた。そして僕に欠けているのは、存在の感情なのだ。この言葉、存在という何か重々しい言葉を彼は最近覚えたばかりだった。勿論、前から知ってはいたのだ。それは小学校の国語読本にさえ出ていた。しかし今、痛切にそれを感じているようには、――それを感情と結びつけて、存在の感情というふうに理解したことは、今までになかった。お前に欠けているのは存在の感情なのだ。それは外国の偉い詩人の書いたものの中にあった。彼はそれを最近、翻訳で読んだのだ。彼は中学校の三年生で、もう何でも読むことが出来た。

しかしコンクリートの桟橋はびくともしなかったが、西風は、ポケットに手を入れて立っている彼の

外国の偉い詩人　ライナー・マリア・リルケ Rainer Maria Rilke（一八七五〜一九二六）のことか。リルケはプラハ生まれ、オーストリアの詩人。ドイツ語とフランス語の双方で詩作を行った。日本への移入は森鷗外による戯曲紹介が早い例だが、堀辰雄が昭和10年前後の『四季』に長編小説「マルテの手記」の冒頭部その他を断片的に訳出している。戦後、フランス実存主義とともに流行した。解説参照。

身体を、時々ぐらつかせた。靴の中の足の爪先があまり力を入れるので痺れたようになり、靴下が湿って来た。「春になってならいが吹くまでは、」と一郎さんが言った。それまでは、冬の間は、沖風すなわち西の季節風が、毎日のように空で唸《うな》り、白波の立つうねりを岬の向うから浜へと運んで来た。空を鉛色の雲が隙間もなく覆い、水平線のあたりでは水と雲との区別もつかないほど、海は鉛色の空の影を映していた。桟橋に船の姿はなく、右手の浜の側の岩壁に、桟橋の蔭になって、小舟が幾つか繋がれたまま、舳《へさき》とか艫《とも》とかを互いに時々ぶつけ合って身体を暖めていた。機帆船が二艘《そう》、更にその向う側に錨《いかり》を下していた。そこには乗組員の姿も見えず、旗を立てたマストが風に揺られて、赤や白の旗だけが飽きもせずに顫《ふる》えつづけた。沖を通る船もなかったし、振り返ってみても、浜の、僅かばかりの砂浜を黄色く濁らせたカーヴの上に、人らしいものの姿はなかった。この小さな漁師村は、午後の曇り日と、西風の吹き荒れる中に、活気なく死んでいるようだった。

　しかし夏はこうじゃなかった、と彼は考えた。夏は何もかもが素晴らしかった。空には陽を遮《さえぎ》る雲一つなかったし、もしあっても、それはぎらぎらした眼に痛い入道雲だった。子供たちは裸になって水の中に飛び込んだ。入江の中ほどに飛込台の櫓《やぐら》が立ち、その上に昇ると、コンクリートの桟橋が、岬を背景に、横長の白い影を水の中に落していた。波止場の方に泳いで行ってはいけない、と言われていた。桟橋には必ず機帆船が泊っていて、モーターのぶるぶるいう音が、はしゃぎ廻る子供たちの声に混って聞えて来た。砂浜が焼けた砂で子供たちの肌を狐色に染め上げた。

　しかしこの入江では、避暑地の海水浴場のような賑やかさは見られなかった。茶店が出ることもない。いや、避暑客と呼ばれる人たちさえ殆《ほとん》どいなかった。入江に面した漁師の家から、子供たちが裸の

ならい　本来は冬期、山に沿って吹く強い風のこと。風向きは地域によって異なる。

舳　船の先端部。船首。

艫　船の後端部。船尾。

機帆船　機関(発動機)と帆を併用する小型の船。

まま飛び出して来るばかり、たまに都会から親戚の家に泊りがけで来ている連中が、洒落た水着姿で現れるとしても、ビーチパラソルを砂浜に立てることはなかった。土地の人たちは、一人前の男はそれぞれの仕事に忙しかったし、大きくなった娘たちは、昼間から水泳ぎなどをすると嗤《わら》われた。泳ぐのは子供たちに限られていた。女たちは朝早くか、でなければおおかたは夕方に、古風な水着を着て素早く水を浴びた。彼女等は陽の翳《かげ》って来た海をひっそりと泳いでいた。

それでも、夏は活気があった。今みたいじゃなかった、と彼は考えた。彼は夏休みになると、母の実家であるクニ叔父さんの家に預けられ、自分と同じ年頃の子供たちと、毎日、のんきに暮したものだ。おばあさんが彼の面倒を見てくれた。母親が一緒の時もあった、が父親は、——もしその人を何とか呼ぶとすれば。しかし彼は、決して小父さんともお父さんとも呼びはしない。呼び掛けるような名前をその人は持っていない、——その人だけは決して来なかった。母親も来ると二三日で帰ってしまった。そして彼は大して寂しいとも思わなかったのだ。

今は——。冬の西風がこうして吹き荒んでいる頃にこの村に来たのは、初めてだった。今は寂しいと思った。しかしそれは、自分がこの正月のお休みに、独りでクニ叔父さんの家へ来ているから寂しいのではなかった。存在の感情が僕に欠けているから、それで寂しいのだ。それが彼の論理だった。「我慢することさ、」とおばあさんが言った。何も我慢することなんかありはしない、と彼は考えた。「飽きたかい?」と二郎が訊いた。「冬の間は寒くてつまんねえや、」と三郎が言った。「おこたにはいっておいで、」と叔母さんが言った。しかし彼は勉強に疲れてしまうと、「何処《どこ》へ行く?」と一緒について来たそうに呼び掛ける三郎に返事もせずに、靴をはいて、「僕、散歩に行って来ます、」と言って、さっさと浜へ出て来てしまった。「浜も寒いに、」とぽつんとクニ叔父さんが、こたつの中でうたた寝をしながら声を掛けた。もう三日もすれば、お母さんが迎えに来てくれるだろう。

彼は桟橋の上をゆっくりと戻った。コンクリートの上を靴が固い音を立てて叩いた。彼はごつごつした岩を踏んで、岬の方へ行ってみた。岬へは、渚《なぎさ》づたいに行くことはむつかしい。大きな岩が、外海の波浪に浸蝕されて、ぎざぎざに尖ったまま幾つも幾つも転がっている。彼はポケットから手を出し、滑らぬように用心しながら進んで行った。岩と岩との間に、波がはいり込んだまま捉えられて、ところどころ小さな水たまりをつくっている。その辺は風が遮られて、水たまりには漣《さざなみ》も立っていなかった。磯物と呼ばれる小さな貝や、黒いうになどが、水の中にこびりついていた。彼は次第に岬の方へ近づいた。大きな岩の蔭を、両手で抱くようにしながら廻った。すると急に風が正面から吹きつけて来た。それは或る種の感情のように、彼の心の中を吹き抜けた。存在の感情。彼は水に落ち込みそうな危い岩の麓を、恐る恐る通った。水は蒼くていかにも深そうだった。白い泡が表面で沸騰していた。彼はそこを通り抜けた。風が前よりも強くなり、帽子の庇《ひさし》に当ってもかすかな音を立てた。しかし帽子は風で飛ぶようなことはなかった。彼はやや広い岩のはざまに出た。小高い丘のように盛り上ったその一番高い岩の上に這い登った。そこからは外海が一眸《いちぼう》の下に見えた。

こんなところまで来たのはこれが初めてだった。夏の間に、此所まで来たことがなかったというのが不思議みたいなものだ。浜で入江を見ていた時とはまるで違った、生きている海がそこにあった。波浪は岩に噛みついて、牙をむき出しにして吠えた。まるで彼をおびやかすように。僕は何も怖くはない、と彼は考えた。それは嘘だ。彼には怖いことが沢山あるのだ。しかし僕は、怖いとは言うまい。海は沖の方まで暗く濁っていた。空と雲との間は見きわめもつかなかった。そして岩の上に、磯釣をしている男たちの姿さえも見ることが出来なかった。雲だけが早く走って行き、走る雲のその上にまた別の雲が覆いかぶさっていた。その風景はじんとするほど寂しかった。或る種の感情のように。しかし僕は寂しいとは言うまい。そしてこの風景も、夜になって彼を訪れる夢の中の見知らぬ顔ほどに寂しくはなかった。

　お母さんは僕が邪魔だから、それで僕をクニ叔父さんの家にあずけたのだ、と彼は岩に凭《もた》れながら考えた。お正月の休みを、自分の家ではなく、いくらおばあさんがいるからといって、ひとの家に滞在して過すなんて。勿論、理由はあった。「僕、このお休みにはうんと勉強しなくちゃ、」と彼がつい口にしたのが、そもそもの原因なのだ。高等学校の入学試験を春に控えている以上、冬休みが大事なのは当り前だった。しかし、何も今更くそ勉強をしなければならないほど、自信がなかったわけではない。「そうね、うちだとお正月は、お父さまのお客さまが大勢いらしてうるさいから、クニ叔父さんのとこで勉強したらどう?」とお母さんが甘い声で言った。彼は眼をぱちぱちさせた。「そうよ、それがいいわ。あそこなら気兼もないし、たんと勉強が出来ますわよ。」しかしどうしてそんなにうまく、答が用意されていたのだろう。まるで僕が勉強しなくちゃと言うのを待ってでもいたように。

　しかしもし試験に落っこちたらどうだろう、と彼は考えた。波の荒れている、ひと気のない岬の麓では、不安な感情が風のように突き刺さった。見上げると、不具《かたわ》なひねこびた松が、岬の上の方で苦しげに身顫いした。斜面にぎっしりと生えた松が、一斉に、風のために屈《かが》んだり伸びたりしていた。雲の間に、太陽のある位置が、そこだけ明るい円形をつくっていた。波の穂が一層高くまで盛り上って、次第

ひねこびた　(陳ねこびた)古びた様子の。

波の穂　波の高く立った所。

に潮が満ちて来るようだった。もし潮が満ちれば、両手で抱くようにして通った岩の足許を、波が洗うようになるだろう。しかし僕は、不安だとは言うまい。試験に落ちてしまえば、僕はうちに毎日いて、お母さんの顔ばかり見て、お話をしたり遊んだり出来るだろう。「恥ずかしいわ、この子は高等学校の試験に落ちましてね、」とお客さまにお母さんは言うだろうか。「どうも頭の悪い子で、」とあの人は言うだろう。困ったような顔で。「あなたは大丈夫よ。だって出来るんだもの、」とトシ子さんは言った。ひとりで承知して、まるで何でも自分の思い通りになる、自分が大丈夫と言えば試験官だって満点をくれる、というように眼をぱっちり開いて。トシ子さんがそう言ったって、それはひょっとしたら僕が特別に分けてあげたドイツ製色鉛筆のお礼のつもりかもしれないのだ。トシ子さんは、いつまでも俯《うつむ》きになって、丹念にその色鉛筆を削っていた。どんなに自信があるからといって、試験に受かるとはきまっていないのだ。それに自信なんて。一体どの位出来たら、それで自信があると言えるだろう。

沖合の遠くを船が一艘走っていた。遠くに、遠くに。その小さな身体が波の間に隠れて見えなくなったかと思うと、次の瞬間には喘ぎ喘ぎ空を目指して伸び上った。高等学校にはいっても、まだその先に大学というものがある。まだ幾つも試験を受け、何度もびくびくし、少しずつ大人になって、それでどうなるのだろう。大人になれば存在の感情を身につけて、もう何も怖いことはなくなるのだろうか。夜訪れて来る見知らぬ女の顔も、もう見ることもなくなって。船は既に小さくなり、波の間にまったく没した。雲の間から、ふと太陽が覗いて、海の面の白い波の穂が明るく輝き出す。顔が潮風にひりひりした。お父さんは死んだ。今僕が此所《ここ》にいるようにはもういない。

彼は戻った。腰を半分ほど曲げ、岩の上を滑らないように靴をきしませながら、そろそろと進んだ。

もう何も考えない、考えたって始まらない。来た時よりも水が一層岩の間に踊り込んで来る。飛沫がかかって靴下が濡れてしまった。両手で抱くようにして大きな岩の廻りを廻った。風が背中を押した。眼の下の、靴の踏む場所のすぐ横に、深淵が青ざめた水を湛えている。魚たちはきっと沖合遥かに逃れて行ってしまっただろう。魚たちは此所にはいないだろう。生きることはどういうことなのか、僕には分らない。彼はまたコンクリートの桟橋のところまで戻って来た。

彼は岩壁に沿って歩いて行った。誰もいなかった。小船と小船とが身体をくっつけ合って暖をとっていた。僕は寒い、僕には誰もいない、と彼は考えた。お父さんはとうに死んだ、お母さんはあの人のものだ。夢の中で見た寂しげな女の顔。慰めることもなく、慰められることもなく。「ほんとにこの子はおとなしくて、」とお客さまにお母さんは言った。「でも早熟な子ですわ。」内緒のように小声で附け足した。僕が聞いているのに何が内緒話なものか。二人の女の人は笑った。まるで面白くてたまらないことのように。お母さんは僕が好きじゃないのだ。少くともまたあの人と結婚してからは。だからお客さまの前で僕を嗤いものにして、それで平気でいたのだ。機帆船のマストで、旗がものうげに風に靡《なび》いていた。岩壁が尽きて、彼は小さな橋を渡り、砂浜の上に出た。

夏とは違った湿りけを帯びた砂だった。波が烈しい勢いで押し寄せては引いた。水の洗って行ったあとの斜面だけが、ところどころに貝殻を残して、夏の日に見るように濡れていた。その他のところはよごれていた。松飾りの餘りを切り捨てたらしい松の小枝、たくさんの蜜柑《みかん》の皮、硝子や瀬戸物の破片、流木、そして割れた貝殻。花車《きゃしゃ》な桜貝を拾い上げると、その薄い貝は掌《てのひら》の上にくっついて離れなかった。彼はそれをまた足許に振り落し、砂の上をゆっくりと歩いた。お母さんだって、昔は僕を大事にし

花車（華奢・花奢）姿かたちがほっそりとして上品であり、ときに弱々しく感じられること。

てくれたのだ、と彼は考えた。まだ僕が小さくて、お父さんがいて、お姉さんがいて、そして僕たちは日曜になると家じゅう揃って遊園地に遊びに行ったものだ。「怖いから厭、」と僕はウオーターシュートの前で駄々をこねた、「お馬鹿さんねえ、」とお姉さんが言った。「大丈夫だよ、しっかり掴まっていれば、」とお父さんが言った。「そんな臆病な子でどうします？」とお母さんがきつい顔で睨んだ。お母さんはきっと自分が乗りたかったのだ。だからお父さんが困ったように僕の御機嫌を取っていた間に、さっさと切符を四枚買って来てしまったのだ。「さあ早く乗りなさい。何も危いことはないよ、」とにこにこした小父さんが、僕の身体を抱き上げてボートの中に乗せてくれながら、みんなに言った。高い、高い。じいんと気が遠くなるほど。ずっと下の方で、池の水に太陽がきらきら映っていた。「大丈夫？」と言って僕はお姉さんの手をぎゅっと握った。池の中まで、レールが一直線に白く光っていた。「弱虫さん、」とお姉さんが言った。「さあ出ますよ。」レールの上のボートは傾いたまま滑り出した。心臓がぎゅっと縮んだ。遠くでの叫び声も笑い声も、みんな聞えなくなった。滑って行く、滑って行く。お母さんの腕が僕の身体を抱きしめた。早く、早く。そしてお腹にぐんとショック、水煙りが宙に舞い上り、ゆっくりゆっくり散って行った。小腰を屈めていた小父さんが、手に竿を持ってよいしょと立ち上った。ボートは揺れながら水の表に円を描いた。「何でもなかったね、」と僕は言った。「面白かったわねえ、」とお姉さんが言った。お姉さんはまだ小学生だった。そして僕はまだ小学校にもはいっていなかった。お母さんは若々しく笑った。「ね、面白かったでしょう？」

彼は蜜柑の皮を蹴飛ばした。砂の上に半屈みに屈んだ。西からの風が、彼の足許に飛沫のようなものを撒き散らした。お姉さんは誰からも好かれていた。ちょっとお澄ましで、威張ったような口を利い

ウオーターシュート 急斜面にレールを設け、池の水面に向けてボートを滑らせる娯楽施設。

小腰を屈めていた 腰をちょっと屈めていた。

て、それなのにやさしくて涙もろかったお姉さん。夏になってこの村に来ると、漁師のおかみさんたちが、感に堪えたようにお姉さんを見詰めていた。お姉さんが死んだから、それでがっかりしてお父さんまでが死んだのだ。それから僕たちは、——僕もお母さんも、幸福ではなくなったのだ。誰も僕に対して親切ではなくなったのだ。彼は砂の上に指で字を書いた。それから書いた字を靴の先で消した。僕はだんだん大人になるだろう。高等学校にはいって、大学にはいって、そして大人になるだろう。僕に欠けているものは存在の感情だ。僕は存在しているのだ。彼の靴を波が試すように洗った。引いて行く時に、波はかすかな音を立てた。

彼は砂を踏んで波打際を歩いて行った。途中から折れて道の方に出た。材木の上に腰を下した男が、酔っぱらって歌のようなものを歌っていた。その男は一人きりで、彼の方を血走った眼で睨《にら》んだ。睨んだような気がした。通りでは綺麗に着飾った女の子たちが羽根を突いていた。どんな着物を着ても、顔はみんな漁師の子供だった。小さな子たちが幾人もくるくる廻って遊んでいた。彼はその群の中に三郎がいるのを見た。三郎は走り寄って来て、彼の背中をぽんと叩いた。

彼は硝子戸をがたことといわせて、土間にはいった。乾魚の臭いがしていた。彼は「ただ今、」と言った。

「寒かったろうに。早くおこたにおはいり、」とおばあさんが言った。

叔父さんはもうそこにはいなかった。一郎と二郎とがこたつの中で餅を食っていた。叔母さんはお勝手でことことやっていた。おばあさんがこたつの側に七輪を置いて餅を焼いていた。一郎が早口に喋っていたが、方言が多すぎて彼には意味がよく掴めなかった。彼は餅を口に入れ、ぬるいお茶を飲んだ。

七輪　調理用の小型焜炉《こんろ》。多くは土製で、木炭や豆炭を燃料として用いる。

一郎は汚れたジャンパーを着て、腕まくりをしていた。しかし部屋の中は寒かった。

彼は土間の端にある殆ど垂直の梯子段を踏んで、二階に昇った。奥の方の小さな部屋にはいって机の前に坐った。彼は二郎の勉強机を借りて勉強していたが二郎は机を取られても平気だった。二郎は勉強なんかしない。こたつの中で、ちょっとぐらい冬休みの宿題を見ることがあっても、それを直に投げ出した。「お前もちっとは見ならって勉強せにゃ、」とおばあさんが言った。「漁師の子は漁師だ、」とク二叔父さんが言った。彼はどんなにか二郎を羨ましく思った。村の漁業会が漁船を出す時に、叔父さんと一郎とは機械の係で乗り込んだ。そういう時には二郎も、一役持って網引を手伝うのだ。水揚げの四分は役づきと呼ばれている網元で分けるし、叔父さんもその網元の一人なのだが、残りの六分は諸雑費を差し引いて、漁に協力した人たちの間で等分に分ける。しかし誰でもが、叔父さんや一郎のように、一人前ずつの頭数の中にはいるわけではない。中には大人の漁師でさえその七分や六分しか貰えないのもいた。二郎はまだ中学の二年生なのに、必ず八分は貰うことが出来た。小柄でほんの子供なのに、先天的に機敏な漁師の才能を持っていた。冬休みの宿題なんか、二郎にとって何ら心配のたねではなかった。彼はそれを羨ましく思った。

二郎の勉強机の前に坐って、彼はそういうことを考えた。二郎はいい漁師になるだろう。三郎もまたいい漁師になるだろう。そこには存在というものがある。しかし僕は何になるだろうか。勉強をして、高等学校にはいって、それから何になるだろうか。何一つまだきまってはいないのだ。入学試験の試験官が、僕の答案に八十点をつけるか六十点をつけるかで、僕の運命はどんなふうにでも変ってしまうだろう。僕にはまだ存在というものがない。

網元　漁網や漁船を所有し、漁師を雇う漁業経営者。網主。

部屋の中は薄暗かったから、彼は電燈を点けた。この奥の部屋は南を向いてはいたが、庭らしい庭もなくて前がすぐ山になっていたから、一日のうちにたとえお天気でも殆《ほとん》ど陽の射すことがなかった。表向きの六畳は海に、すなわち西北に面していた。この二階は冬の間は寒かった。そしてこの漁村が全体として西北の海に面している限り、村の中で暖かい場所というものは何処にもなかった。その上この頃は不漁が続いて、村の中は活気がなかった。

彼は初めて冬休みにこの村に来て、そういうことが分った。夏休みに来た時には、ただ遊ぶだけで何にも気がつかなかった。彼はまた、クニ叔父さんを初めおばあさんまでがその人に恩義を感じていて、そのために彼を前以上に大事にしてくれるのだということを察した。その人がきっとお金でも貸してあげたのだろう。その人はお金で自分の存在をつくっているのだ。そしてクニ叔父さんや一郎さんや二郎なんかは、漁師で存在をつくっているのだ。

彼はぼんやりと参考書を開いて残りの頁数を確かめた。まだこれだけ読まなくちゃ。死んだお姉さんは、とまた考え始めた。お姉さんは可愛らしい綺麗な子というので存在をつくっていた。トシ子さんは、誰にでも親切な少女という存在をだんだんにつくって行き、そのうちに、——トシ子さんはいつか、ファッションモデルになりたいんだと言った。そういうことを今からきめてかかるなんて、僕はおかしいと思う。しかしファッションモデルだってちゃんとした存在なのだ。それからお母さんは、——昔は愛によって存在をつくっていた。

愛。そこで思考が止り、暫くの間、参考書の活字の上を眼が往ったり来たりしていた。さっき砂浜の上で指で書いた字。彼はそれを心の中で再び消した。それから一心に本を読み始めた。窓の外が次第に暗くなり、下から魚を焼くにおいが漂って来た。彼は何も考えずに書物の中に没頭した。「御飯だよう、」と叔母さんが呼んだ。

彼は本の頁を閉じ、その間に色鉛筆を挟んだ。トシ子さんはあの色鉛筆を大事にしているだろうか。階段は下りる時の方が一層急で危なかった。彼はもうこの階段にも馴れてしまった。とんとんと音を立てて巧みに下りた。

彼は家族の人たちと一緒に卓袱台《ちゃぶだい》の前に坐った。彼の前にだけまたお刺身がついていた。どんなに彼が恥ずかしく思っても、彼はお客さまだったし、この家ではそれが当然のことのように思われているらしかった。「いいから食べな、」と叔父さんが言った。「何の遠慮することがあるものかね、」とおばあさんが言った。「いい刺身がなくてね、」と叔母さんが弁解した。家族の共通の話題は、入江にはいって来た鰯《いわし》の群のことだった。それはもう少し陸地に近寄って来ない限り、網にかかりそうもなかった。彼は昼の間に一郎が何度も、そのあたりだけ黝《くろ》ずんで盛り上って見える海の表面を、眼で追うのを見ていた。「明日はかかるさ、」と一郎が言った。

食事が終ると、叔父さんは役員会があると言って出て行った。一郎はラジオの前に寝転び、二郎は宿題を少しめくっているうちに、眠そうな欠伸《あくび》をした。三郎は膝の上に厭《いや》がる猫を抱き上げて遊んでいた。叔母さんは繕《つくろ》い物を始め、おばあさんはラジオを聞いていた。彼はまた急な梯子段を踏んで二階に上った。

彼は雨戸を締め、机の前に坐り、参考書を開いて読み始めた。意識はすっかり書物の中にはいり込んだ。時々階下で鳴っているラジオが、彼の頭の中に滑り込んでは消えて行った。叔母さんが火鉢に炭を

卓袱台 和室用の短い脚の食卓。

足しに来てくれた、「よくそんなに勉強が出来るねえ、」と叔母さんが言った。彼は少し笑った。「今日はお風呂がなくてね、」と叔母さんは言い、彼の背中のところで床を取り始めた。彼が何度も自分でやるからと言ったのに、叔母さんは一晩も承知しなかった。床を取り終ると、おやすみを言って下へおりて行った。

それから彼はまた本を読んだ。隣の部屋に二郎が来て寝支度をした。小さな声で歌をうたっていた。一郎がその後から来た。この辺では夜寝る時刻は誰も早かった。三郎は階下で叔母さんと一緒に寝た。鉄瓶の湯がたぎり始めた頃には、家の中は静かになり、表側の雨戸を叩く風の音が、波音と共に、響いているばかりだった。

僕も寝よう、と彼は考えた。そうするとまた寂しい感情が心の中に満ちて来た。昼の間はまだしも我慢が出来た。しかし夜になると、西風の吹きすさぶ音と波の寄せては引いて行く音とが、彼の存在をゆすぶった。今晩もまた、いつもと同じ顔を夢に見るだろう、と彼は考えた。彼はそっと階段を下りて小用に行った。階下でももうひっそりかんとして、土間の電燈が隙間風に少し揺れていた。物の影がその度に動いた。

彼は寝支度を整えると、少し黴くさい蒲団の中にもぐり込んだ。足の先が冷たかった。また同じ顔を夢に見るだろう。怖いような愉しみなような、期待と不安との入り混った気持。彼は電燈を消し忘れたのに気がついて、また蒲団から抜け出してスイッチを捻った。暗闇の中でごそごそと動いた。今日の一日も終った。しあさって位になれば、お母さんが迎えに来てくれるだろう。彼は眠ろうと思い、それから昨晩見た夢のことを思い出した。

ひっそりかん 「ひっそり」に「閑」を重ねて意味を強めた言い方。

彼は何処ともしれない街の中にいた。夜なのか昼なのか、彼にはよく分らなかった。果物屋の前を過ぎた時、彼はつかつかとその店にはいって、少しばかりの蜜柑を買った。果物屋の主人は、中学の英語の先生だった。彼はうしろめたいような気持でその店を出た。果物屋の主人は背中から彼の出て行くのを見ていた。彼は小脇に蜜柑のはいった紙袋を抱え、さっさと歩いた。「船が出るよう、」と誰かが言った。それに乗りおくれては大変だ。彼は足を早くしたが、どっちが桟橋なのかは分らなかった。「船が出るよう、」とそれは繰返した。その時、彼は耳許にささやく声を聞いた。「あたしが連れて行ってあげる。」彼は見た。黒い、じっと見詰める瞳がすぐ側にあって、脣《くちびる》を少しばかり開いていた。「船のところに連れて行ってあげよう、」と言った。痩せぎすの、眼ばかり大きな少女だった。女といった方がいいのかもしれなかった。幾つ位なのか年のころは彼には見当もつかなかった。ただ黒っぽいものを着ているというほかは、顔以外のところはぼうっと霞んでいた。女は彼の手を掴み風のように走り出した。空を飛んでいるように早かった。やがて海が見え、桟橋に人がたくさんいた。一万トン位の大きな船が桟橋に横づけになっていた。「さあ早くお乗り、」と女は言った。彼は切符を出して、船員に鋏《はさみ》を入れてもらった。彼はタラップをあがろうとして振り返った。「君も一緒にお出でよ、」と彼は言った。女はいやいやをした。「お出でよ、でないと僕心細いもの。」女は黒い大きな瞳で彼を見た。「あたしは行けないの、」と女は言った。船はモーターのかしましい音を立てていた。汽笛が鳴り、彼の側を人々が駆け上った。「それじゃこれ君にあげる。」彼は手にしていた蜜柑の袋を女に渡した。「あたしはいいの。お船の中で咽喉が渇くわ、」と女は言った。「でもあげる。」女はそれを受け取った。寂しい顔をして彼の方を見た。「さよなら、」と女は言った。その色白の顔が彼の視野の中で次第に小さくなった。その顔は小

タラップ 船や飛行機の乗り降りに用いるはしご。

さく遠ざかって行った……。

誰だったのだろう、と彼は考えた。それはお母さんのようでも、亡くなったお姉さんのようでも、トシ子さんのようでもあった。しかしその誰でもなかった。誰だか知らない顔だった。その顔は寂しげに彼を見詰めていた。

毎晩のようにその女の夢を見た。彼はそのきれぎれの破片を思い出した。或る時は、その女はインディアンたちの手に捕えられていた。これからひどい目に会わされるのだ。彼は助けに行かなければならなかった。しかし樹に縛られた女は、それが映画の中なのか、それとも実際に助けを求めてそこにいるのか、彼には分らなかった。その光景を見ている彼は、空気の中に溶け込んででもいるようだった。太鼓の音が単調に響いた。女は身悶《みもだ》えをした。小さな白い顔。そしてその顔は、やはり空気のように溶けて行った。目が覚めてから、彼はその女の苛《いじ》められるところを見なかったのを、少し残念に思った。

或る時は、たくさんの女たちが踊っている中にその女がいた。その女は彼にお出でお出でをした。女は彼の手を取って高い高い階段を昇った。「この一番上まで行けばそれは面白いのよ、」と女は言った。しかしその階段は無限に続いていた。「上には何がある?」と彼は訊いた。「天国よ、」と女は答えた。女はきらびやかなレヴィユの衣裳を着ていたが、お姉さんのようにも見えた。しかしお姉さんの下ぶくれの顔と違って、もっと痩せぎすで眼が大きかった。「僕もうくたびれた、」と彼は言った。しかし見廻すとそこはもう天国だった。綺麗な羽をした鳥が原っぱの上を無数に飛んだり歩いたりしていた。色んな花が咲き乱れていた。しかし彼は一人きりでその女はもういなかった。「どこにいるの?」と彼は呼んだが、誰も答える者はなかった。「もし君がいないのなら僕は天国に来たってつまらないや、」と彼は

レヴィユ（仏・英 revue）舞踊・音楽・曲芸・寸劇などを組み合わせ、舞台装置・衣装・照明などで豪華に演出するショーの形式。レビュー。

言った。

　それからまた、彼は学校の教室の中に一人でいた。石膏の首や、大きな地球儀や、フラスコや、実験道具や、瓶にはいったアルコオル漬けの動物や、血管と静脈の色を鮮かに塗り分けた人体模型や、そういった物が教室の廻りに幾つもあった。彼は一つ一つ見て廻った。お母さんが迎えに来る筈なのに、いつまで経っても誰も来なかった。彼は厭《あ》きて教室の入口のドアを明けようとした。しかしそれは外から閉っていた。彼は不安になって教室の中を見廻した。その時、石膏のベートーヴェンの首が、眼を開いて彼の方を向いた。その顔は生きていた。赤と青とに塗られた人体模型がゆっくりと歩き出した。アルコオル漬の蛇が瓶の口から這い出て来た。「お母さん、」と彼は叫んで、ドアを両手で叩いた。ドアが開き、髪の黒い、脣をきゅっと引き締めた女が急いではいって来た。しかしそれはお母さんではなかった。女は黒板からチョークを取ると、千切ってベートーヴェンの首に投げつけた。首はまた元へ戻り、眼を閉じた。女は何度もチョークを投げつけ、その度に動き出していたものたちは、それぞれ静かになった。「ありがとう。僕どうすればいいかと思ったよ、」と彼は言った。女は憂わしげに彼を見詰め、厳しい声で言った。「そんな弱虫なことでどうします?」しかしそれはお母さんではなかった。もっと若く、痩せていて、寂しげだった。

　幾つも幾つも、同じ顔を夢に見たのだ。どれも見知らぬ女の顔で、しかもそれは同じ顔だった。その女は蒼ざめた、やるせなげな、そして遠くの方を見詰めるような眼をしていた。彼の手を取った時に、その手は冷たかった。「あたしはもう駄目なのよ、もう走れないのよ、」と息をはずませて言った。「でももっと逃げなくちゃ、」と彼は言った。二人は追いかけられて、やっと此所まで逃げて来た。「あたしは駄目、あなた一人で行って。」彼の眼の中を覗き込んで、早口に言った。「早く。」しかし彼は、その女のわななく手を握りしめた。廻りでは波の音がしていた。「僕はどうしても君と一緒でなくちゃ厭だ。」と彼は言った。「君は僕の存在なのだ、僕は君を置いて行くことは出来ない。」女は感謝に溢れた眼で彼を見た。寂しげな顔をしていた。「そうよ、あたしはあなたの存在なのよ。」と女は言った。女は何処からか小さな手鏡を取り出して、そっと化粧を始めた。鏡の中にその女の顔が映り、その側に彼の顔が映った。小さな鏡の中に、二つの顔が——寂しげな二つの顔が映っていた。そしてそれはどちらも同じ顔だった。その女の顔は、彼自身のものだった。「僕?」と彼は言った……。

彼は目を覚ました。暗闇の中だった。ああ僕はいつのまにか眠ってしまった、と彼は考えた。僕は同じ顔を夢に見た。

しかし今や彼には分った。初めて、彼が夢に見ていた見知らぬ顔をした女が誰であるかが分った。僕の本当の存在が毎晩僕を訪れて来るのだ、と彼は呟いた。西風が荒れ狂って、表側の雨戸をごとごといわせていた。波の音も無限に単調に夜の渚《なぎさ》に響いていた。そして暗闇の中でじっと仰向に寝ている少年の顔は、彼が夢の中で毎晩見た女の顔よりも、一層寂しげだった。

(『群像』昭32・5)

〔『福永武彦全集』第4巻、昭62・7、新潮社〕

金子光晴

本文について

「風流尸解記」原文の分量は四〇〇字詰め約一七〇枚であり、そのうち本書に抜粋したのはほぼ十分の一程度で、冒頭から三分の一過ぎの部分である。小説全体は、戦後間もない混乱した社会風俗の中、ある男と少女が恋（?）に落ち、別れるまでを描いている。死に魅入られた少女を男が殺し、その記憶もはっきりしないまま、少女が繰り返し男の前に現れるような幻想的な描写が続く。途中で度々挿入される男の心情や状況を示した詩、唐突に行われる語り手の介入などのため、複雑な構成となっている。筋書きはほとんどないに等しい。

風流尸解記《しかいき》(抄)

土間に立って二三度よんだが、返事がなかった。

しばらくして出てきた小婢《こおんな》が、立ったまま、うえからじろじろ、ふたりを眺めおろしていた。小婢の敵意ありげな注視から庇《かば》って、少女を抱きかかえ、横に匿《かく》すようにして、小婢のあとについて、正面の幅ひろい階段をあがった。ながい年月拭き込んだその階段も、廊下も、土塵でざらざらしていた。息を喘《あえ》がせてのぼりきった三階の突当りの、さらに二段あがった踊り舞台のような小座敷に案内された。防空用の黒い蠟引き布のカーテンが窓にひいてあるので、部屋のなかはくらかった。その男がそのカーテンを開《あけ》ると、手すりのついた出窓があり、ふたりでいまあるいてきた焼原《やけはら》が、三階の高さから真下に見おろされた。六畳敷のけば立った古畳のまんなかに、脚の折れこむようになった楕円形の小さなちゃぶ台が一つ、ほかにはなにもない部屋であった。その男が窮屈そうに膝を折ると、ちゃぶ台を挾んで少女も、そっとしゃがみ込むように坐った。一旦下りていった小婢が、茶しぶでよごれた茶のみ茶碗二つと、口の欠けた急須とを盆にのせてはこんできて、それをちゃぶ台のうえに置いた。ちゃぶ台は、脚のながさが不揃《ふぞろ》で、手をのせるとがたがたした。用があれば柱の釦《ぼたん》を押してくれとことばをのこして小婢はおりていった。彼女が階下に下りつくまで、足音がはっきりきこえていたほど、この昼の宿は人気がなく、あたりがしずまり返っていた。

置去りにされたふたりは、またもや対座したまま、言葉のつぎ穂もないありさまで黙り込んでいた。

ちゃぶ台　174ページ脚注参照。

藁《わら》しべが渦《うず》に巻きこまれるように、手短かに中心に近づいてゆこうとはせず、わざと遠くへ引離れて、そのままながされてゆきそうにみせながら、水底《ふかみ》へふたたび引戻され、また浮んで、さんざんあそばれた揚句、きりきり舞いして、今度は垂直に吸いこまれる、その瞬間のめくるめきまで、その男は、大体の経緯を前からわかっていたので、疚《やま》しさなしでは見ていられない気持であった。少女としても、若い娘がいずれは越えねばすまない難所を、道中に馴れたその男に抱かれたままでらくらくと通りぬけようという小狡《こずる》い魂胆にちがいないことが、充分、推察できた。ちゃぶ台のふちにわずかにかかったままの少女の手のうえに、その男は、かぶせるようにじぶんの掌を置き、正面から少女の顔をのぞき込むように、近々と顔を寄せた。顎をさし出し加減に、うす目をひらいて、放心したように口をすこしひらいた少女の、目鼻だちが、拡大鏡でながめるようにうすぼやけ、しろじろと拡散し、たがいの頬、うぶ毛がふれあうほどの距りをおいたままの位置をしばらく保っていた。

「……怖《こわ》くはないの?」

縦襞《たてひだ》のふかい、熟した唇が、そうたずねた。少女は、じぶんじしんに訊ねることばを、戸惑ってそのままその男に投げつけたのだ。お互いの境界がなくなって、からだもこころも全的に闖入《ちんにゅう》しあい、乱れ狂うのが空怖ろしく、どうしていいかわからなかったからだ。少女の眼から止め処《ど》なくあふれる涙が、小さな下まぶたの皿では受けとめきれず、くっつけあった頬をつたって、その男の顔をぬらして、ぬるぬるにした。

茶のみ茶碗がころがって、のみのこしたつめたい茶がちゃぶ台にこぼれ、その男の素足の脛《すね》のあたりにしたたった。唇をはなすとき、密着したまま乾いた唇のうすい皮が、剥《はが》れて血が出たのではないかとおもうほど痛かった。横抱きにした少女の、はだかった着物の裾をこぼれて、四つこはぜの白足袋《しろたび》をはいたかたく力を入れた両足に、その男が指先でふれると、ひどく熱かった。しなやかそうにみえながら、案外骨ぶとく、どこかぎくしゃくとした少女のからだの、浄瑠璃人形の、木捻子《きねじ》で嵌めてだらりと垂らしたその両うでを、羽交絞《はがいじ》めにして、その男の甘、酸、鹹《かん》、苦、辛の五味のほかの、言うに言われない異様なものを味わいながらさまよってきたその男の蛞蝓《なめくじ》のように粘液をあとにひいて這いまわる部厚な舌で、少女の顔や、のど首、衿もとの生え際から背すじのほうまで嘗めまわした。八つ口《くち》からさし込んだ左手で、少女のつめたい背を支え、彼女のからだを厳重にしばりつけているたくさんな紐をほどきはじめたが、彼女の助けがなかったら、一層、もつれさせ、結び目を固くして、むずかしい結果になったかもしれない。きょうは、能面のちらしを刺繍《ぬいとり》した綾の帯を結んでいたのが、がさとゆるんでくずれおち、そのうえから、曙《あけぼの》染めの長襦袢と重ねたままの、藤むらさきで菖蒲もようを染めぬいたちりめんの衣裳が、紅裏《もみうら》を返してふわりと落ち、花咲きくずれたあでやかさが、部屋いっぱいにみだれひろがった。裸一つにして抱きながら立ったその男は、それをどこへもっていったものかと迷った。生贄《いけにえ》をささげて段をのぼろうとしている邪教の司祭の僧のようだと彼はおもった。あらためて彼はその部屋を見廻した。戦争のあととは言いながら随分に荒れ放題になっていたものである。天井板は雨漏りで染み、壁は落ちくずれ、根曳きの松のもようの安襖《やすぶすま》は、裾のほうの紙が裂けて垂れさがり、下張りの古新聞が顔を出している。その襖を一枚あけると夜具布団が入っていた。猶《なお》も、部屋のなかを廻りながら床の間をみると、立姿の、瀬戸物の布袋《ほてい》がかざってある。ちがい棚には、ほこりにまみれて、朱塗りの姫鏡台

四つこはぜの白足袋　「こはぜ」（小鉤・鞐）は、足袋の合わせ目につける爪形の留め具のこと。

五味　五種類の味覚。「鹹《かん》」は塩辛さのこと。

八つ口　着物の脇の、縫い合わせずあけておく部分。

能面のちらし　「ちらし」は散らし模様のこと。

綾　模様を織り出した絹織物。綾織物。

曙染め　着物の生地の上を濃く、下に向かって次第に淡く染めるぼかし染め。曙の空のように見えることからいう。

長襦袢　和服の下着の一種で、上の着物と同じ丈のもの。「襦袢」はポルトガル語由来。

藤むらさき　藤の花のような薄紫色。

が置いてあり、ゆがんだ鏡のおもてには、その男の不精髯のくすんだ顔だけが、妙にどぎどぎと、刃物のように映っていた。姫鏡台のうえには、いつ使ったものやらわからない眼ぐすりの壜がのっていた。中味はからっぽで、干《かわ》きついたものらしい薬が黄いろくなっていた。鏡台の引出を一つ一つあけてみたが、女のヘヤピンや、辻占《つじうら》のようなものしか入っていない。闇商売で小金をためた極道者が、金ずくで承知させた小娘をつれてきて、手ごめにするのにはよさそうな場所である。その男は、じぶんのしようとしていることもおなじこととしかおもえなかったが、格別、疚しいことにも考えなかった。開け放した窓の外を、たえずアメリカのヘリコプターが飛んでいて、三階の屋根のうえを通るときは、話をしてもきこえなかった。窓のてすりまで裸の少女を抱いていってヘリコプターにみせびらかし、なにか大声で叫んで罵詈《ばり》してやりたかった。そのとき、あいては、アメリカ人でも、日本人でもよかった。返報ならば、どちらでもその男にとってはおなじことであった。時と場合によっては、三階のうえから、裸の少女を放り出すことにしてもよかった。池のなかに投げこんだ女のように、この世に這いあがってくることはできないかもしれないとおもった。てすりから下をのぞくと、眼下は沙場《いくさば》のつづきで、はるか下界の大小の焼石や人の首、唇の裂けた砲身をうずめて繁茂した草叢の熱気が、むんとして、三階の高さまであがってきて、おもてを衝く。抱いたままの少女を結局、ぬぎちらしたきもののぬけ殻のうえにそっとおいた。こわれやすい七弦琴《きんのこと》のようにそっと。そっと。

小柄な少女が横になると、おもいのほか、ながながと褥《しとね》のそとまではみ出そうで、

菖蒲もよう　ショウブはサトイモ科の多年草。池のそばに生え、葉は剣の形をする。

ちりめん　細かい凹凸を出した絹織物をいう。

紅裏　もみ(紅絹)を用いた着物の裏地。紅絹は、紅で染めた絹のことで、ベニバナを採んで染めることからいう。

根曳きの松　根ごと引き抜いた松。正月の門松にした。

姫鏡台　小型の鏡台。

辻占　ここでは、占いの材料となる語句を記した紙。

アメリカのヘリコプター　戦後、進駐軍のヘリコプターがチラシなどをまく光景があった。日本はGHQに航空機の開発を止められていた。

どうやって、棺におさめたものかと、僕はためらう。
　裸にするなりふるえ止まない少女が、
大皿に盛りきれない御馳走のようにおもわれて、
どのあたりから箸をつけてよいものかと、こころ惑う。

ぬぎすてて裸になった男と女のはじめての出会いは、きものを着て会っていた時間がながかったほど大きな発見である。少女の肌は、雪か、樟脳《しょうのう》のように底がくらく、透けてみえる静脈の網目の青が鮮やかすぎるのが、見るにつらかった。少女は、ひどく痩せていた。一本一本肋骨があらわれ、飛び出した腰骨の尖峰のあいだの小高い一ところに、山伏のかぶる兜巾《ときん》とそっくりの、漆黒の剛い毛、絡まりあいがあって、みたところの子供らしさに似あわず、おもいの外な女の成熟の証《あかし》をみせていた。うつ伏せにすると、肘をついているほうの貝殻骨《かいがらぼね》が立って、乱れた衣裳に顔をうずめ、やがてその背をふるわせて、咽泣《むせびな》きをはじめたようである。その男が、頑なにちぢめている指をこじあけてながめると、泣いているのではなくて、くっくっと笑いをこらえているのであった。小娘が、そんな場合よくみせる強がりとも、てれかくしとも判じられるしうちであった。猶、問いつめてやっとききだしたところによると、男の皺腹の白髪まじりのしたからぶらさがっている小田原提灯のようなものがおかしくてならないというのであった。
「目がみえない筈のあなたがそんなものに気がついたのですか」

罵詈　口汚くののしること。
沙場　「さじょう」とも読む。戦場のこと。本来は、砂漠の戦場をいう。
七弦琴　「しちげんきん」（七弦琴）も「きんのこと」（琴の琴）も、琴（きん・こと）の異名。
褥　ふとん。しきもの。
樟脳　クスノキ片を蒸留して得られる芳香性の化学物質。無色・半透明で、セルロイド・防虫剤・医薬品の材料。
山伏のかぶる兜巾　修験道の山伏がかぶる小さな黒白の布製の頭巾。
貝殻骨　肩胛骨《けんこうこつ》のこと。
小田原提灯　たたんで携帯できる提灯。小田原の甚左衛門作という。

と、その男が言うと、少女は、急にまた、真剣になって言いだすのであった。

「女は、こうやってみな大人になるのね。でも、わたくし、そうならないうちに死んでしまうつもりだったのです。……あのとき、言いたいことがあったのを、みんな忘れたなどと申しましたが、あれは、うそなのです。ほんとうは、言おうとしても、どうしても申上げる勇気がなかったのです。はじめから、わたくし、わたくしといっしょに、あなたにも死んでいただこうと、それをお願いするつもりでした。……でも、そんなことお願いできることではありませんわね。あなたは、わたくしとちがって、この世でなさりたいことだって、たくさんおありです。男と女のからだのよろこびのことも、わたくし、いろいろ人にきいて知っています。そんなことがわかったら、この世に曳かれて、死ぬことができなくなることをわかります。ですから、そんなこと知りたくなかったのです。でも、もう駄目かもしれませんわね」

「そんなことはない。まだ、いまなら大丈夫ですよ」

言いながらその男は、少女をこの世にひきとめるには、感性の眼をひらかせることがあるばかりとおもいこんで、底に沈んでいるすべてをすみずみまで掻立《かきた》てようとして、あらんかぎりの方法《て》をつくすのだった。しかし、少女は上気して失神状態になるだけで、からだは痺れてなんの感覚もないようだった。その男の邪悪な欲情の、皺のなかから頭をもたげた珍妙なものは、折角少女のきものを剝《は》ぎとってみても、手持無沙汰であった。その男が咳払いを一つして、ちゃぶ台に戻り、屈託そうに煙草を吸いはじめると、少女は、手術台をおりるときのように、ともかくも大事に至らず、これですんだというような安堵の表情をした。なにごとも料理のままという、見参の口上とは似つかわしくなかった。しかし、わがまま育ちの小娘ならばありがちのこと、それにしては辛抱した方だと、庇いだてをするその男の本心は、やはり女に忘れられない魅力をもちつづけているらしい。でも、この少女といっしょに死ぬ気持にはなれなかった。この少女の申し出でなくても、そんなふうに真向から出られては、乗る気になれないのが、僕の知っているその男の持前だ。男とわりない仲になった女が、その道程で、一度ぐらいはいっしょに死にたいなどと口走ることがあるものだ。あいてを残して、あるいは残されてどちらかが死ぬことが怖ろしくて漏らすことばだが、真実がこもっている瞬間にしか出て来ない。あるいは、男につれてゆかれる愛欲の世界の激しさに、事馴れない女が助けをもとめて叫びだすことがあるかもしれない。だが、しおがすぎると、一人の女から繰返してきけることばではなさそうだ。少女が死にたがっているのはそんなことではなく、男にも、女にも、男と女でできている人間にも、さしあたりは、家族にも、戦後の没落の身分にも幻滅しての厭世から、元上流階級の士女のヒポコンデリーと自殺が流行《はや》りものになっていた。男たちがメチルアルコールの入った酒をのみ、女たちは、睡眠薬と覚醒剤を交互にのんで狂人のようにふるまった。その男がききただしてみると、少女も、可成り大量に薬をのんで、朦朧となって夜更けの街をさまようこともあるという。そんな少女の誘いにのって、恋愛と称《よ》んでいるむかしながらの慾情を夢にえがいたことは、その男の不覚ばかりでなく、時代の現実把握の無知をさらけ出したものであった。戦前は少しは放蕩の味も知っている、物分りのいいのを自惚れていた所謂自由主義者の一語学教師だった彼は、戦争に批判的な態度をとって良識者面をしていたが、戦後と戦後人の心理についてはなにも知らなかった。それでいて、たのまれるまま雑誌に物識り顔な原稿を書いて、進歩的なインテリの一員として、人々のあとに名をつらねていた。少女が彼をめあてにしたのも、その男のわずか

しおがすぎると　機会をのがすと。

ヒポコンデリー　自分の病気を過大に不安に思う精神状態。心気症ともいう。

な虚名を、世間知らずから過大に評価してもう一度夢をみようという下心があったからかもしれない。

いざ帰りにかかると、少女は解放されたように、急にいそいそとして、それまでかくすようにして持っていたかなりかさばった絹風呂敷の包みを前に置いて、固い結び目を解き、パンティを出して穿き、靴下に足を入れ、西洋手品のような手さばきで、見ている前で洋装に変ってその男をおどろかせた。踵の高いエナメルの靴まで揃っていた。洋服は、アメリカ本国から送ってきた日本救済のために家庭婦人たちからつのった中古の不用品で、安く売出したものからえらんで買ってきたとのことで、小柄な彼女にぴったりした朱がかった赤の、クレープ・ドゥ・シンのワンピースであった。そして、ちらばっている着物は片はしからたたんで、たちまち洋服類一さいを入れてきた風呂敷につつんで、前より大きな包みを作った。その早変りの思惑からして、少女がその男のおもいのままになるつもりで家を出てきたことがわかる。その決意にはなにか、巫女《みこ》がかった犠牲《いけにえ》のにおいが感じられた。

その男は、少女を立たせて出窓までよろめいてゆくと、五月の空は曇って頭上に垂れこめ、鱗粉をあたりにちらす蛾の、厚ぼったい翼の重なりで、すきまもなくびっしりと遮《おお》われているようである。照りぐもりの熱っぽいその天から、そのとき大つぶな雨が落ちはじめる。みているうちに、ばらばらと音を立てて、幹の板庇《いたびさし》をうつ。その男が片手をさし出すと、手の甲になまあたたかい一滴があたる。そこの皮膚がみるまに火ぶくれになる。ただごとならぬものの気配に、少女は、いぶかしげに耳をそば立て、

「なに?」

ときく、

「通り雨」


クレープ・ドゥ・シンのワンピース　「クレープ・ドゥ・シン」(クレープ・デ・シンとも)は、「フランスちりめん」のことで、中国の縮緬をまねてフランスで生産された。

板庇　板で葺いてつくられたひさし。

と、その男が教える。雨は、ほんの少しの間、周辺を白っぽけさせておいて、さっとひきあげていった。驟雨《しゅうう》のあとで、一瞬、世界から物音がなくなった。その宙空でその男は、少女をじぶんのものにしたばかりのこれまでとは別のその男がいるのに気付き、できるだけ気付かないふりをしようとおもった。三階のてすりがどこかの方角へうごいていた。てすりをうしろに蹴ってその男は、少女を抱えたまま、飛び立ってゆけそうでならなかった。

　その男は少女をつれて、幅広い階段の下り口まで来た。その男が少女の手をとって、てすりのありかをさぐらせ、介添えしながら一段一段下りおりてゆく順序の筈だったが、そのとき、おもいがけないことが、ふたりを待っていた。谷あいをあがってくるように、階段のしたから雲霧が湧きあがり、それがひろがってゆくにつれて、その男の世界が霞み、視界が抹殺され、足もとから下は、咫尺《しせき》も弁ぜず、抱えている少女の横顔も、輪郭だけがいつでも途切れそうに、タングステン電球の芯のようにふるえて、それすらも次第に赤ちゃけてゆき、刻々にくらくなって消えてゆきそうであった。一方の水槽の水が、ガラスの管をつたって、別の水槽にうつる物理実験のように、その男の視力が萎んでゆくに従って、その分量だけ少女の眼先があかるみそめ、うすやみがただよい、そのなかから、もののかたちらしいものが泛《うか》びあがり、配置よく、それぞれの所在をさだめ、あるべき位置に納まって、少女をかつて囲んでいた現実が、すばやく、適確に組み立てられてゆくさまを、少女はただ茫然とながめていた。しかし、遠近が識別されるに従って少女は、かえって、上下、左右の均衡が戸惑いして、身につかぬままに踏みだす足が、勝手ちがって浮きあがり、見えてきた階段を危く踏み外しそうになるのだった。同時に、俄かめくらになって立ちすくみになったその男は、つい今まで手をひいてやっていた少女だけがこの世のた

咫尺も弁ぜず　近い距離なのに見えないこと。

タングステン電球　フィラメントにタングステンを用いた電球で、現代の白熱電球のこと。

よりで、先に出るより、いくじなく尻込みするよりほかはなかったが、たよられる少女も、はぐれては一大事と、その男の袖を必死とつかんで離さない。三階の階上で、いずれも方途《ほうと》を失ったふたりが揉みあっている有様は、よそから眺めていたら、危くて、手に汗をにぎる観物《みもの》であったにちがいない。それでも、てすり一本を手綱に、ながい時間かかって、ふたりは、階段を下りきった。この旅館を出るとき、靴を土間におろして、揃えてあるキルク草履を、風呂敷包みに突込むことを忘れなかった。

（昭46・9、青蛾書房）

〔『金子光晴全集』第9巻、昭51・7、中央公論社〕

蛾

僕はあの女を殺《あや》めたことを、ひとごとのように忘れがちだった。

泥水のなかに沈んでいるあの女の死体をこの眼が見た。一名死人花《しびとばな》ともいう、どくだみの白い花が咲いていた。黒い心臓のどくだみの葉に、吐きちらした歯みがき粉がこびりついていた。うっとうしい空もようだった。

人を殺す手ごたえが、鈍いながら、なにか生きていた重大さを僕におもいださせた。それほど死を嫌《いと》ってもいないのに、こちらもいきものなので、殺されるあいての苦痛にまるきり冷淡というわけにはゆかなかった。

「苦しくないように殺して」

女は、殺してほしいと言いすぎた。僕は、かの女を殺す義務を感じはじめた。たしかにそれで女の背負っている人間苦を軽くしてやれる見通しがあった。それを取りのぞくことで僕も、いっしょにほっとできそうなのだった。

女は、じぶんの生きていることを気味わるがった。生命に嫌悪をおぼえずにいられる他の人達となれあっているのが、いかにも苦痛らしかった。このような女の不信は、濡れ紙のようにしとった病弱の膚から、不断にたちのぼり、僕の魂を浸蝕していった。苦しみなく女を殺すことに、僕の良心が荷担し、善とみなすまでになった。それからは簡単だった。行李《こうり》に縄をかける時のように、力いっぱい締めれば

どくだみ　ドクダミ科の多年草。悪臭があり、湿地や日陰に生える。

行李　竹などで編んだ物を入れる箱。

よかったのだ。エナメルのようにてかてかした女の三白眼《さんぱくがん》に、かの女が無価値だとおもいつづけたこの時代がまだうつっていた。
　吐気を催す程な大仕事のあとで僕は、女とならんで横になった。女はみじろぎもしなかった。死体は、まわりに険しい真空をめぐらしながら、死を装ってじっと、なにかを待ってでもいるような風だった。生きている僕と死んだかの女とのあいだの愛情はまだ、そっくり壊れずにあったので、見当外れな法の制裁など気にもとめずにいることができた。

死体が置いてある。
そこだけが世界の白い汚点《しみ》だ。
もうなにも見ない眼。
もうなにももたない手。
しずかにおかれてある死体は、
オルゴールをきいているのか。
とがった顔のうえに
のっている一枚の手巾《ハンカチーフ》。

釣り逃した魚のように、命は

エナメル　油性のワニス（樹脂の塗料）を用いたペンキで、光沢がある。「エナメル・ペイント」の略。
三白眼　黒目が上により、左右と下に白目がある目のことで、凶相とされる。

ふたたび針にはかえらない。
いまから古埃及《エジプト》王朝へ遡る。
ながい時間を待ってみても。（抜萃）

最初のうち、僕も死ぬつもりでいた。女の死体と一時間もいるうちに、だんだん、はじめから死ぬ気なんかなかったことに気がついてきた。生への誘惑がそれほど強かったというわけではなかったが、死ぬのを見ていてくれるかんじんのあいてが先へ死んでしまったのでは、無神論者の僕には死ぬはり合いがなくなった訳だ。むしろ、たそがれのような淋しさでこの世をながびかせておきたいのだった。つめたいからだを抱きよせていると、胸のへんがかろくむずむずした。女が顔をあててそら寝をしている時のながい睫毛のうごくくすぐったさであった。

「死んだんじゃない。私《わたくし》は生きたのよ」

そら耳でなく、はっきりその声がきこえたような気がした。愛のふかさのこもったその声をきくと僕は、かぎりなく悲しかった。きすかさよりのような銀いろのふくらはぎから、屍臭がただよいはじめた。寮の二階から人しれずはこび出すために、女のからだを鋸《のこ》でひいて、六つに切断しなければならなかった。

それがただの物質にすぎないといくらおもい込んでも、じぶんを挽き切る痛さになって僕をさいなむのだった。ヒューマニズムの弱味のようにおもわれてならない。屍の六つの断片に、それぞれ錘をつけて、藻でどろどろな水にしずめた。屋根のすぐむこうまで、近々と洪水《でみず》が迫ってきていて、ひっそりと

（抜萃）　「（抜萃）」とあるのは原文のまま。

取巻かれてしまっているようなしずかな晩だった。災禍が、犯行をあとくされなくしてくれそうな期待で僕は、あやしい程胸をおどらせた。蛭がなん匹となく脛に吸いついていた。水のなかにつかった足先が泥のなかのほかの死体をふんづける。どこへいっても血腥《ちなまぐさ》い晩だったし、誰の顔をみても、たった今人を殺してきた殺気をかくし兼ねているようにみえた。手のひらやきものについた碧血《へきけつ》を洗おうとしてまごまごしているその男達に、僕はよく説明しなければならない。

「殺したんじゃありませんよ。僕の場合は生かしてやったまでです」

砲身のように熱し、また冷《さ》めるあの女のからだを、僕の皮膚がおもいだしていた。あの女ほど僕がこの世で愛していた女はなかったが、バタビア砲のように水にしずみ、魂だけがハンネレのように昇天して、始終おいしい牛肉の御馳走のある、それから年寄りの姿をした神様や、あかん坊に蜻蛉の羽のはえたエンゼルのいる、人間くさい天国へ行って閉口しているかもしれないのだ。人間から逃れるためにあんなに死にたがっていたのに。

苦しくなければ死にたいとおもっているものの数は、どの位日本に夥《おびただ》しいことであろう。戦争以来、死が案外手軽なものだということがわかったせいかもしれない。それだけ、生きていることも珍重されなくなった。犠牲者たちに、誰も注意を払うものはいなくなった。生きていることに意味がないように、死ぬことにも意味はなくなった。生れてきたことに腹を立て、異臭はげしい世間の人間の礼儀に欠けている言動に一々嫌悪を吐きかけていたかの女は、極めて消極的ではあったけれど、世のなかの規範に従うまいと意地張っていたものだった。

女はナイロンの靴下を穿いて、編んだ髪に老薔薇のリボンをむすんでいた。かの女は、なにかの勘違

碧血　「碧玉」（ジャスパー）のような鮮やかな色の血。本来は忠誠の血をいうが、ここでは血の色を誇張している。

バタビア砲　バタビアはインドネシアの首都ジャカルタの旧称で、「バタビア砲」はこの地に伝わる聖砲。

ハンネレ　69ページ脚注参照。

いから、僕が好きだとおもい込むようになった。重たい砲身を抱きあげたまま僕は、それをどこへもってゆけばいいかわからなかった。

――気が狂《ちが》っているのだ。

と僕は心に決めたが、もはや彼女を失っては生きてゆけなかった。十八歳の彼女には、五十歳の僕との当然な喰違いが予想できなかったらしいが、悲劇を阻止するため、僕には、こんな際に死を利用するより他の名案はなかった。僕はどこまでも生き延びようとはおもわなかったが、かの女の死んだあとの凪ぎわたった空気のなかで、しばらく足を止めて周囲を眺めていたかったのだ。

僕は、茶碗や皿をみているようなさり気なさで、用水にうつってそよいでいる草の穂や、漏電している電柱や、薊《あざみ》たんぽぽの花や、たちまち血の気を喪わせるような雲の表情のかわりやすさ、一九四九年を背負って移ってゆくその不安とあわただしさなどを、鮫皮を柄にした黒檀のステッキにもたれるようにしてながめた。女が言っていたように、人間ばかりでなく、木も草も、そのへんに生きているものがみんな、畸型にみえはじめた。

生きてゆくに便宜な器官である生物は、人間同様、極端なエゴイズムでまがりくねっている。

――冗談じゃない。人のつくった神などに俺達がなんのかかわりがあるものか。人間の思想は暴力で、人間の愛は殺戮だ。

一本の杉の木が、無言で語り僕を突きはなして前に立ちはだかり、無情を装っていた。

いつだったか、かの女は、僕に言ったことがある。

「人間の目的なんて、私信じられないわ。バイキンは人間のからだで繁殖して、それで人間が死ぬとじぶんも死んでしまって、一時の繁栄があるだけでしょう。人間に目的というものがあれば、やっぱりそんなもんじゃないのかしら」

僕はそんなニヒリズムをたしなめたり、訓《おし》えたりした。

しかし、いま僕は、幻聴のように耳に入ってくるかの女の言葉を、全くちがった肌でききとっている。ハンネレの牛肉のある天国のかわりに、人間には必ずしも愉快でない、険悪な空が圧《お》しかぶさっている。身のまわりのものは、ふれるのが痛い。とげだらけだ。べたべたしたり、ちくちくしたり、むず痒くなってきたり、いきもの同士がふれる時には、膚《はだ》を恐怖の戦慄が走る。かの女が生きていたあいだ中どんなにいきものどもにいじめぬかれたかが、はじめて僕にもわかった。

敵のなかに入ってゆくような心構えで僕は雑草をおしわけ、新緑の灌木林《かんぼく》のなかに突きすすんでいった。裾から膝まで、ズボンはぐっしょりになった。どんよりうす暗い草原のあき地に出た。熔接瓦斯《ガス》の焰《ほのお》のまじったくらすぎるみどりで、僕の眼が煮られているようだ。なまぐさい舌が僕をなめ廻す。眠り薬をのんでねむるのにこんないい場所はないと僕は気がついた。僕のその考えを抜け駆けするように、二間前方の草生《くさふ》のうえに、誰かがながながと横になっていた。ヴェラスケスの裸女のように、こちらに背をむけて寝ている女の姿はのびのびとして、牡蠣《かき》の殻のようにまばゆく照返す膚は、映写幕を走る幻影の冷たさで燃えていた。顔はみえないが、まぎれもなく僕が殺めた筈のあの女であった。僕は、もう一度しっかり確かめるために、できる限り冷静になろうとした。ひよわな首すじと、病的な、すこし前かがみになった背なかの左下のわきよりに、星座の位置をさがすように、二つの小さな黒子《ほくろ》をみつけることができた。

灌木林　「灌木」は低木のこと。

草生　くさはら。

ヴェラスケスの裸女　ベラスケス(一五九九―一六六〇)はスペインの画家。裸婦画としては「鏡をみるヴィーナス」が有名。

「瑩子《えい》」

かの女の名を一言声に出して僕は呼んだ。そして、一歩、かの女の方へ近づいてゆくと、ねていた女がおもむろに立上った。が、それは目の錯覚で、女とみえて聚《あつま》っていたおびただしい蛾の群が一時にとび立っただけであった。空ちゅうに息でふきちらした粉ぐすりのように、すべては虚《むな》しくとび立った蛾が消えていったあとで、草原には、膚で押された痕跡すらのこっていなかった。

〔『文芸往来』昭24・10〕

〔『金子光晴全集』第9巻、昭51・7、中央公論社〕

解説

「村童もの」の童話の旗手
千葉省三解説

米村みゆき

「東北線の宇都宮の真北に当って、低いけれど、三角帽のように恐ろしくとがった一群の山々が見え」る栃木県河内篠井村で生まれた千葉省三（一八九二〜一九七五）は、川又慶次のペンネームも持つ、童話と大衆児童読物の二領域にわたって活躍した作家である（「私の生い立ち」『童話集トテ馬車』昭4・6、古今書院）。五歳で小学校に入学、主席を通すが小柄で病弱な幼少期を送る。尋常三年のとき教員だった父親の赴任のため、一家は同県楡木へ引越す。その転居に取材した作品に「乗合馬車」（『童話文学』昭4・2）がある。千葉の幼年少年時代の大部分が楡木での生活であるため、同地は「虎ちゃんの日記」をはじめとする後の郷土童話、いわゆる「村童もの」と呼ばれる作品の舞台となり、題材もこの地から得ている。

県立宇都宮中学校に入学後は先輩であった後の歌人半田良平の影響で短歌や小品を書き、『文章世界』等に投稿する文学少年であった。卒業後は政治家を志して上級学校への進学を目指すが、一年余り病臥し断念する。三年間の代用教員のあと半田を頼って上京、数社の出版社勤めを経て、大正六年コドモ社に入社、絵雑誌『コドモ』の編集に携わる。後に『童話』の表紙絵や千葉作品の挿絵を担当する〈土の童画〉の画家川上四郎との出会いもこのときであった。折りしも『赤い鳥』とそれに続く子供向け芸術雑誌刊行の機運に乗り、千葉はコドモ社で創刊された雑誌『童話』の編集者となる。同誌には、田舎の子供と土俗信仰との触れ合いを描いた「拾った神様」（大9・10）、二人の大人の不思議な体験を綴る「空へ落っこちたはなし」（大9・12）、機関車が月と駆けくらべをするという詩的情趣溢れる「機関車と月の話」（大10・7）、犬を主人公にした空想豊かな「ワンワンのお話」（大12・4・5・7）、夏休みの日記形式の「虎ちゃんの日記」（大14・9〜10）などほぼ毎号にわたって自らの作品を掲げている。一九二六（大15）年に『童話』が廃刊となったため、一九二八（昭3）年には北村寿夫、酒井朝彦、水谷まさるとともに同人雑誌『童話文学』を創刊。村の子供たちの冒険と失敗を描く「鷹の巣取り」（昭3・7）、東京にいる兄へ宛てた手紙形式の「定ちゃんの

『童話』表紙（大14・9、国立国会図書館蔵、所蔵印はデジタル加工により消去）

手紙」（昭4・1）等を執筆した。一九二九（昭4）年には初めての童話集『トテ馬車』、続いて『葱坊主』（昭7）『地蔵さま』（同）『竹やぶ』（昭13）と四冊の童話集を古今書院から発行、長編幼年童話『ワンワンものがたり』（昭4）も金蘭社から出版された。しかし、一九三一（昭6）年には『童話文学』が廃刊。そうした折、『少女倶楽部』が新しいタイプの少女小説を求めてきたのが機縁となり「剣と涙と愛に織りなされた熱血物語」の「陸奥の嵐」（昭7・1〜12）「哀愁と冒険の一大悲曲」の「千鳥笛」（昭9・1〜12）などの長編大衆小説を執筆する。その後、伊藤貴麿、稲垣足穂、酒井朝彦ら四人で同人誌『児童文学』（昭10・11）を創刊、「みち」（昭10・11）「むじな」（昭11・1）など村童ものを執筆する。一九四三（昭18）年、戦争のため新潟県湯沢に疎開したが、このころから創作の筆を断つ。戦後、石井桃子他『子どもと文学』（昭35・4、中央公論社）をはじめとした千葉省三再評価の声が高まり「日本の児童文学にはじめて生き生きとした子どもたちを登場させた作家」と位置づけられた（千葉省三の章の執筆者は鈴木晋一）。「ひなたくさいにおいをぷんぷん発散する子ども」が登場する村童ものが高く評価されたためである。その数年後、児童文学研究者滑川道夫が千葉の郷土近郊の大学で「千葉省三論」を題目に掲げたが、千葉の名を知る学生がいなかったというエピソードがある。彼の知名度が高まるのは一九六七（昭42）年から翌年に刊行された『千葉省三童話全集』全六巻（岩崎書店）の完結や数々の児童文化賞の受賞の後であろう。一九七五（昭50）年、心不全のため永眠。

「十銭」がもたらすメディア論的覚醒　携帯電話を初めて手にしたときの、どきどきわくわくした気持ちを覚えているだろうか。小さい子どもが嬉々として手にしているのを見たことがあるかもしれない。新たなメディアと出遭った時、まわりの世界が違ってみえる、そんなメディア論的覚醒を〈子ども〉を扱った文学は届けてくれる。これらの作品を通して、大人の読者は、幼少時の記憶の糸を手繰りよせることができるのだ。

千葉省三「十銭」は、幼い子どもの心の動きを巧みに描いたものとして評価されている。父親の「云い付け」で金物屋へ行った圭ちゃんが目にしたのは、小さな赤い斧。圭ちゃんは、その斧が手に入れば「釘だってうてるし、板だって割けるし」「お家だってつくれるでしょう」と夢想する。「斧」は、圭ちゃんにとって様々な夢を可能にするツールなのだ。圭ちゃんが、人形や機関車などの完成された玩具ではなく、ツールを欲しがっているところに、さまざまな想像を可能にする、メディアの想像力が託されていよう。斧の値段をきいたとき「お手々の指の数だけあればいいんです。それからあんよの指の数だけでもいいんですよ。」と金物屋の主人が答えているように、圭ちゃんの年齢は「十銭」の実感もよくわからかない幼さだ。現在の電子機器だけではない、大正時代に生きる六歳の男の子のメディア論的覚醒をこの童話は牽引する。

メディアへの想像力というテーマは、タイトルとも重なっている。この童話は「十銭」という題であって圭ちゃんがしきりに望んだ「赤い斧」とはされていない。「十銭」というツールで何が可能か、という問いから物語は進んでいくのだ。圭ちゃんは言う。「ねえ、かあさん、僕、十銭おかねがあったら、何を買うか知ってる?」。まるで「一億円があったら……」という夢を見て宝くじを購入する現代の大人たちの言動のようだ。宝くじは、圭ちゃんの「十銭あれば」ということばの拡大呈示である。圭ちゃんの姿をみて私たちは、宝くじを購入する欲望というものが、さまざまな想像を可能にするメディアとしての想像力に基づいていることに気づくのだ。

圭ちゃんの母親はそのことに気づいている。圭ちゃんのために準備するのは「十銭」であり決して「赤い斧」ではない。そして、圭ちゃんのエプロンのかくしの中で十銭が「ちゃんちゃかちゃんちゃか」と鳴るのは、圭ちゃんの夢を可能にするメディアとしての可能性が繙く希望の歌なのだ。だからこそ、圭ちゃんが一銭をおまんじゅうに使ってしまい、「赤い斧」が買えなくなったとき、銅貨たちはもはや歌を歌わない。

斧が買えなくなりすすり泣く圭ちゃんに、声をかけたおばあさんが、足りなくなった一銭を即座に与えるのではなく、圭ちゃんの働きの代償として渡すのも同じ文脈を踏んでいる。ここでは、子どもが働く設定が頻出する宮崎駿のアニメーション作品も想起されるが、これは一銭というものがあくまでもメディアとしての役割を果たしているからだろう。

「赤い斧」を手にし、実際に使用したときの圭ちゃんの驚嘆は、どのようなものだったのだろうか。しかし千葉省三は、圭ちゃんの喜びや驚きを伝える以前に筆を擱く。「まったく、圭ちゃんの斧のように切れる斧は、日本中にないかも知れません。釘もうちこめるし、板もけずれます。そして、薪をわる事だって出来るのです。ほんとに、おうちをつくる事も出来たかしれませんが、そこまでは私もよく聞かないでしまいました」。「十銭」から「赤い斧」へ、そして今度は、この作品自体が読者にさまざまな想像を投げかけるツールとしてバトンタッチされているのだ。

一人称「オレ」の日記体童話　アニメーション作品岡本忠成「チコタン　ぼくのおよめさん」(昭46)は、主人公が〈関西弁〉で語り、セルアニメながら小学生の〈絵日記風〉の絵柄に挑戦した異色の作である。千葉省三「虎ちゃんの日記」もまた、小学校六年生の〈地域語〉(方言)で綴られた〈夏休みの日記〉の形式を踏む。日記には、虎ちゃんが、読者にわかる様にと書き入れたトンガリ山、学校、オレンチ(虎ちゃんの家)などの地図が添えられており、絵日記の様相を帯びる。

「虎ちゃんの日記」が掲載された『童話』は、鈴木三重吉主宰『赤い鳥』(大7・7)の創刊、続いて『おとぎの世界』(大8)『金の船』(同)と、まさに大正期の童話童謡運動の機運に乗った芸術的な児童文学雑誌であった。しかし「虎ちゃんの日記」は、一人称の日記体として異彩を放っている。地域語が会話のみならず、地の文においても使用されているためである。たとえば同時期の『赤い鳥』に掲載された宮原晃一郎「閻魔のお腹」(大14・9)では、主人公の友ちゃんは「九州のはて」から引越してきたばかりの「田舎者」で「言葉がよく通じ」ない設定であるにもかかわらず、友ちゃんの地域語は登場しない。当時の『童話』の文体を見渡してみても「むかし支那の或るお寺の門前に、一人の乞食が居りました。」(渋沢青花「一杯くわされた乞食の話」大14・10)「朝になると、大空には美しい太陽が、雲の翼を金色に染めて昇りました。」（北村尋夫「最初の人間」大14・9）など、説話や外国物の翻案体の影響が強く見受けられるものである。そのために「虎ちゃんの日記」は、「リアリズム童話の傑作」「生彩ある子ども像の描出」と後年高く評価されたのであるが、しかし実際のところ、現在このような評価のことばに実感を持ち得ない読者も少なくないのではなかろうか。もちろん、今日では地域語の使用や子どもによる一人称の童話が珍しくないから、という理由ではない。当時でも、同作に対する高い評価のことばの一方で、ストーリーが乏しい、平板な叙述から免れていないと漏らす評や、大人と子どもの生きる複雑な世界が描かれてないという限界が指摘されているためである。そもそも読者がこの童話を一読して持つ印象は、表現が〃拙い〃という点ではなかろうか。ここではこの〃拙さ〃の由来を探ることで、違った角度からこの作品の魅力を掘り当ててみたい。

投稿少年の夢の可能様態　八月十四日の冒頭はこんな書き出しである。「眼をあいたら、父ちゃんの顔が見えた。その上に葉っぱが見えて、その上にまっ青な空が見えた。おれは、初めのうちは、どこにいるんだかわかんなかった。そのうち、だんだん昨日のこと思いだした」。前述「十銭」において、圭ちゃんのことを語る「私」なら、こんな風には表現しないだろう。「私」は、エプロンのかくしの中の十銭の歌を読者に伝えることで、圭ちゃんの心の動きを映し出す。たとえば、この場面をその時の圭ちゃんの視点に忠実に寄り添うなら「ふっと眼を開くと、何か黒い顔がのぞきこんでいるのが見えてきた。次第にそれが父ちゃんの顔として現れてきた」などと表現することができよう。覗き込んでいる父ちゃんの顔は「まっ青な空」を背にしているため、逆光になっているはずであるし、虎ちゃんは目覚めたばかりであるため周囲を認識するまでやや時間の経過が必要だ。すなわちその時点の子どもの認知をしっかりと把握し、その様子を生き生きと伝える表現がありえたはずなのだ。

しかし、そのようには描かれなかった。これは、明らかに「虎ちゃん」の語りが「虎ちゃん」の視点ではなく「虎ちゃん」の「日記」の表現によってなされていることを示す事態である。すなわちこの童話は「真赤な、まるまっちい顔と丈夫そうな、日に焼けた手足を持った、尋常六年生ぐらいの、田舎の子供」、恐らく中農程度の家庭の子どもとしての〈文章力〉に忠実な表現が採用されているのだ。この童話が平板さから免れていない理由はここにあろう。童話中で挿入される源ちゃんの葉書の文章が「はいけい。私は足がよっぽどよくなって、毎日たいくつでしょうねく候」とやはり拙い文体になっているのも同じ意図だ。

それでは、このような拙い日記が掲載されることで、この雑誌の誌面はどうような効果がもたらされていたのか、そんな想像へとスライドしてみたい。

そもそも、千葉省三が「虎ちゃんの日記」の文体のお手本としたのは、地方から投書してくる少年、少女たちの文体であったという。『童話』は『赤い鳥』に倣い、投稿された綴方や童話、童謡などを掲載する。同誌を繙くと、口絵に続き、作家による童話や童謡が続き、雑誌の後方にいたって投書欄と選評が掲載されている。投書欄（童謡、綴方、図画）の頁は、活字のフォントが作家たちの文章よりも数まわり落とされた細かい字が並び、さらには三段組み。作家とアマチュアの線引きが一目でわかるレイアウトである。同誌で募った「子どもの童話募集」の欄をみると「地方の言葉を使って書いてください」「田舎の人は田舎の言葉で、自由におかきください」と伝えている。

このような状況を考えるとき、「虎ちゃんの日記」は「田舎」に住むこどもの投稿童話が「作家」のページ、一段組みで堂々と載せられたものとして見えてくる。自らの文章が活字となって雑誌に掲載されたときの投稿少年、少女たちの嬉しさは、『赤い鳥』掲載の綴方で有名になった豊田正子のエピソードをひくまでもない。さらに興味深いことに、二ヶ月間にわたって掲載された「虎ちゃんの日記」は、後半の号では、投稿頁に挟まれて掲載されている。かつて投稿少年であった作家室生犀星は、雑誌の投稿欄の頁しか読まなかったと語っていたが、投稿者たちはまず投稿欄で自分の文章を捜したのだろう。自分が書いたような文章が、作家の文章として、投稿欄に挟まれて掲載される――「虎ちゃんの日記」は、投稿少年、少女、作家未満の大人たちの夢の可能性様態を呈してくるのである。

千葉省三の回想によれば、『童話』が創刊時に目標としていたのは、巻頭の創作童話掲載、新人の発掘、日本の土に根ざした郷土性のある童話童謡の尊重であった。雑誌としての体裁が整うにつれ、同誌は童話愛好者である若い投書家の機関誌的存在となっていったという。しかし『童話』が果たした大きな功績の一つは、当時文壇的には無名であった千葉省三が、作家になったという点だ。「虎ちゃんの日記」は、千葉省三を作家へと育んだ雑誌の象徴的な童話であった。

〈参考文献〉

鳥越信「雑誌『童話』の特色」(『雑誌「童話」復刻版　別冊』昭57・3、岩崎書店)
関英雄「解説—童心主義文学の光と影—」『日本児童文学大系』第15巻(昭52・11、ほるぷ出版)
石井桃子他『子どもと文学』(昭35・4、中央公論社)
千葉省三・酒井朝彦「対談『虎ちゃんの日記』とその後」(『日本児童文学』昭32・5)

反復する〈遊び〉と〈死〉
坪田譲治解説

高橋秀太郎

〈子ども〉を書く作家　坪田譲治（一八九〇～一九八二）は子どもを書き続け、また子どもにこだわり続けた作家であった。岡山でランプ心などをつくる島田製鉄所を経営する坪田平太郎の次男として生まれた譲治は、一九〇八（明41）年、早稲田大学予科に入学する。入学してすぐに、当時新浪曼派作家として活躍を始めていた小川未明を訪ね、師弟関係を結ぶ。その後一年大学に通うも国木田独歩等の影響で放浪にあこがれ、また人生問題に悩み退学、岡山に帰って牛飼いをするが、文学への夢を抱いて再び上京し、一九一〇（明43）年早稲田大学英文科に進学、入隊や病気による休学を経て一九一五（大4）年に卒業する。卒業後、家業を手伝うよう兄と母に懇願され帰郷、その間同人誌をつくり「正太の馬」などを発表している。一九二三（大12）年に再び上京し、『新小説』に「正太の馬」（再掲）、「正太樹をめぐる」、「枝にかかった金輪」等を発表し文壇に本格的に進出、一九二六（大15）年には最初の短編集『正太の馬』を刊行する。一九二七（昭2）年には、『赤い鳥』に「河童の話」を掲載し、以後鈴木三重吉を師として、童話作家の道も歩み始める。『赤い鳥』に掲載された童話の中には「小川の葦」や「魔法」など譲治の代表作と言われる作品が含まれている。これ以降譲治は生涯に渡って小説と童話を並行して書き続けることになるのである。

「枝にかかった金輪」扉絵（『坪田譲治童話全集第三巻』岩崎書店）

　さて、実家の島田製鉄所の内紛や収入難から生活苦に陥っていた譲治は、一九三五（昭10）年、「お化けの世界」（『改造』）の発表をきっかけにようやく文壇に認められる。この年、小説集二冊、童話集二冊を刊行、作家として独り立ちし、以後安定した作家生活を送っている。翌年『東京朝日新聞』に『風の中の子供』を、一九三八（昭13）年には、『都新聞』に『子供の四季』を連載し話題となった。太平洋戦争下においては昔話の再話に取り組んでいる。戦後においても「サバクの虹」などの短篇童話や「せみと蓮の花」などの小説を書き継ぐ一方、一九六三(昭38)年に童話雑誌『びわの実学校』を自費で創刊し、広く後進に児童文学発表の場を提供した。そこから松谷みよ子など多くの児童文学作家が育っている。最晩年である一九六九（昭44）年には童話集『かっぱとドンコツ』を、一九七三（昭48）年には同じく童話集『ねずみのいびき』を刊行している。

文壇デビュー作である「正太の馬」や出世作である「お化けの世界」を含め、坪田作品の多くに、正太や善太・三平という〈子ども〉が登場する。彼ら子どもを生き生きと描き出した作家として坪田譲治は注目され、また評価されてきたのである。子どもの問題を抜きにして坪田譲治の文学活動を考えることは不可能と言ってもよい。「枝にかかった金輪」は、そうした子どもを描く坪田譲治の真骨頂とも言える作品の一つである。

先行作品　坪田譲治は特に作家活動の初期において、結末で子どもが死ぬ作品を数多く書いている。「枝にかかった金輪」もその一つであるが、坪田譲治の師であった小川未明の「金の輪」と国木田独歩の「春の鳥」は、ともに子どもの死を扱っており、同一の素材を用いた先行作品と言えよう。この二つの作品と「枝にかかった金輪」は、子どもの遊び道具として輪回しが用いられていること（「金の輪」）、子どもの死後、その母が遊びの真似をすること（「春の鳥」）など共通点が多いが、ここで確認しておきたいのは、遊びと死についてである。「金の輪」や「春の鳥」では、遊びの実現が死につながることが暗示され、その暗示が作品に奥行きや情感（「哀」）をもたらす。「枝にかかった金輪」でも遊びながらの死が描かれているが、作品から受ける印象は先行二作品と大きく異なっている。

「びわのみ文庫」で子どもと語る譲治
（岡山文庫 150『坪田譲治の世界』日本文教出版株式会社）

「金の輪」や「春の鳥」では、太郎や六蔵の行動や心情が「です・ます」体で語られている。それに対し、正太の心情や行動は、「た」止めと会話文を多用する形で描き出されている。子どもの行動や心情を「です・ます」でくるむことなく、そのまま投げ出すかのような語り方を用いるがゆえ、正太は極めて近距離から捉えられているように感じられる。坪田譲治は、千葉省三とともに、子どもを生き生きと描き出した作者として評価されているが、その評価はこうした語り方の効果に由来しよう。「枝にかかった金輪」では、この近さを存分に生かしながら、遊ぶ正太そのものを描き出すことに大きく比重がかけられている。〈子どもの死〉がもたらす情感を描くと同時に、〈遊ぶ子ども〉を描き出すこと。まずは正太がどう遊んでいるのかを作品にそって確認してみよう。

遊ぶ子と母　金輪を回しながら家に飛び込んでくる正太は、お母さんの周囲をくるくる回りながら、話しかける。お母さんは「振向きも」せず、素っ気なく応対する。御飯について芳しい答えを得られなかった正太は、再び外へ駆けだしていく。お母さんは常に「忙しい」のであまりかまってはくれず、その都度正太は退屈な午後をやり過ごす遊びを見付けなければならなくなる。人形を投げ飛ばすことや、三輪車全力こぎなど、正太は遊び（道具）を次々と発見し、それに没入し、やがて飽きてしまう。飽きた後正太は再びお母さんのもとへ舞い戻る。

　母が見てくれないのであばれる、あばれるのに飽きて母のところへ戻る、やっぱり相手をしてもらえないのでそれならばとあばれる……。このサイクルを律儀に繰り返す正太の様子は、彼を外からとらえる視点と、内面に寄り添う地点の双方から連続してとらえられる。遊びに夢中になっていく正太の姿を語ることと、何やら考えている正太の心を語ることとがくるくると入れ替わるのである。その入れ替わりを通じて、無心に遊ぶことと瞬間瞬間に物思うことが果断なく連続するという、遊ぶ正太の全体像が書き留められていく。この作品における正太の躍動感は、元気に動き回る姿をただ描いているということだけでなく、こうした語りの視点の入れ替わりが、遊びへの没頭とそこからの離脱という、遊ぶ正太の状態そのものといわば同調していることから生まれている（なお譲治作品における子どもの描き方については中村明「言語表現における視点の問題」、早稲田大学大学院『文学研究科紀要』33、昭63・1参照）。

　さて、正太は様々な形で遊んではいるのだが、それは常に不充足感（「そぐわなかった気持ち」）をもたらすものでもあった。その不充足感こそが遊びの原動力でもあるのだが、昼寝から目覚めた正太が何気なく始める〈かくれんぼ〉においては、正太の、お母さんにかまってほしいという願いが、十全な形で実現される。続いて〈かくれんぼ〉という〈遊び〉の成立の有り様について確認してみたい。

僥倖としての〈かくれんぼ〉　西村清和（以下引用は『遊びの現象学』に拠る）は、〈遊び〉が、主体の「企て」や実生活の経験とは異なる「独自」の「様態」であることを強調する。〈遊び〉の「構造」とは、「ゆきつもどりつするひとつの遊動にともに乗りあわせる同調」であり、遊び手は「遊びの主体」とはならずに、遊びながら「同時に遊ばれる」という「自己と他者の独特な関係」を〈遊ぶ〉ことになる。〈遊び〉とは、他者との「同調」によってのみ成り立つゆえに、「ねらわれるべき目的ではなく」「偶然おとずれる一つの僥倖であ」り、遊ぶ者は、そこで他者との「遊動の同調にひきわたされ、になわれ」ることになる。

正太が勝手に始めたはずの〈かくれんぼ〉は、どこまでも正太の一人遊びであるように見える。お母さんは最後まで遊びに積極的には関与してはいない。にも関わらず、お母さんがオニとして正太の前にあらわれることで、西村が言う遊動関係としての〈遊び〉が成立する。正太は先に見た人形遊びや三輪車遊びと同様、お母さんへの意識を起点にして遊びを開始している。だが、それまでとは異なり、この〈かくれんぼ〉には、いつの間にかお母さんが参加している。この大きな「喜び」の中にいる正太は、すでに、〈かくれんぼ〉という「様態」に身を「になわれ」ているのである。母であり遊び相手（＝オニ）でもあるという二重の存在となってあらわれたお母さんと〈遊ぶ〉正太は、「何か解らないものにくすぐられ、解らないものにおいたてられ」る。その正太にとって「心から面白く」「おかしい」のは、お母さんが、自分を見付けてくれるオニとなっている不思議さである。ここで「堪えれば堪える程、こみあげて来る笑い」とは、母と遊んでいる「嬉し」さとともに、〈遊び〉という自分を離れた不思議な「様態」に自分が「ひきわたされ」ていることからくる感情の高ぶりをも示しているのである。

さて、「僥倖」としての〈かくれんぼ〉に「になわれ」ている正太が木に隠れたまま、突然場面は半年後に切り替わる。そこで正太が木から落ちて死んだことが明かされる。お母さんは、木にかけたままにしてあった正太の金輪が風に吹かれて音を出すたびそちらを振り向き、また遠くで正太が金輪で遊ぶ音がしているようにも感じ「淋しい」気持ちになる。その音は、生きていた頃の正太が存在のあかしとして出し続けていた音／声を思い出させると同時に、その不在をも告げている。音を頼りに正太の「生活」のことを思うこうしたお母さんの有り様からは、いわば〈かくれんぼ〉の継続を望む思いがかすかに透けて見えてこないだろうか。

西村は、〈遊び〉が遊び手の意志を離れて成立するがゆえに、それを終わらせる自由は一個の主体にはないと述べている。とすれば、正太が死んだことをもって〈かくれんぼ〉が終わったと考えることは早計であるのかもしれない。作品最後の場面で、お母さんは「ふと」輪回しをやってみて、「正太はホントに金輪は上手だ」とつぶやいている。ここでの〈遊び〉の再現は、正太と自身とのつながりを、あるいは正太がまだ遊んでいるかもしれないことを実感する最後の手段であったと思われる。もちろん〈遊び〉の成立は「偶然」に左右され、最後までうまく〈遊ぶ〉ことが出来なかったお母さんと正太の距離はやはり遠いと見なければなるまい。だが〈遊び〉が今ここの日常とは異なる様態であるからこそ、そこに「僥倖」が生まれる可能性も捨てきれない。お母さんがぎこちなく〈遊〉ぼうとする姿からは、その切なる再会の願いを窺うことができるのである。

反復する〈遊び〉と〈死〉

「枝にかかった金輪」は、遊ぶ正太を生き生きと描きながら、〈遊び〉という事態の成立を正確に書き留めた作品である。そこでは、自分で遊び始めながら、自分ならざるものになわれていく快感と怖さがあますところなく描き出されている。

ところで初期作品において、子どもが死ぬ作品を描き続けた坪田譲治は、その意図について「子供が自然の中に再び帰っていく姿を書きたかった」、あるいは「子供の生命の「永生の感じ」を描くことを狙ったと述べている（「童心馬鹿」、『坪田譲治全集』12、昭53・5、新潮社）。従来の研究史は、この坪田の発言に添いながら、子どもの死を自然への回帰として理解してきた。

だが注目すべきなのは、子どもが生前同様遊んでいる姿を母親が目撃するという「正太樹をめぐる」・「善太の四季」、死んだはずの子どもが遊んでいる声がするという「かくれんぼ」、さらには遊んでいる子どもに「魔」が近づき命を奪ってしまう「白い石」・「七月の夢」など、死と遊びが密接に結びつけられていることである。坪田の言う子どもの

「永生」とは、子どもが遊びにになわれ続けていること、と言い換えられるのではないだろうか。何かと何かが同調し結びつく遊動関係として、日常とはまた別の地点に成立する〈遊び〉とは、今ここと異世界をつないでしまう不安と期待をこそ呼び起こす。坪田作品に描かれ続けた〈遊び〉は、子どもという生をめぐる不安と期待を生み出す動力として、その核心に置かれているのである。

〈参考文献〉

田原多賀子「坪田譲治論―坪田文学の中の子ども―」（『国語国文薩摩路』昭51・3）
特集「坪田譲治生誕百年」（『日本児童文学』平2・6）
西村清和『遊びの現象学』（平1・5、勁草書房）

無名の生涯を送った作家
宮沢賢治解説

米村みゆき

宮沢賢治（一八九六～一九三三）は、詩人、童話作家、はたまた子供向けの偉人物の伝記で名高いが、人々に広く知られてゆくようになったのはその死後である。岩手県花巻生まれ。祖父の代から続く質・古着商の裕福な家の跡取りとして育った。一九〇九（明42）年入学競争の激しかった盛岡中学校へ入学するも、その後の上級学校への進学が認められず、学習意欲を失ったまま中学を卒業した。家業の店番などをしながら鬱屈した日々を送っていたのを見かねた父親が進学を許し、一九一五（大4）年盛岡高等農林学校へ入学。数人とともに同人誌『アザリア』を創刊。短歌・短編を発表し、本格的な創作活動が始まった。卒業後は同校の研究生となり、地質調査に従事しながら「双子の星」などの童話の創作を開始する。研究生終了後は家業に従事するも、父親との信仰問題の対立が深まり、一九二一（大10）年家出上京。東京大学赤門前の印刷所で筆耕のアルバイトをしながら、日蓮宗の街頭布教、下宿では「童児（わらし）こさえる代りに」童話を書き、原稿は月に三千枚におよんだという。同年八月中旬最愛の妹トシの発病で花巻に帰郷。『愛国婦人』に童謡「あまの川」（大10・9）、童話「雪渡り」（大10・12～大11・1）が掲載される。十二月稗貫郡立稗貫農学校の教諭となり、「饑餓陣営」などの自作劇を上演したり、のびのびとした教員生活を送る。賢治の教え子の証言では、田畑の散策中に突然奇声をあげて跳び上がり、生徒そっちのけで夢中でノートに何かを書き留めていたという。この頃からレコード収集を始め、ポリドール社長から感謝状を貰うほどのコレクターとなった。

宮沢賢治
（日本近代文学館）

一九二二（大11）年妹トシが結核で死去し、賢治は「永訣の朝」「松の針」「無声慟哭」等の詩篇を書く。その後心象スケッチ『春と修羅』（大13・4、関根書店）『イーハトヴ童話　注文の多い料理店』（大13・12、盛岡杜陵出版部・東京光原社）を刊行するが、辻潤、佐藤惣之助が絶賛するも反響はほとんどなく大半はゾッキ本（見切り売りの本）として処分されたり賢治自身が買い取りをした。一九二六（大15）年農学校内に併設された岩手国民高等学校で「農民芸術論」を講義するが、「本統の百姓」になると教職を依願退職する。宮沢家の別宅で羅須地人協会を設立、農民たちに農業に必要な知識を教えたり、レコード鑑賞会の開催、稲作指導等を行う。その後農村指導の疲労困憊から肺を患い自宅に戻って静養し、羅須地人協会の活動は実質上の終焉を迎える。一九三一（昭6）年東北砕石工場嘱託の技師となる。石灰肥料のセールスマンとして東奔西走するも上京中に発熱。自宅に戻って手帳に「雨ニモマケズ」を書く。一九三三（昭8）年、三十七歳の生涯を閉じる。トランクに大量の原稿を残し、ほとんど無名のまま世を去った。

宮沢賢治が注目されるようになったのは、実弟宮沢清六や詩人の草野心平、『岩手日報』文芸部記者の森荘已池の貢献に帰するところが大きい。生前文壇的には無名であった賢治の全集はその死後速やかに刊行されたが、草野が編集した賢治の追悼雑誌や森による『岩手日報』記事などがこの全集の販売宣伝に関わっていたことが明らかになっている。一般の人々に賢治が広く知られていくきっかけとなったのは一九四〇（昭15）年の日活映画『風の又三郎』であり、同作品の文部省編集版が学校巡回映画のルートに乗り全国津々浦々で上映されたこと、また一九三八（昭13）年の内務省指示要綱により、賢治の作品が児童書として刊行され読者を獲得したこと等があげられよう。しかし、推敲の跡が甚だしい〈見せ消ち〉的、つまり誤字などの訂正が読めるような原稿を残したまま亡くなったことは、作品の最終的な形態を定めるテキストクリティックの困難な作業を招聘することになった。ジョバン

『イーハトヴ童話　注文の多い料理店』表紙
（日本近代文学館）

ニとカンパネルラが銀河を旅する賢治の代表作「銀河鉄道の夜」（最終稿推定昭6～8頃）の活字化の変遷は、賢治の全集が刊行されるたびに本文が揺れ動く歴史となった。

〈映像的〉な童話として

「風の又三郎」（推定昭6～8頃）の異稿「風野又三郎」（推定大13頃）に登場する風の神の子は、子どもの目にしか映らない存在だ。季節の変化を知らせる強風は、大人にとっては単なる〈年中行事〉なのである。宮崎駿監督の『となりのトトロ』（昭63）も、野原を飛翔するトトロやサツキ、メイの姿が、大人である父親には見えなかった。父親にはただの風の音として届くショットが作中に含まれている。いくつかの児童向けの作品では、大人には察知できない存在や変化に気づく役どころを〈子ども〉が担うのだ。「十月の末」（推定大10）の嘉ッコは、こんな風に表現されている。「けれども、この路ならば、お母さんよりおばあさんより、嘉ッコの方がよく知っているのでした。路のまん中に一寸顔を出している円いあばたの石ころさえも、嘉ッコはちゃんと知っているのでした。厭きる位知っているのでした」。嘉ッコも事象を察知する配役が振り当てられている。しかしながら、まず検討すべきなのは、この童話の〈子ども〉像が、どのような立場から捉えられたものなのか、ということだろう。大人が子どもに語り聞かせる昔話のような形式を踏襲しているのか、あるいは千葉省三「虎ちゃんの日記」（大14）のように子どもの日記のようなナレーションにおいてなのか。表現方法の如何により、描かれる子ども像は見え方が大きく揺れ動くはずだ。ここで、宮沢賢治の童話の捉え方の方法の一つとして、視覚表現に置き換えてみることを提案してみたい。『宮沢賢治の映像世界』（平8・10、キネマ旬報社）というタイトルの書物があるほど、宮沢賢治の童話はこれまで数々の実写、影絵、アニメーションとして作品化されてきたのである。賢治の童話中には〈映像的〉な表現がいくつかみられ、それが映像化への誘惑へと人々を導いてきたのだ。たとえば、かの有名な「銀河鉄道の夜」で汽車に乗ったジョバンニが、カンパネルラと出会う次の文章を読むとき、どんな〈絵〉が浮かび上がってくるだろうか。「すぐ前の席に、ぬれたようにまっ黒な上着を着た、せいの高い子供が、窓から頭を出して外を見ているのに気が付きました。そしてそのこどもの肩のあたりが、どうも見たことのあるような気がして（後略）」。これは、映画でいえば、まずカンパネルラの腰から上を画面に収めるハーフ・ショットあたりのフレームが浮かんでくるだろう。次に「肩のあたり」を捉える箇所で、この独特な視線の表現に気づいただろうか。〈まるでカメラで捉えた映像のようだ〉と体感してもらえたら幸いだ。それでは、「十月の末」の冒頭はどんな〈絵〉が描けるのか、チャレンジして欲しい。たとえば――嘉ッコの視点で足元の「小さなわらじ」を映し出す俯瞰のショット。赤いげんこつを口の前に置き、息を吹きかける嘉ッコのバスト・ショットあるいはアップ・ショット。暗い土間をひらくと、外の光が漏れる。飛び出した嘉ッコは「つめたくて明るくて、そしてしんとして」いる外に立っている。嘉ッコのお母さん、そしておばあさんが続く。カメラは嘉ッコに寄り添った位置に設定できるだろう。嘉ッコのおばあさんが「やっぱりけらを着て」という箇所では、「やっぱり」という言葉のうちに、嘉ッコに近い位置からの眼差しが想定される。したがって、嘉ッコのお母さんの「大きなけらを着て」というのは、嘉ッコの「小さなわらじ」と比較されたものといえる。「小さなわらじ」を目にした後は、通常サイズの「けら」でさえも拡大鏡で映したように見えるだろう。宮崎駿監督の『千と千尋の神隠し』(平13)では千尋が湯婆婆と初めて会ったとき、湯婆婆の顔がとても大きく見えるシーンがあった。それは、湯婆婆が千尋にとって〈脅威〉であること、それほど大きく見えたということを観客に伝えている。子どもがサイズを見間違える認知現象にスケールエラーがあるが、この描写はいわゆる子供の視点に即した〈誇張〉の表現とみることができるのだ。

〈異変〉を敏感にキャッチする子ども　だから、電信ばしらが「ゴーゴー、ガーガー、キイミイガアアヨオワア、ゴゴー、ゴゴー、ゴゴー。」とうなっているのをキャッチしたのは、嘉ッコの耳である。そのうなりを聞いて、嘉ッコはどうしたのか。「嘉ッコは街道のまん中に小さな腕を組んで立ちながら、松並木のあっちこっちをよくよく眺めている。監視カメラのようだ。注目したいのは、嘉ッコの〈真似〉の身振りである。カメラが電信ばしらを写した後、嘉ッコの様子を捉えれば、嘉ッコが電信ばしらになりきっているのに気づくだろう。前述の「銀河鉄道の夜」でも次に触れる「おじいさんのランプ」(昭17)でも、電信ばしらには、腕を組んだように立つという比喩が使われている。そして、この嘉ッコの〈真似〉には、電信ばしらが町にやってきた〈異物〉であることが示されている。新美南吉「おじいさんのランプ」には、電気が町にやってきたとき、「その柱の上のほうには腕のような木が二本ついていて、その腕木には白い瀬戸物のだるまさんのようなものがいくつかのっていた。こんなきみょうなものを道のわきに立ててなんにするのだろう」と主人公が訝しく思う場面がみえる。賢治の童話「月夜のでんしんばしら」(大10)では「じいさん」がこんなエピソードを伝えている。「すぐ長靴送れとこうだろう、するとカルクシャイヤのおやじめ、あわてくさっておれのでんしんのはりがねに長靴をぶらさげたよ」「おい、あかりをけしてこいと上等兵殿に云われて新兵が電燈をふっふっと吹いて消そうとしているのが毎年五人や六人はある」「おまえの町だってそうだ、はじめて電燈がついたころはみんながよく、電気会社では月に百石ぐらい油をつかうだろうかなんて云ったもんだ。」。両作品に描かれているのは、「電信ばしら」が到来したばかりの時期における人々の驚異や戸惑いだ。「月夜のでんしんばしら」の「じいさん」のエピソードで電信ばしらが指し示すのは、通信と電気(電燈)の両システム。月夜を闊歩する電信ばしらは、こんな歌を歌う。「ドッテテドッテテ、ドッテテド　でんしんばしらのぐんたいの　その名せかいにとどろけり」。「月夜のでんしんばしら」が電信ばしらを規律ある軍隊に喩えていることは「十月の末」でうなりに「君が代」を耳にすることと無関係ではない。

「月夜の電信柱」(宮沢賢治が書いた絵)
(『新校本宮沢賢治全集第14巻』筑摩書房、
資料提供　林風舎)

宮沢賢治の〈残像現象〉と一瞬の闇　吉見俊哉によれば、日本における電信の発展は国土の全域的な統治システムの発展と重なり、西洋が持ち込んだ電信はそれ自体イデオロギー的な表象であったという。全国電信網の設置と明治天皇の地方巡幸には密接な関係があり、さらには電信は〈兵器〉であった。士族反乱から自由民権運動にいたる各地の反政府運動と天皇の地方巡幸、全国的な電信システムの確立の三つの同時代性に注目すれば、中央を中枢とする全国的な電信システムは、地方で起こるかもしれない反乱に対して政府の迅速な軍事行動を可能し、中央が地方を支配していくための装置という性格を帯びていた。「月夜のでんしんばしら」で世界に轟く規律ある軍隊、「十月の末」で君が代を電信ばしらに盛り込んだ宮沢賢治の想像力は、電信という新しいメディアに含有される政治性をキャッチしていたといえる。「風野又三郎」には、又三郎の「啓蒙」に村の子供たちが「いやな気持ち」を抱く場面がある。一見民俗的な表象にみえる風の神の子又三郎が、飛行機のアレゴリーを通して帝国主義的なものも体現していたとすれば、「十月の末」もまた、異変を看取する子どもが描かれた童話である。しかしこの側面は、大写しで映し出されるのではなく、民俗的な布地に織り込まれた地模様の中で立ち現れてくる。たとえば、畑にいる嘉ッコと善コが両手で耳を塞いだりあけたりして「水の流れるような音」を聞く遊びに嵩じている場面。なぜこのような音が聞こえるのかと母親に問えば作業をしたまま「西根山の滝の音さ」という答え。祖母に尋ねればやれやれという風に「天の邪鬼の小便の音さ」と答える。嘉ッコと善コが捉えている音が何であるのかは作中では定かでないが、その夜霜が降る設定を考え併せるとき、冬の到来をいち早くキャッチしたのだとわかる。しかし、母親も祖母も共に子どもが聴く音には無関心でしかない。「風の又三郎」に登場する大人と同じように、「十月の末」の大人においても、新しい季節の到来は〈年中行事〉として自動化されている。

話を戻そう。「月夜のでんしんばしら」では、電信ばしらが軍隊＝兵隊に喩えられていた。しかし「十月の末」ではその喩えは見当たらない。しかし、カメラのフィルターからこの童話を覗くとき、宮沢賢治の想像力が嘉ッコという子供の視点を通して牽引されてくる。電信ばしらを見渡した嘉ッコが林に入り、目にするのは、豆畑である。ぎっしり実った豆は、嘉ッコには「サッサッと歩いている兵隊のよう」に見える。また背の高い西洋人らしき旅人をみて呼びかけるのは「兵隊さん」である。これは、電信ばしらが兵隊のイメージを喚起し、その余波が後まで続いていると考えられないだろうか。他の箇所にも見受けられる。嘉ッコの兄さんが読本を声を出して読む場面。読本には、大根なますが田舎の年越しざかなであると書かれている。それを聞いて嘉ッコの祖父が反発するのは田舎の表象が中央から見た〈国内の植民地〉（後進地）として眼差されているからだ。この眼差しが「学校」と結び付いた国家統合システムの産物であることは、作中で「もう学校に行っている嘉ッコの兄さん」と表現されていることからわかる。この「もう」の言葉の由来を辿るとき、先行する場面で、嘉ッコが兵隊と見間違えた「西洋人」が、「スカッド、アウィイ、テゥ、スクール」（学校に行け）と発言した言葉に応じたのだとわかる。これらは、いわば宮沢賢治の想像力の〈残像現象〉とでも名付けうる事態ではなかろうか。その事態は、賢治が〈子供の視点に立って〉あるいは〈子供の視点に寄り添って〉という言葉が指し示すレヴェルではなく、東北地方で口寄せする巫女のような身振り＝〈こどもの視点に憑依して〉としか呼べない身振りによってもたらされている。そして、これらの作品が読者の私たちに伝えるのは、特定の文学テクストを読むということは、あらゆる感覚器官を研ぎ澄まして普段は見入ることのできない何か、一瞬の闇を掴み取ることなのだろう。

〈参考文献〉
吉見俊哉『「声」の資本主義』（平7・5、講談社）
米村みゆき『宮沢賢治を創った男たち』（平15・12、青弓社）
段裕行「『イーハトヴ』の近代」（『日本文学』平12・2）
安藤恭子「十月の末」（『宮沢賢治〈力〉の構造』平8・6、朝文社）

感傷でもなく教訓でもなく
北川千代解説

森岡卓司

「甘い涙」がきらいな少女小説家　北川千代（一八九四〜一九六五）は、父俊、母てうの長女として、埼玉県大里郡大寄村（現深谷市）に生まれた。俊は留学経験もある日本煉瓦会社の工場長であり、三人の兄、三人の弟（末弟の文夫は、後に千代作品の挿絵、装丁を担当）、二人の妹と共に、経済的に不自由のない幼少時代を送るが、後に俊が病を得るに至って、家運は次第に没落することになる。一四歳で三輪田高等女学校を中退する一九〇八（明41）年前後より、『少女世界』『少女の友』等を舞台に投稿家として活躍を始めており、一七歳のころには、博文館から五〇円の稿料を得たこともあったとされる。後に随筆家として活躍する森田たま、少女小説の第一人者として知られる吉屋信子らも同じ時期の投稿家であった。二一歳の時、後にプロレタリア作家として活躍する江口渙と結婚するが、親族の賛意を充分に得たわけではなかったこの結婚生活は、やがていさかいの絶えないものになっていく。

『帰らぬ兄』表紙
（大阪府立国際児童文学館蔵）

一九一九（大8）年、『赤い鳥』に「世界同盟」を発表、このころから社会主義思想に関心を深め、一九二一（大10）年には、日本初の婦人社会主義団体「赤瀾会」に参加。一九二二（大11）年に江口と離婚後、江口家に出入りしていた労働運動家高野松太郎と生活を共にする（一九三二年に婚姻届を提出）。これからしばらくの時期、三河島に移り、貧困にあえぐ住民と共に暮らした。一九二四（大13）年、作品集『帰らぬ兄』（9月、宝文館）を出版した彼女は、本格的に文筆を生業とする。その後、より年若い読者を想定した「童話」色を強めながら数多くの作品を発表し続け、七一歳で亡くなるまでに四〇冊以上の単行本を上梓する。昭和三九年、第六回児童文化功労賞（児童文芸家協会）受賞。死後、日本児童文学者協会は、新進の優れた作品に与えられる「北川千代賞」を設け、千代の業績を顕彰している。

彼女が作家として出発した時期、吉屋をはじめとした多くの書き手によって少女小説が世に出され、評判を得ていたのであるが、しかし、千代はそれらの作品に対して批判的な意識を強く持っていた。

現在の多くの少女小説作家は、ある少数の人たちをのぞくほかは、ほとんど少女の生活を理解せず、また少女の心持ちを知ろうとしないで、ただ少女というものに甘い涙をこぼさせてやればいいのだというような、ふまじめな、不遜《ふそん》な気持ちから、少女にたいして何の愛情も感ぜずに、いいかげんに書きなぐっているような気がします。

たいていの少女小説を読んでいると、少女というものはみんな、歯の浮くようなことをいってやすっぽい涙を流して泣いてばかりいるか、そうでなければ、くだらないしゃれをいってげらげらわらうことしか知らないばか者ばかりのような気がします。かつて自分も少女であったわたしは、そういうものを見るたびに一種のいきどおりを感ぜずにはいられません。

もう少女のためのほんとうの読みもの――軽薄《けいはく》な安価な涙をしいず、しかも教訓に走らない力強い読みものの出なければならない時分です。いいかげんな不純な気持ちで書きなぐっている人たちに、引っこんでもらう時分です。そして少女のものを書くということを誇ってもいい時分です。（「帰らぬ兄　序」、『帰らぬ兄』、大13・9、宝文館、引用は『北川千代児童文学全集』下巻、昭42・10、講談社）

ここに示されるのは、「少女」の実情に対する深い理解と信頼、そしてそれを軽視するものに対する強い憤りである。このような姿勢は、彼女の生涯にわたって一貫して保持されたと見てよい。また、これが、千代の作品世界における現実的、生活主義的な傾向を強固にしたと考えることもほぼ定説となっている。

しかし、境遇を偽って投稿を続けていた貧困な少女が、「遠足会」に集まった読者に期待される彼女の虚像（＝「名」）と自らの姿との落差に打ちのめされるという、一種のメディア批判としてすら解釈可能な筋立てを持つ「名を護る」（『令女界』大15・3）、「お金さえあれば……お金さえあれば、おかあさんだって買えるんだ……。」と切実な嘆きを洩らす母のない子が事実「実用向き」にできた「おかあさん」のアンドロイドを購入してその夢をかなえるという、「お母さんを売る店」（『週刊朝日』、大14・月不詳）の奇抜極まるプロットなど、「子ども向け」としてはいささか前衛的にも見える多彩なモチーフをも含む千代の作品世界については、未だ検討の余地が多々残されている。

「人間の国」と「大人の国」と

十一月に第一次世界大戦の最終的な休戦協定がコンピエーニュの森で結ばれたばかりの一九一九（大8）年三月、「江口千代」名で雑誌『赤い鳥』に掲載された。子どもたちが「人間の国」になり、「喧嘩をしっこなし、意地悪をしっこなし、お互いに威張りっこなしで、対等に付き合」い、「悪い国」を「改めさせて僕たちの同盟国」にするという「世界同盟」が、アメリカ、日本、イギリスを中心として始まり、フランス、ロシア、イタリアという戦勝国へ、ついでベルギー、チベットという戦時下に独立を脅かされた国々、そしてドイツ、オーストリアといった敗戦国へと広がっていくというこのプロットには、「小さくって強い」国として列強に肩を並べたかのような感覚に酔いしれた当時の日本から見た国際情勢の認識が、如実に現れているといってよい。

勿論、千代は、帝国主義的な宗主国と植民地との関係について全く無自覚ではなかった。千代が執筆した原稿には存在した「朝鮮」の国名が、「朝鮮が一国として代表を出すのは変」という編集者鈴木三重吉の判断で掲載時に削除されたことも、広く知られている。編集以前の原稿が現存しないために、これ以上の詳細について検討することは難しいが、このエピソードが、自らの政治的関心、立場に根ざした彼女の問題意識の一端を示すことは明らかだろう。

しかし、ベルギーを「男」に保護される「女」の「同盟国」として採用し、「あたし西蔵はつまらないわ」「ドイツになんぞなるのは厭だ」と自分に割り当てられる国に不満を漏らす子どもを説得し、「取られたりいじめられたりする心配」に脅え「護って貰」わねばならない「小僧」に落日のオスマン・トルコ帝国をあてがう子どもたちは、現実とは異なる、平等で開かれた「世界同盟」を目指しながらも、大戦後の「大人の国」に発生した政治的権力関係に驚くほど敏感に反応し、ある意味ではそれを素直に準用し、受け容れてもいる。そして、この「世界同盟」というテクストが最も鋭敏に描き出すのは、そのような子ども間の力学を支えるコミュニケーション、言葉のあり方についてである。

「同盟」の言葉　「小僧」三吉の庇護を提案した当初、子どもたちのリーダー格である武夫は「八百屋の小僧の三公」「あれ」という、明らかに社会的位相差を含意した呼称を使用している。しかし、実際に三吉が「同盟」に加わり、配達の手伝いや本の貸与などを通じて関わりを深めていく中で、「働くことを知っている人間」として三吉を尊重しはじめた子どもたちは、「名前も三ちゃんだの三吉君だの呼」び、「お辞儀」「敬礼」を交わし合うようになる。これは、コミュニケーションの中で半ば無意識に使われる呼称の選択と、そのコミュニケーション自体の質とが、いかに深い関わりにあるのかをよく示すエピソードといえそうだ。

が、より重要なことに、「みんなと同じお友達」として「同じ言葉で話」をするようになった三吉は、自らの使う言葉をもドラスティックに変質させる。同じ「小僧」である佐平相手に「君」「僕」という呼称を用いる三吉は、「もう小僧の言葉」を使っていない（この変化は、すぐ後に「じゃア俺も入れて貰いたいなア」と応じる佐平の一人称との落差によって強調されている）。「久しく屈んでいた体が、すっきりと伸びたような、なんとも言えない、明るい、ゆったりとした気もち」という身体感覚にまで行き届く彼の幸福感は、自らの使用語彙までをも一新する、新たな主体性の獲得によって支えられている。言い換えるならば、「もう小僧をしていたって、ちっとも悲しかアない」三吉は、しかし、小僧言葉を話したままでは幸せになることができない。

「いたずら」や「いじめ」がない一種の理想郷の成立を描くにあたって、同じ年代でありながら、置かれた境遇によって他の子どもとは全く異なる扱いを受けねばならない「小僧」たちの存在に注意を向けたこのテクストの感受性の細やかさに疑念の余地はない。しかし、にもかかわらずこの結末になお一抹の不穏さや暗い影をぬぐえないとするなら、それは、「大人の国」の影響を強く受けた他者関係、その中で彼らが自ら使う言葉によって、子どもたちの存在が深く規定されていることをも、同時に描き出すものとなっているからだ。

〈成長〉のストーリーから溢れるもの　「夏休み日記」は、一九二三（大12）年、『女学生』に掲載された（月不詳）。

この前年、千代は江口と暮らした家を離れ、新たな伴侶と共に新生活の方針を模索しはじめる。そのような事情もあって、従来、このテクストに描かれる「私（路ちゃん）」の社会問題への開眼は、しばしば作者の境遇の変化と重ね合わせて理解されてきた。

病弱な母と貧しい暮らしをしながらも「卑屈にならない」絹子と関わりを深め、職を失わないために怪我をした馬を休ませることすらできない馬方に出逢うことで、「卑屈」に追い込む酷薄な「世の中」を認識する、というこの一夏の「私」の遍歴が、一面においてそのような読みを許容することは事実である。

しかし、日記体という形式を採用するこのテクストの面目は、何よりもまず、「私」の意識の動きを詳細かつ鮮やかに描き出すところにあるだろう。「八月十八日」の日記に、「宿題も何もみんな片附いてしまった」とあるところをみれば、どうやらこの日記は学校に提出して先生に見せる類のものではなく、「私」のプライベートな記録として書かれたものらしい。自分だけを読者として日ごとに書き継がれるこのドキュメントをのぞき見ることで、読者は「私」の内心の声を聞こうと耳をそばだて、日々変化するそのあり方に目を奪われることになる。

もちろんそこでも、「何をしたってつまらない」「お金のない家になんぞ生まれてくるんじゃなかった」という他責的な意識から脱し、「いろいろな玉や宝石を拾い上げる事ができる」程に充実した夏休みを送り得た「私」の〈成長〉というストーリーを読み込まないわけにはいかない。しかし、それ以外の細部に溢れる「私」のつぶやきにも忘れず耳を澄ませておきたい。

弟の団扇に叩き落とされてしまう「迷子の蛍」の儚さ、そして「綺麗な夢を見ながら死んでゆ」く書物の中の主人公たちに向けられる茫漠たる憧れ。母に諭され反省しながらなお禁じ得ない、まだ見ぬ「三浦三崎」の「水仙の花に寝ころんで海の鳴る音を聞」いてみたいという夢想。これらは、〈成長〉の物語と直接に関わることはないが、しかし結末に至って〈成長〉の名の下に否定されているわけでも排除されているわけでもない。（直後に猛省される「たった三日位水を遣らないからって、もう萎れてしまうなんて、ケチな花だ、憎らしいから一本折ってやった」というやけっぱちの八つ当たりにしたところで、読者がそのやんちゃぶりに思わず微笑んでしまうことは充分に許されているだろう。）

「夏休み日記」は、「私」が「いつの場合にも自尊心を失」なわないことの困難を語り、そういう環境に人が追い込まれていくことへの「悲しみ」を吐露して終わる。つまり、「私」は、理想とするタイプの人間に〈成長〉し得たのでもなければ、理想を実現するための方途を発見し提案しているわけでもない。もし、作者の心中をいくらか推量することを許されるならば、ここで作者は、「私」と共に、ままならぬ「世の中」を歎き、自らの非力を悲しんでいるかのように思われるのだ。

感傷でも教訓でもなく　千代は、娼妓廃業支援を企画し、「原爆友の会」を介して原爆孤児への金銭的支援を行うなど、生涯にわたって社会への関心を失わなかった。彼女の執筆活動が「当時の庶民、とりわけ世の矛盾を手ひどく押しつけられた、弱い女、子どもの相を見つめたときの怒りを、そのまま原稿用紙にぶつけた」（浜野卓也「北川千代解説」、『日本児童文学大系』第22巻、昭53・11、ほるぷ出版）とも評される所以である。しかし、感傷的な少女像を大人からの押しつけとして非難した彼女は、単線的な〈成長〉や目指すべき教条的な理想を子どもに押しつけようとしたのでもなかった。

無論、子どもたちの理想的な「同盟」や、ふと見知った悲惨な境遇に涙し、けなげさを失わない少女たちの姿には、社会の中で「副次価値」としても「対抗価値」としても作用する、人間の最高善としての〈無垢〉なる「童心」の具現化（河原和枝『子ども観の近代　『赤い鳥』と「童心」の理想』、平10・2、中央公論社）を幾分かは認めることが出来るだろうし、「自己主張と批判、自由と高慢への過剰な願望・憧れ、両性具有性、性的限定への異議申し立て、そこから少女という外型すら否定して続く探求・変遷・変奏」といった「少女型意識」（高原英理『少女領域』、平11・10、国書刊行会）の萌芽を「路ちゃん」の日記に読み取ることもまた不可能ではない。

しかし、それらあらゆる子ども固有の特質を見いだそうとして千代のテクストに向かうならば、われわれ読者は常に不充足の感情に囚われることになる。なぜなら、ここに描かれるのは、そうした、「われわれ」とは異なり、「われわれ」によって対象化されるような子どもの姿ではなく、多くの制約や限定を免れない社会に生きる「われわれ」の姿自体であるからだ。千代が〈少女〉に対して示した信頼と愛情とは、そのような深い連帯の意識に支えられていたのである。

〈参考文献〉

『北川千代児童文学全集』上下（昭42・10月、講談社）
『日本児童文学大系』第22巻（昭53・11、ほるぷ出版）
浜野卓也「北川千代」（日本児童文学学会編『日本児童文学概論』、昭51・4、東京書籍）

女学生の健気な心
吉屋信子解説

山﨑眞紀子

少女期の避難場所　吉屋信子（一八九六～一九七三）は、長州藩士出身の両親のもとで新潟市の県庁官舎で生を受け、四人の兄と二人の弟（すぐ下の弟は夭折）の中で育った。信子が三歳の時に父が警務部長から郡長へと昇進し、一家は佐渡に移る。わずか一年過ごしたにすぎない佐渡の海辺で、桜貝を無心に拾っていた日々のことを忘れられないと後に語っていたという（巖谷大四「新潟・佐渡・新発田」、『文学界』昭49・12）。

思い出の桜貝は『花物語』の一編「浜撫子」（『少女画報』大9・8～11）にも印象深く織り込まれている。父親から無理矢理に結婚を命じられ、女学校を退学させられることとなった主人公・真澄が、故郷の海岸で拾った桜貝を東京にいる学友・水島さんに送った後に自死する結末をもつこの物語は、突然の少女期の終焉に戸惑う女学生の繊細な心情を、可憐な薄桃色の美しい桜貝で表象している。

当時は男児優遇の封建的な家族観が多いなかで、信子は吉屋家にとって待望の女児誕生であり、祝福をもって迎えられたこともあってだろうか、女性であることを自らは否定的には捉えてはいない。だが、現実社会における当時の女性は親によって結婚を決められ、子どもを産んで育てることを天命とする生を歩むレールが敷かれていることを、信子はやがて認識し始める。信子は書くことを通して自分の可能性を試みるようになっていった。

『花物語』の多くは、結婚前の少女期の傷つきやすい純真な心を詩的で柔らかな、そして時に軽いユーモアやウイットを忍ばせつつ、丁寧な文章で綴られている。戦後、純文学小説として再出発をはかった『鬼火』（昭51・女流文学賞受賞）や、歴史の上で埋もれがちである女性にスポットをあてた晩年の長編作品『徳川の夫人たち』（『朝日新聞』夕刊、昭41・1・4～10・24）『女人平家』（『週刊朝日』昭45・7・14～翌年10・8）など、多面的に数多くの作品を残した吉屋信子であるが、『花物語』にみられる純心さ、無垢性は吉屋信子文学を貫く一つの柱と言ってよいだろう。この特徴は信子自身がもつ資質とも思われ、信子が亡くなった際、映画化された『安宅家の人々』（『毎日

吉屋信子
（日本近代文学館）

新聞』昭26・8・20～翌年2・13、昭27・3、毎日新聞社刊）で国子を演じた女優・田中絹代は「いつお会いしてもかわらない少女みたいな純粋な心を持っていらっしゃった方でした」と通夜の席で語っている（『ヤングレディ』昭48・7・30）。

　信子は、自らが生み出す物語の中で、現実世界の中でピューリティを守るための避難場所を創っていたのである。それは大枠でいえば女性への愛であり、少女期というかけがえのない、かつ一瞬のうちに終わりが告げられてしまう濃密な時間へのオマージュでもあった。

女子教育　当事の教育は、端的に言ってしまえば、国家の名の下に男性／女性と振り分け、個人の資質を省みずに、ある思想を吹き込み、国家に有用かつ従順な子どもたちを育成することを主眼としてきた。近代国家を目指していた日本が西欧列国に倣い、国力をあげることが急務の課題であったためであるが、良妻賢母主義教育に固められた女子教育に対する信子の懐疑は、一九二五年に個人雑誌『黒薔薇《くろしょうび》』を創刊した際に、連載小説「或る愚しき者の話」（同年1月号～8月号）で批判的に描出されている。

　信子は自らの将来を良妻賢母ではなく、作家になることを夢見て少女雑誌に投稿を繰り返していたが、やがて当時の主流文芸雑誌『文章世界』や『新潮』に短文や詩歌が掲載され、自信をつけるようになった。

　一九一五年、十九歳になった信子は、上京を果たし、多くの文学者と出会い、豊かな人脈を築き上げ、創作活動への刺激を受けて作家への道が開かれていく。二十歳の時『少女画報』誌に送った「鈴蘭」が一九一六年七月号に掲載され、以降断続的に連載されるという幸運に見舞われる。

美しい、清い、気高い、面白い、快活な　『少女画報』は、少女雑誌の嚆矢である一九〇二年に創刊された『少女界』を初めとして、次々に刊行された少女雑誌に続いて、一九一二年に東京社から創刊された。創刊号巻頭の「発刊のことば」には、「皆さんは始終私と交際《つきあ》っていらっしゃれば、何時も美しい、清い、気高い、面白い、快活な少女でいる事ができます」と、雑誌が擬人化され、読者に語りかけるユニークな形式が取られている。また、巻末の「編輯便り」には、賛助員に文学、理学、医学、法学の〈博士〉が名を連ね、創刊の気概を感じさせる。

　内容構成は、各地の女学校紹介、日常生活のマナー、料理、裁縫、書画の手本、啓蒙的な講話、理科、海外もの（風景や各国の習俗紹介）、日本各地の紹介、英文和訳、川柳、小説などであり、先に掲げた理念に従って「少女」を育て上げようとの思いが十全に感じられるのである。確かに日向圭子が指摘する当時の女子高等教育の普及を背景に、「学校教育・加えて家庭教育を補足する意図」が読み取れる。

『少女画報』表紙（大7・2、大阪国際児童文学館蔵）

　日向は『少女画報』の特徴を、読者の声を反映させる場である読者欄に注力した編集方針をあげ、読者間の連帯を強めていったと指摘する（「大正期『少女画報』その位相（一）」、『学芸国語教育研究』10、平4・11）。例えば「フリージア（Freesia）」（『少女画報』大7・2）が掲載された翌月号の同年三月号には次のような声が寄せられている。

「私の好きなのは一番に花物語ですわ。毎号一番に見て居ます。でも二月のフリージヤには暫く机に凭れて泣いて了《しま》いました。毎月のせて下さい。」（近江 白菊女）

「先生、私は花物語によって何程好い教訓を得たか判りません。松崎様の仰有《おっしゃ》る通り、一纏《まと》めにして下さいまし。」（広島 伊藤須美子）

「花物語は淡々と読みました。可憐なみどりさんの決心、フリージヤのやさしさ。吉屋信子様はまだお若い方だそうですけれど、真実に私共の心を深く動かすものばかりお書き下さいますのね。」（仙台 水野）

「福寿草」（『少女画報』大8・1〜2）でも同様に、「姉妹の糸を結んだ『福寿草』、まあ何という美しい物語りなんでしょう？ お優しいお姉様を失った薫さんの悲しみ、冷たい浮世の風は、可愛い薫さんの心にいつまでも襲うたのですね。」（長野　矢島悦子）と同年二月号にあり、即座に読者の声が反映されているのである。

『花物語』は『少女画報』において、根強いファンをもち、中には「吉屋信子」の住所を問い合わせてくる読者もいた。この頃、信子は東京の四ッ谷にあるキリスト教プロテスタント教派のバプテスト女子学寮に住んでいた。信子はキリスト教を信仰していたわけではないが、上京を導いてくれた兄が東京を離れたので、若い独身の女性が一人で暮らすには、このような学寮が適していたのである。キリスト教系の女子学寮は、『花物語』にもしばしば登場する。

ミッションスクールという空間　「フリージア」の緑は、ミッションの女学校の幼稚部に在籍し、寄宿舎に入っている。可愛い西洋人形のようなルックスを持つ緑は、「お姉様」から「ミドちゃん」と呼ばれて可愛がられる。本人はその幼い呼称に不満を抱き、女学校に上がった際に「後生よ、緑って呼んで頂戴」と懇願するが果たせない。やがて、緑の母が異郷の地・伊太利で突然に亡くなる。最愛の母の死の知らせを取り乱すことなく受け止め、これからは受ける愛ではなく与える愛を実践する覚悟を抱く姿に、学友たちは「ミドちゃん」から「緑さん」に呼び名を変えるのである。

久米依子は、明治二十年代末から三十年代の少年少女雑誌を分析し、新しい〈少女らしさ〉として「愛」の観念に基づく少女像が現われたことを指摘しているし（「少女小説―差異と規範の言語装置」、『メディア・表象・イデオロギー―明治三十年代の文化研究』、平9・5、小沢書店）、自らの少女時代に『花物語』の熱い愛読者だったという田辺聖子も、「ここには少女たちの、これから始まる人生についての、愛のレッスンがあった。せつなさのレッスンであった、かなしみのレッスンがあった。少女たちは感動の何たるかを教えられ、それを北極星として仰ぎつつ、未知の人生へと漕ぎ出すのであった」と「愛のレッスン」に焦点を当てて読んでいる（「吉屋信子『花物語』」、『一葉の恋』、平16・6、世界文化社）。

「愛して戴く幸い」から「愛してあげる『幸い』」への移行が少女から淑女への通過儀礼に当たるとすれば、この「愛」の実践が「ミッションの女学校」で行われていることを見逃してはならない。ミッション・スクールとは宗教を背景として、児童・生徒・学生に徳・知・体の三育を施している私立教育機関である。カトリックやプロテスタントなどキリスト教をバックに、教育事業を通してこの国の福音化を目指す学校を、通常はこう呼んでいる（山内継祐『ミッションスクールのお嬢さん教育』、昭60・10、講談社）。本作品では、ミッション・スクールの支柱にある人徳教育を背景に、与える愛の実践を母の死後に固く決意することで、緑の〈成長〉を指し示す構図となっている。

ミッション・スクールは、一八七〇年に東京・築地に開設されたA六番女学校を前身とする女子学院や、横浜にM・E・キダーが創立した女子学院から発展したフェリス女学院を嚆矢とし、一八八七年頃までには三十数校が開設されたという。宣教師達は強い意志と情熱をもって教育活動を行い、信仰と欧米文化、つまり近代文明を生徒達に伝えた。佐藤八寿子によれば、キリスト教に根ざした教育とは、すなわち「リスペクタビリティ」（体裁、体面、尊敬に値すること。イギリスのヴィクトリア朝における中産階級が打ち出した市民的価値観）を身につけることにあったと指摘している（『ミッション・スクール――あこがれの園』平18・9、中公新書）。

「福寿草」では、財産家だった家が傾き、母をすでに亡くしていた薫は、「私立の小さな女学校」の寄宿舎に入れられる。ミッション・スクールという単語はないが、慈善市《バザー》が開かれていることから、それらしいニュアンスは伝わってくる。また、この慈善市《バザー》を訪れる「知事夫人の一行」が、「愛国婦人会の会長とでも言う風に取り澄ました姿」で、薫が出品した福寿草の鉢植えを、適正価格で買い求めようとする姿に、慈善市《バザー》に対する認識の取り違えが表れており、それはつまり「リスペクタビリティ」のない姿として表象されているのだ。「私立学校」という空間に「愛国」を対峙させ、後者を下に置くシニカルな筆は、信子自身が受けた官立の女学校時代に受けた衝撃にルーツがあるとも考えられよう。

「私の見た人（7）―新渡戸稲造」（『朝日新聞』昭38・2・12）では、栃木高女時代（明41入学）にキリスト教的人格主義の立場に立つ教育者としても有名な新渡戸稲造が講演した「日本の女子教育は良妻賢母を作るためと言われているが、あなた方は良妻賢母になる前に、ひとりのよい人間にならなければこまる。教育とは、まずよき人間になるために学ぶことです」との言葉に、信子が強く感激したことが綴られている。だが、新渡戸の言葉は翌日、教頭によって「本校の教育方針はあくまでも良妻賢母主義だからそのつもりで」と訂正された。信子が自ら生み出す物語に、官立女学校ではなくミッション・スクールという場を選んだ理由も理解できよう。

官立対私立のミッション・スクールとの対立項は、大枠で言えば日本対西洋となり、窮屈な日本に対する批判が込められていようが、では、緑の両親が「伊太利」に滞在していることや、「亜米利加の国土」に薫の父や兄が渡ることの意味はどのように考えたらよいだろうか。作品の発表時と少し前後はするが、当時の新聞には、「伊太利」の輸出高が、ここ三、四年間において五割五部増加しているとの報道や（『読売新聞』大2・10・13）、「伊太利の貿易及海運等は将来頗る有望なるが故に可成速かに直接航路を開始し正式領事館を設置し金融機関を設置し以て今日此場合に於て航路の基礎を作り独墺品の代供を為すの急務なる事を信ず」（阪谷男「日伊貿易と伊国近状」、『読売新聞』大5・8・20）と、イタリアとの貿易が活発化している様が窺える。

また、もともと裕福な暮らしをしていた薫の家が事業の失敗からか没落し、再興をはかるべく「亜米利加の国土」に兄や父が渡るが、具体的に何の仕事をするための渡米なのかは記されていない。大正四年の時点では海外在留日本人の数がおよそ一年前と比べ三万人増え、三八万人になっていると報道され、在留日本人で一番数が多いのはハワイ（一八九八年米国が併合）の九万八〇八人、次いでアメリカ本土に七万九、六四二人が在留していたとある（『読売新聞』大4・4・17）。ハワイならばサトウキビ畑のプランテーション移民も想起されるが、明確には記されていない。

「お姉様」と「お嬢様」

両作品とも、「お姉様」が主人公を見守っている。「フリージア」は可愛い人形のような緑を可愛がり、「福寿草」では、自分を慕ってくる義理の妹を実の姉のように優しく接する。後者の薫は義姉を母を慕うように、かつ恋人に思いを寄せるかのように接している。信子には姉妹はいない。また、結婚して家庭人となることを望んだ母に対し作家の道を選んだ信子は、母娘間でも埋められない意見の齟齬感を、物語の中では母の不在（死）で表象し、自分の思いを共有し、理解し合える仮想の存在として物語の中では「お姉さま」に託しているように思われる。

さらに気づくことは、両主人公の育ちの良さである。ずばり、「お嬢さま」であることが作品に魅力を添えているのだ。吉屋信子の写真を見ると、常にお洒落で整った洋装を身につけている。古谷綱武は信子の人柄の魅力は「よい家庭の子女がもっているあの魅力」（「吉屋信子論」、『中央公論』昭15・3）と述べている。一方で、両主人公とも何も苦労を知らなかったお嬢さまが、母との死別や親の破産などの苦難が与えられ、それを乗り越える強靭さも持ち合わせているように描かれている。

　信子は生涯結婚することなく、女性パートナーと共に暮らした。その経緯は、バプテスト女子学寮から、一年後には神田にあるＹＷＣＡの寄宿舎に移り、『屋根裏の二処女』（大九・洛陽堂）の秋津のモデルとなった女性との友情の破綻に端を発している。信子が二二歳（大7）の頃、男女の恋愛、結婚生活を模倣しようとする相手の女性との関係に疲れ、女性同士の友情を継続することの難しさに、信子は絶望感を覚えていた。後に友人の紹介による門馬千代との出会いが、信子の女性不信から立ち直らせ、二人は信子の死まで共に暮らした。出会ってから共同生活を送り始めたころのことを千代は「信子さんも私も、作家として、教師として独立した職業人だったから、お互いに掣肘《せいちゅう》されることなく、また、男の人と同棲しているのとちがって、ぐずぐずいわれることなく、うまく行ったのかもしれない。」（昭48・9『婦人公論』）と回想する。千代は、「仕事一途な信子さんには、恋愛とか結婚とかを考える余裕がなかったようである。ペンと恋愛し、ペンと結婚したのだったかもしれない」とも述べている。生涯、たくさんのベストセラーを生み出した吉屋信子の精力的な活躍は後世に名をとどめ続けている。

〈参考文献〉

吉武輝子『女人吉屋信子』（昭57・12、文芸春秋）

吉屋えい子『風を見ていたひと　回想の吉屋信子』（平4・10、朝日新聞社）

横川寿美子「吉屋信子『花物語』の変容過程をさぐる」（『美作女子大学・美作女子短期大学部紀要』46、平13・3）

田辺聖子『ゆめはるか吉屋信子』上下巻（平14・5、朝日新聞社）

神奈川文学振興会編『生誕一一〇年吉屋信子展―女たちをめぐる物語』（平18・4、神奈川近代文学館）

抽象のリアリズム、メルヘンの強度
安房直子解説

錦咲やか

空想の萌芽　安房直子は一九四三年に東京に生まれ、その後高松、高崎、仙台、函館などの地方都市に移り住み子ども時代を送った。大学在学中より、北欧童話の研究をはじめムーミンシリーズの名訳等で著名な山室静に師事し、『目白児童文学』に作品を発表する。卒業後、友人と同人誌『海賊』を創刊。安房はこの同人誌を、自らの創作にとって大切な場であったと回想している。一九七〇年に『海賊』14号に載せた作品「さんしょっ子」で第三回日本児童文学者協会新人賞を受賞しデビュー。翌年には同じく『海賊』に発表していた「北風のわすれたハンカチ」、本アンソロジーにも採録した「小さいやさしい右手」に他一編を加えた初の童話集『北風のわすれたハンカチ』を刊行した。続く一九七二年にはデビュー作を含む短編集『風と木の歌』（実業之日本社）で第二二回小学館文学賞を受賞し、その後も『ハンカチの上の花畑』（長編）、『白いおうむの森』『銀のくじゃく』『天の鹿』などの短編集を主に出版する。一九九三年に没した後、二〇〇四年に偕成社より『安房直子コレクション』（全七巻）が刊行され、再評価が試みられている。

安藤美紀夫が「その空間世界の構造　安房直子論」（『日本児童文学』468、平5・10）にて、かつて宮沢賢治が「ほんとうに、かしわばやしの青い夕方を、ひとりで通りかかったり、十一月の山の風のなかに、ふるえながら立ったりしますと、もうどうしてもこんな気がしてしかたないのです。ほんとうにもう、どうしてもこんなことがあるようでしかたないということを、わたくしはそのとおり書いたまでです」（『注文の多い料理店』序、本書58ページ参照）と記したことをひき、安房直子の作品世界について「おそらくは、これらの幻想世界は、作者がもう、ほんとうにそう思えてならないことを、そのまま文章にしている感じを受ける」と述べたように、安房直子の空想世界は、空想でありながら常に現実との結びつきを切実な核として展開されており、それは安房のテクスト群に分け入る際に顕著な特徴である。彼女にとっての「現実」を、丁寧に大切に扱う童話のありようが、折しも新たなメルヘンの台頭として一九七〇年代の童話界に登場したことは、もっと重要視されてしかるべきだろう。

新たなメルヘンの書き手　メルヘンとはそもそも空想的な民話、童話、おとぎ話といった意味合いの単語である。山室静は「小さいやさしい右手」を含む安房の第一作品集『北風のわすれたハンカチ』(昭46、旺文社)解説「安房さんとメルヘン」において、「メルヘンは生活童話よりもずっとむずかしい世界」であり、それはメルヘンが「現実の人生に足をつけている」生活童話やリアリズム童話と違い「すべてをじぶんの想像力で生み出し、しかもそれをただの空想のたわむれに終わらせないで、人生の美や真実を、生活童話の場合におとらず、いやもっと純粋な形で、作品の中に結晶させなければならないから」だとしている。「そんなわけで、メルヘンが書ける童話作家は、もとから数が少ないのですが、このごろではいよいよ少なくなりました。現実の生活が大切にされて、すべてにおいてリアリズムの精神なり態度なりが、尊重され、また要求されてきているからです」。一九七六年の『児童文芸』夏季臨増号や七七年の『日本児童文学』一〇月号には、山室のような論調でメルヘンの復権が指摘されており、安房の登場はその流れに先から絡み合うものであったことが汲み取れる。以前一九五〇年代に「童話伝統批判」が起こり、大正期の『赤い鳥』周辺に代表される作品群は一時表舞台から消えた。そこからリアリズムや長編を主とした現代児童文学が出発したことはほぼ日本児童文学界の通説となっているが、「童話」は完全には消えることなく、この時代に新たなファンタジーの台頭として再び求められ始めていたのである。

安房直子
(『北風のわすれたハンカチ』旺文社)

　ただ、ここで復活を遂げようとした童話は、小川未明に代表されるようないわゆる「芸術的児童文学」をそのままなぞるようなものではなく、また大正から昭和初期にかけての『少年倶楽部』(大日本雄弁会講談社)に掲載された少年小説群が始まりとされる「大衆的児童文学」に添うものでもなかった。これら二つの潮流を新しい方法論で止揚させるような書き手の試みが、静かなうねりを見せ始めていたのではないだろうか。

児童文学の二つの潮流　安房直子が第三回日本児童文学者協会新人賞を受賞した翌年である一九七一年、第四回の受賞作は川北りょうじ『はらがへったらじゃんけんぽん』という作品だった。奇想天外で自由闊達なストーリー展開が特徴で、お腹がすいたら外へ飛び出し、出会い頭にじゃんけんを片っ端からしまくって、勝ったら相手を食べてやる、じゃんけんのリズムの繰り返しとともに加速していく物語である。子どもたちの遊びはここにおいて、後半、本の中の自分を消しゴムで消してしまったり、自らが登場している本の紙まで食べてしまうに至るほどメタフィクショナルに戯画化され、子どもの頃から感じる存在の不安は的確に、シニカルかつユニークに表現されている。川北は安房直子と同年にこの作品でデビューした。その後作風を「エンターテインメント」に特化させた、ふたごの魔法つかいシリーズ・マリア探偵社シリーズで現在人気を博している。彼は「芸術的児童文学」と「大衆的児童文学」と分かたれた潮流の融合を目し、非常に意識的な方法論を持って現在まで創作を続けている作家だが、その新たな方法論の契機においては安房直子との同時性が認められるのではないだろうか。川北の「拝啓　作家と評論家のみなさま」（日本児童文学者協会編『子どもと本の明日　魅力ある児童文学を探る』、平15・7、新日本出版社）には、彼の「エンターテインメント児童文学の創作方法」が語られている。川北は児童文学の二つの潮流について、佐藤忠男の「少年の理想主義について」（『思想の科学』昭34・3）に注目している。この論文が発表された年は､奇しくも『週刊少年マガジン』（講談社）、『週刊少年サンデー』（小学館）が創刊された年でもあったという。佐藤は「少年倶楽部」に掲載された少年小説を分析し「少年読物にとって重要なことは、その読物の中に登場する少年の境遇、性格、役割、使命、といったものに要約できる少年の現実性である。それは、その少年が現実に存在しうるかという問題ではなく、その内面のどこで、登場する少年と読者である少年とが同一化しうるか、ということである」と述べている。

内面の現実性　こよなく童話を愛したドイツの詩人・ノヴァーリスは「すべてのメルヘンは、いたるところにあってどこにもない、かの故郷の夢である」という言葉を残している。いたるところにあってどこにもない、というメルヘンの物語世界と、この佐藤の言葉が示唆し導かれる場所は、別の文脈で挙げられつつも実はほぼ同じ地点を指しているように思われる。川北の考察するように「子ども読者の存在を明確にしつつ、読者と登場人物の関係にまで言及した佐藤の評論は、画期的なもの」であった。「しかし、当時の児童文学界に波紋を投げかけたものの、古田足日以外は大衆的児童文学の『低俗な娯楽性』や『反動的な教化性』を問題にし、否定的な論調が圧倒的」だったと川北は続ける。古田は、佐藤の評論について「児童文学時評」(『近代文学』昭34・7)の中で「佐藤の示す子どもの姿は、日本の子どもの姿である。児童文学の変質が、この日本の子どものエネルギーの上にとげられなければならないという点で、ぼくは佐藤を支持したい」と語り、子ども読者の気持ちを汲み取る工夫を凝らしながら多くのメルクマール的な作品を生み出すこととなる。

児童文学が私小説のようなリアリズムを追求するようになってから、古田や川北のように、大衆的児童文学を意識しつつ作品を書きつづけた作家は、ごく少数であったといえよう。一方で同時に安房のようなメルヘンの手法で、「どこにもないがいたるところにある」子どもの心の限りなく個的なリアルを描いた作家も、それ以上に少数であった。安房直子の作品が、否定的に評価された小川未明のような「童話」の要素を持っているにもかかわらず、新しいメルヘンの台頭として注目されたことは、彼女が物語世界を構築する手つきの新しい親和力を示している。現在漫画雑誌が子どもや青年たち、そして大人たちの間で広く読まれ、大衆的児童文学が内包していた「低俗な娯楽性」や「反動的な教化性」がそちらのジャンルへ引き継がれていったかのようにみえる傍ら、子ども読者を共通項にして「低俗」ではなく「反動的」でもない「娯楽性」「教化性」を児童文学に取り戻すための方法論を川北は模索し続け、現代的なニーズに合った一定の成果を見せる。けれども「読み物」としての児童文学と「小説」としての児童文学がますますはっきりと分かたれていくことに、個人的には歯痒くためらいを覚えるのだ。おそらくどちらでもない可能性の契機が「児童文学」にはあると感じられるし、安房直子のメルヘンは川北の独創性と同時に、その可能性を補完する役割を持っていたのではないかと思われる。

コミュニケーションの遺贈　天沢退二郎は、安房直子の作品群には確かに何か「肝腎なことがある」という確信を

「安房直子論『鶴の家』を中心に」（『日本児童文学』468、平5・10）において論じている。彼は「安房直子の童話を読むには覚悟がいる」と言い、「それはほとんどつねに安房直子の童話がかなしいから」（傍点原文）であり、「しかしまたその覚悟が報いられるのは、死別・他界という基本構造と、死者や他界との交流がよび起こす安房直子的な親和力による」として、さらにその構造へ踏み込んだ論を展開している。天沢は「愛する者との死別という悲傷は忘れ難く耐え難いが、ひとはまたそれをしだいに少しずつ忘れることで辛うじて堪えていく――それが生きるということであり、生き残っていくということだ」と述べ、「鶴の家」の物語を単なる復讐譚としてではなく、かといって恩という概念に拠ることもなく読み解き、「肝腎なこと」を語る――「死に行く者は、愛する者たちとの別れに際して、贈り物をのこして行くのだ。安房直子的物語とはすべて、この〝贈り物〟〝遺贈の物語〟にほかならない」。

「小さいやさしい右手」は、愛する者との死別こそ無いが、「裏切り」という死に準ずる別れを経験し、復讐に燃える魔物による明らかな一つの復讐譚と分類することができるだろう。しかし天沢の述べるように、「〝復讐〟という概念だけでは、肝腎のところを言いおとすことになる」。愛する者との別れによる悲傷を、復讐の思いによって二十年間、忘れずにいることで生き残っていた魔物は、人間のような忘れること＝生きることという座標軸とは異なった時の流れを生きており、それは逆説的に言えば、生きていなかったということになるだろう。実際、二〇年間の間に魔物はほとんど外見的な変化をしていない。女の子がその間、成長して村のおかみさんとなっていることとは対照的である。「どんなに泣きたくて、胸の中が、ぞくぞく寒くなるようなときでも、なみだひとつこぼすことができない」ため、泣かずにそのような思いを重ねた結果、真っ黒いいじわるな心を湧き起こされるさだめの魔物。思いの消化、涙というカタルシスを知らない魔物が生まれて初めて「ゆるす」という新しい言葉を知ることや、涙の光を得るまでの生きなおしと、このテクストの状態は緊密になぞらえられているといえるだろう。

「だって……あなたの言うことが、ぼくには、わからないんだもの。なぜそうしなきゃならないのか、どうしてもわからないんだもの。」

そしてこのとき、魔物は、はっとしました。

〈それは、ぼくが、魔物だからだろうか〉

それはぼくが「魔物」だからだろうか？　この問いは、自らの存在自体に根ざすコミュニケーションの不可能性についての自覚として機能している。

それはわたしたちが人間だからだろうか？

この物語のカタルシスは、魔物と女の子のやりとりのクライマックスに尽きる。どうしてもわからないもの、それは、自分が、自分だからだろうか、という究極の問い――その時に自分であることがつくづく悲しくなって、魔物は初めて涙を知ることになるのだ。

「あなたのいうことがわかりたいと……ぼくは思う……。」

なみだによって自分のからだが「ちょうど、角ざとうが、お湯にとけていくときのように」透き通り、光の王子のような姿でかろやかに森の奥ふかくへ消えていくラストシーンは、メルヘンの過去と未来に横たわる現実をしっかりと踏まえたうえで角ざとうのように溶かし、コミュニケーションの不可能性による可能性を最も美しい形で描き出したテクストである。

〈参考文献〉
「特集／安房直子の世界」（『日本児童文学』468、平5・10）
山尾恭代「『童話』ジャンルの再興――読者対象から見た安房直子作品――」（『児童文学研究』36、平15・10）

相対化される「母性愛」
横光利一解説

中村三春

〈新感覚派〉の旗手　作家・横光利一は、一八九八（明31）年三月、福島県北会津郡東山温泉で生まれた。父・梅次郎は土木関係の仕事で全国を移動していた。滋賀県大津市、三重県伊賀町柘植（母・こぎくの実家）などで幼少年期を送り、一九一一（明44）年、三重県立第三中学校（現在の上野高校）に入学、一九一六（大5）年、早稲田大学高等予科英文科に進むが、翌一九一七（大6）年一月、長期欠席・学費未納のため除籍となる。この年、一九歳の頃から文芸誌に小説を投稿し、一九二一（大10）年からは菊池寛の知遇を得た。一九二三（大12）年一月、菊池主宰の『文芸春秋』が創刊され、編集同人となって、五月に「蠅」が同誌に、「日輪」が『新小説』に発表され、文壇デビューを飾った。

一九二四（大13）年一〇月、川端康成・中河與一・片岡鉄平ら同人一三名とともに『文芸時代』を創刊し、「頭ならびに腹」と「新しき生活と新しき文芸（創刊の辞に代えて）―文芸時代と誤解」を発表して、いわゆる〈新感覚派〉の代表的作家と見なされることになる。ちなみに、〈新感覚派〉という命名は、千葉亀雄の評論「新感覚派の誕生」（『世紀』大13・10）によるものである。馭者が饅頭を食べ過ぎたために居眠り運転をし、馬車が谷底に転落するという「蠅」や、線路の故障で停車した特急列車が、たった一人の子僧だけを乗せて再出発するという「頭ならびに腹」、あるいは、ナポレオンの世界制覇が、ナポレオンの腹に巣くった頑癬菌の帰結だったとする「ナポレオンと田虫」（『文芸時代』大15・1）などの小説は、それまでの人間中心の物語を転倒し、人間を環境内部の関係性に置き直した。

また、「真昼である。「特別急行列車は満員のまま全速力で馳けていた。沿線の小駅は石のように黙殺された」（「頭ならびに腹」）のような、ぶつぶつ切れる電報文体、ヒトとモノとの間の平準化、擬人法や擬物法などの表現は、同時代フランスのポール・モーランの『夜ひらく』（堀口大学訳、大13・7、新潮社）などと響き合う、斬新な文体として驚きをもって迎えられた。「滑稽な復讐」でも、「垂れ下った煙の底をくぐり抜けた言葉」「僕の小さい踵の下で大地はそり返りながら退いた」「鎮まり返った大きなざわめき」などのような、清新な新感覚派文体が見られる。

　横光は以後も、常に時代を主導して、文芸創作の理論と実践を展開した。「機械」（『改造』昭5・9）などでは、句読点と改行の少ない流動する文体によって、いわゆる〈意識の流れの小説〉を実現し、〈新心理主義〉の作風と言われた。また、「純粋小説論」（『改造』昭10・4）を書いて、「通俗小説」と「純文学」とを統合し、「自意識という不安な精神」を表現する「第四人称」の手法を提唱した。さらに、西欧近代文明を相対化し、日本的文明理念を宣揚すべく大作『旅愁』を一九三八（昭13）年から八年以上にわたって書き継いだが、戦後はそれが時局追随と受け取られ、批判を受ける中で、一九四七（昭22）年一二月、胃潰瘍のため、四九歳で亡くなった。

横光利一（撮影：岡本太郎）（日本近代文学館）

「滑稽な復讐」の内容

「滑稽な復讐」は、『サンデー毎日』の一九二七（昭2）年九月号に掲載された。冒頭の一文は、「或る夜、彼等の一団は、たて続けに煙草をふかしながら母性愛について論じ合った」。「彼等の一団」は恐らく友人同士なのだろう。だが、彼らがなぜ、「母性愛」などを論じているのかは分からない。このテクストは、前半では「Sという男」の、自分と父母、特に母との間に起こった出来事の記憶を物語り、後半では、それに対する「彼等の一団」のメンバーからの反応が語られる。「母性愛の讃美に傾き出した」談論に対して、「S」が反証を挙げるのが前半である。このようにこの小説は、一種のディベートのように構成されている。この形式は、物語内容を一つの中心に固定化させず、多様な思考や解釈を誘発する機能を持つものと考えられる。

　「S」は、自分の母は自分を愛していなかったわけではないだろうが、必ずしも十全に愛していたわけでもないかも知れない、というニュアンスの話をする。「S」の語るエピソードは、およそ三つに分かれていて、そのうち最後の三番目のものに最も重点がある。第一のエピソードは、彼の幼い日の思い出で、「寝床の中で」「丘のような二つの乳房に挟まれ」て抱かれ、「体全体へじんじんと浸されて行く母の愛情を感じた」記憶である。第二のエピソードは、五歳の頃、両親が「官林の木材運搬」の仕事に従事していた時に、一日中「小屋で留守番をさせられた」ことが淋しくて、跣足で母の後を追っていった思い出である。怒った母が、「そんなきかん子は、大瀧の中へ放り込んでやるッ」と押しつけた時、「僕」（S）は滝の方へよろめき、母は草鞋で「僕」を擲りつけながら、二人で泣いたという話である。

第二のエピソードに対して、現在の「僕」は「母の憎しみよりもむしろ彼女の全部的な愛情を感ずる」と述べ、今では当時の「経済的環境」が理解できるので、その気持ちが成長した後の「附け足り」かも知れないと評する。ここまでは、回想の形式によって、幼い日の自分と母との関係を再構成するのである。

横光文学と子ども　〈新感覚派〉と呼ばれ、昭和戦前期文壇の大御所とも見られた横光だが、その初期作品には、意外にも、子どもが登場する小説、あるいは、父や母と子の関係を描いた小説が少なくない。〈横光文学と子ども〉という課題を考えることができるのである。例えば短編「父」は『時事新報』（大10・1・5）に掲載された初期作品（原題「踊見」）で、懸賞小説に入選となったものである。舞台は京都、登場人物は父、母、光（一九歳）で、都踊りを見に行こうと突然言う父に対して、母は表向き行きたくないと言うが、結局は父の言う通りに用意をして出かける。子は乗り気でなく渋々同行するが、若い踊り子ばかり見るのが母に対して気兼ねである。帰りに母が父に「もうし、光がね万年筆が欲しいんですって」と言い、光は要らないと言うが、文房具店の前まで来ると、父が入って万年筆を見ている。「子は万年筆を手にとっている父を見ると、急に父が恐ろしくなって来た」というのが結末である。

ここで子は、内心は祇園の美しい芸妓を見たいのだが、父母と同行することは「窮屈」なのだ。「母の看視」を気にして好みの踊子を見ることができず、恋人を抱いた自分の姿を想像したり、「今母の眼の前で、傍を通る少女を一人一人獲へてキッスしてやろうかと」考える子は、性的にも父母の拘束から脱しようとしている。どのような家族なのか明確ではないが、自己の欲望と、父母との関係の顧慮とがせめぎ合って、この子の行動を非常に煮え切らないものと化している。このような家族の政治学を描いた小説が、横光の最初期の作品にあることは示唆的である。父母や子どもは、〈新感覚派〉という華々しい活動の中心にあった作家横光の最初期から、文学の中核にあったものなのである。

その他も、「笑はれた子」（『塔』大11・5、原題「面」）は、木片に仮面を彫刻する才を認められた吉が、父によって下駄屋にさせられる話。「御身」（『御身』、大13・5、金星堂）は、姉の幼い娘に対して注ぐ異様なほどの愛情を描き、「赤い着物」（『文芸春秋』大13・6）では、女の子を笑わせて転がっているうちに階段から転落して死ぬ。「梯子」（『文章往来』大15・1）という作品もある。大学を無断でやめて帰ってきた息子が、無口で引きこもりになり、青い顔をしている。母はどうにかして子を外へ出そうとするが、子はどうしても出ようとしない。さらに、横光の父が大正一一年、母とともに仕事で赴いていた朝鮮で客死したことを題材とした「青い石を拾ってから」（『時流』大14・3）、「青い大尉」（『黒潮』昭2・1）では、収入が途絶えたため、朝鮮で債鬼となって借金の取り立てにあたる様子が描かれる。

ネームプレート工場内の人間模様を描いた「機械」や、男女間の三角関係を数々の変奏によって構築した〈純粋小説〉のように、どこにも着地しない、完璧に相互的な循環構造の中にある人間の関係性を描くのが、その後の横光的なスタイルとなった。父、母、子の間に作られる関係が、人間の体験する最初の関係であるとするならば、わけても初期の横光が、この課題と取り組んだことは不自然ではない。むしろ、構えて創られたそれら後年の作品よりも、他者に対する気兼ねや、自己の欲望との齟齬、そして、自分一人では、あるいは誰にもどうにも変えようもない現実としての人間関係を語るこれらの〈子ども小説〉こそ、横光の発想の起源を証立ててくれるものかも知れない。

秘密とその解釈—錯覚　「滑稽な復讐」に戻ろう。問題の第三のエピソードは次のような内容である。「僕」が一二歳の頃から、両親の生活は「微笑み出した」という。「生活の微笑」という比喩は、「経済的環境」が、やや向上したことを指すのだろう。だが、両親は「激しい口論」による衝突を繰り返した。「僕」は母の味方だったが、そんな「或る日」の「いまわしい情景」が、第三のエピソードの中核をなす。それは、外から帰った「僕」が、母が父の不在時に他の男と家で情事をしていた、つまり、「彼女は愛している父への反抗として、愛してもいない男を愛して復讐した」と感じたのである。「僕」は「媚びている」ように感じられる母の憎しみを感じて、「子は負けた」と思う。その結果、母の父に対する復讐は、むしろ子が父の味方になることに行き着いたというのである。

第三のエピソードはここまでで終わり、以後は後半となる。後半のディベート部分では、「H」「A」「K」という三人の男が、各々、「S」の物語に論評を行う。まず、「H」は、それは「母の憎しみとしないで、むしろ女の憎しみとして解釈しなければならない」と言う。次に、「A」は、母は子をいつでも愛しているのであり、憎しみも「愛情の変形に過ぎないのではないだろうか」と言う。最後に、「今まで部屋の隅で馬鹿らしそうに黙って聞いていたK」が、「S」の話はすべて「錯覚」で、母が他の男と遊んでいたというのは不確かでしかなく、母が子に媚びることはある、そのような「些細な媚び」が原因で家を飛び出したとすれば、「人間というものが恐ろしくなるね」「馬鹿馬鹿しい」と言って、「深刻な表情」の「S」以外、「一座は俄に笑い出した」として小説を幕を閉じる。

男女の猜疑とその相対化　もともと、男女間の裏切りや、それに関する猜疑心は、横光初期のメインテーマであった。「愛巻」（『改造』大13・11）は、郷里からの友人・三島を家に泊めているうちに、外出先から戻った「彼」が、妻の辰子と三島が同衾しているのを発見するという小説だが、これには未定稿「悲しみの代価」や、改作「負けた良人」があり、強い執着があったことが窺える。後に、〈純粋小説〉と呼ばれる、男女関係の錯綜を描く小説群の起源とも思われる。「滑稽な復讐」は、父母の不和に起因するところの、母から父への復讐としての母の情事を、「僕」が推認するという構図から見て、〈男女〉の系列と〈子ども〉の系列の交錯点に位置するテクストである。さらに、そのような「S」の推認に対して、周囲の聴き手、特に「K」がそれに嘲笑的にも疑義を表している。二重、三重に真相を相対化し、結局、宙ぶらりんのままに置く書き方は、〈新感覚派〉由来のものである。この小説は、〈男女〉と〈子ども〉という顕著に横光的な要素を描きつつ、それらの真実は先延ばしにしてしまう。

「母性愛」について話し合っていた彼ら。「母性愛」もまた、言語の函数であり、また自己相対化を伴う現象であった。座にある複数の者が順に物語を語る、いわゆる巡りの物語（巡《じゅん》の物語）にも似た彼らの語り合いは、自分たちの根源そのものをも疑ってかかるという、哲学者の思索方法にも似てはいまいか。

〈参考文献〉

井上謙・神谷忠孝・羽鳥徹哉編『横光利一事典』（平14・10、おうふう）
石田仁志・渋谷香織・中村三春編『横光利一の文学世界』（平18・4、翰林書房）
中村三春『修辞的モダニズム　テクスト様式論の試み』（平18・5、ひつじ書房）

人はいかにして加害者となるのか
安部公房解説

中村三春

アヴァンギャルディスト安部公房　小説家・劇作家安部公房（本名は「きみふさ」と読む）は、一九二四（大13）年三月、東京（現在の北区滝野川）で生まれた。父・浅吉は満州医大に勤める医師で、翌年に旧満州の奉天市（後の瀋陽）に移転、少年時代を過ごす。ソ連兵士たちのもとに抑留された少年が、死線を越えて日本帰国の道をたどる姿を描いた『けものたちは故郷をめざす』（『群像』昭32・1〜4）は、この間の体験が大きく影を投じている。奉天第二中学校から成城高校に入学し、肺浸潤で療養を続けながらニーチェやハイデッガー、ヤスパースなどの実存哲学に親しみ、一九四三（昭18）年一〇月、東京帝国大学医学部に入学した。

一時奉天に戻るも、戦後四七年には上京して、謄写版の『無名詩集』（昭22・6）を自費出版、やはり旧満州を舞台とした最初の小説『終りし道の標べに』を書き（翌年二月『個性』誌に発表、九月、「アプレゲール新人創作選」の一冊として真善美社より刊）、四八（昭23）年一月、埴谷雄高・野間宏・佐々木基一・岡本太郎・花田清輝らと「夜の会」を結成し、シュールレアリスムに接近する。この頃、東大医学部を卒業したが、医業には就かず、実存性とシュールレアリスムとを兼ね備えた、現代文学を代表するアヴァンギャルド作家としての歩みを本格的に開始する。

その後、マルクス主義にも接近し、また『近代文学』同人、新日本文学会、世紀の会、現在の会、記録芸術の会などに参加して、一九五〇年代から六〇年代にかけての急進的な文学運動に身を投じ続けた。写真や演劇への造詣も深く、多くのシナリオを書いたほか、一九七三年、演劇グループ安部公房スタジオを旗揚げした。作品の評価は高く、「赤い繭」（『人間』昭25・12）で、一九五一年四月に第二回戦後文学賞、同年七月、「壁―S・カルマ氏の犯罪」（『近代文学』昭26・2）で第二五回芥川賞、戯曲「幽霊はここにいる」（『新劇』昭33・8）で岸田演劇賞、『砂の女』（昭37・6、新潮社）で第一四回読売文学賞などの受賞が相次いだ。『砂の女』をはじめ外国語への翻訳作品も多く、現代日本を代表する作家の一人として、海外での評価もきわめて高い。また自ら脚色した『砂の女』は、勅使河原宏監督の手で映画化され、一九六四年、カンヌ国際映画祭で審査員特別賞を受賞した（岸田今日子・岡田英次共演）。

「壁―S・カルマ氏の犯罪」は、自分が一枚の名刺となり、周囲が壁と化してしまう話、また『砂の女』は、昆虫採集の最中に砂の村に迷い込んで出られなくなる物語である。不条理な状況における自己同一性（アイデンティティ）と共同体への信頼の無化、変形や変身によって日常的な秩序の安定性を否定する安部の表現は、永遠に鮮烈であり続ける。以後、「他人の顔」（『群像』昭39・1）、『燃えつきた地図』（昭42・9、新潮社）、『箱男』（昭48・3、同）、『密会』（昭52・12、同）、『方舟さくら丸』（昭59・11、同）などの名作を量産した。一九九三（平5）年一月、急性心不全のため六八歳で死去。没後、フロッピーディスクに保存された遺作『飛ぶ男』が発見されたことが、記憶媒体がまだそれほど一般的ではなかった当時、話題となった。

租界・中国人街・日本人学校　「探偵と彼」は、雑誌『新女苑』の一九五六（昭31）年一月号に掲載された。この小説は、現在、教師になっているらしい「私」が、かつて、租界のある中国の町の、日本人学校に生徒として通っていた頃の記憶を語るという、回想の構成になっている。現在という額縁に、過去という絵をはめこんでいる額縁小説である。冒頭、現在の「私」が、これから職員会議に臨み、「一人の劣等生に落第を宣告」するところであることが明記される。また、しばらく前に別々の友人に対して、「罪悪内在説」と「罪悪外在説」というあい矛盾する説を説いたことが気にかかっている。つまり彼には、罪悪とは何かが明確ではない。結末で再び、落第の宣告という話題が登場して、物語に枠をはめている。この小説は「罪悪」という主要なポイントが、初めに先取りされ、それが結末まで解決を引き延ばされるような構造になっているのである。

絵（本体）の物語の舞台は、Hという町で、租界と中国人街との間が、塀と有刺鉄線によって区切られているようなところであった。安部公房が少年時代を過ごした町・奉天を念頭においてもよいだろう。「奉天（ほうてん）」を日本語読みすると、頭文字はHである。実際、「ロシア人の建てた白い塔」が途中に出てくるが、奉天は中国東北地方の戦略上の要所であり、ロシアの支配地となっていたこともある。「私」は、当時凝っていた探偵小説や冒険小説の影響から、「K」という友達とともに、中国街に住む「彼」

を犯罪者とみなし、その素性を探索しようとする。

「彼」は怪しみ出すといかにも怪しく見えてくる。「彼」は租界の外から「塀をのりこえて」通学し、「ダブダブの服」を来て、「学校をよく休む」少年だった。「K」と二人で放課後「彼」を尾行し、煉瓦の軒並が続く中国人街に入り、そこで「彼」に会って、「彼」が樽を乗せたリヤカーを押しているのを見る。その樽には、一樽一万円はする阿片が入っていると、二人は考えるのである。このような町の迷路のような構造や、何やら謎に包まれたたたずまいなどは、探偵行為という、この物語の主要なトピックに基盤を提供している。その意味で、この小説はHという町の舞台装置に従う、空間的な構造を持つ小説、いわば都市小説とも言えるだろう。

「私」と「彼」との関係　さて、しかし、そのような探偵の結果を、先生に告げても取り合ってくれない。「彼」は学校を十日続けて休んだので、二人は再び「彼」の家に探索に行くと、「彼」は学校を休んでいながら、樽運びの仕事を手伝っている。それを再び先生に知らせても「分ってる」というだけだった。そこで「私」は、今度は空かんをもって潜入し、樽をくずして大騒ぎをしながらも、空かんに樽の液体を入れて帰る。だが先生はそれを見て「なんだ、正油じゃないか」と言うのだった。「私」は先生に殴られ、先生も「ぐる」だと思い、樽の中身をぶちまけて折檻され、「彼」は転校してしまう。この物語に対して、今の私はこう考える。「私が英雄になり、彼が姿を消してしまうとい結果には変りなかったと思う」「私がなぜ私であり、彼がなぜ彼だったのか」。また、これから出席する会議に関しても、「私には彼を落第させる資格はない」と思うのである。

この「私がなぜ私であり、彼がなぜ彼だったのか」という文に触れて、菅野昭正は、「探偵の真似ごとはじつは挿話的なものであって、『探偵と彼』というこの短篇が中心主題として照らしだそうとしているのは、『私は私である』、『彼は彼である』という同一律への不安である」と述べ、他の安部作品に見られる「変身願望」と結びつけて論じている（参考文献参照）。同一律への不安とは、自己がなぜここにあるのか、自己は自己から逃れられないのかを問いかける、いわば実存的な問題意識であると言えるだろう。安部と同様に戦後派作家の一人と目される埴谷雄高は、小説『死霊』（当初『近代文学』昭21・1〜昭24・11）において、同じ問題を「自同律の不快」として表現している。ただし、「探偵の彼」の場合はこれが、自分の犯した一種の罪悪的な行為に対する反省や悔恨の感覚として表現されていることを考慮に入れなければならない。どちらかといえばこの際、「私が私である」よりは、「彼は彼である」への疑問の方に、より重みがあったのではないだろうか。

「私」は「K」とともに、何か不審な犯罪があるから探偵を行うのではなく、探偵をすることそのもののために、そのターゲットとして不審な者を見いだそうとし、そして「彼」が選ばれたという。探偵小説や冒険小説が、そのきっかけとなったとされる。ある種の物語を選択し、その物語の枠によって自分の思考や行動が枠づけられる。これは必ずしも子どもだけの感性ではない。ただし、知見に乏しい子どもの場合には、このような物語の枠付け原理によって大きく支配されることがある。いわゆる〈思い込み〉である。「彼」は、「ギセイ者」を求める「私」や「K」の目からは異様に見える人物だったが、それは単に彼の家が貧しかったことに尽きる。「私」はその単なる貧しさを、〈思い込み〉の中で怪しい謎に変換してしまったのである。だが「彼」は、自分の家が貧しいことに負い目を感じてはいても、同時に、それによる差別を不当だとも思っていたのだろう。だからこそ、「彼」は、彼らが中国人街の自分の家に探索に来たときに、涙まで流して悔しそうな表情を見せたのである。

「罪悪内在説」と「罪悪外在説」

ところで、小説の冒頭の額縁で話題となる「罪悪内在説」と「罪悪外在説」の内実や、この小説におけるその意義は何なのだろうか。今や過去の記憶を対象化している「私」にとって、「罪悪」が「彼」の側の問題ではないことは明らかである。とすれば、この「罪悪」は「私」自身のものである。「罪悪内在」とはこの場合、このように「彼」を犯罪者に仕立て上げようとした行為の原因は、「私」自身の内部にあるということ、逆に「罪悪外在」とは、「私」がそのような冤罪行為と他人の私事への立ち入りを行ったのは、当時「私」が身を置いた環境によって構築された結果であったということになる。そのどちらかなのかは決められないとすれば、「私」の過去に対する意識の帰結もまた、明確なものとはならない。

「彼」と、「私」がこれから落第を宣告する生徒とは似ているとされる。「おかしい、まったくあの生徒とそっくりだ」。その似ている点は、成績が「学期ごとにきちんきちんと下がっていく」ことや、他の子どもが遊んでくれないことなどだろうか。しかしそれ以外にも、「彼」を「ギセイ者」に祀り上げた仕方が、時代と場所は変わって、現在、教職に就いている学校や、職業人として帰属している社会という空間においても、何ら変わりなく通用していることにおいて、「彼」と生徒とは「そっくり」に見えてしまったということではないか。一見、正常と見えるような社会も、畢竟、そのように見えるだけの〈思い込み〉によって、万人が支配されている結果であるに過ぎないのではないか。そのような枠付け原理としての〈思い込み〉の中にある限り、落第を宣告する資格などはないというのである。これは、結果に対して主体の側の責任を追及する「罪悪内在説」に近い。

しかも、「私がなぜ私であり、彼がなぜ彼だったのか」は、「私」自身の責任によってのみ決められることでもない。それは様々な要因によって、決定されている部分もある。この部分では、やはり「罪悪外在説」に分がある。結局、これらを総合すれば、冒頭で示唆されているように、どちらの説もそれだけで正しいとはならない。それはなぜならば、人間社会にあって、個体と環境とは相互的に関係を取り結ぶことによって機能しているからであり、切り離して考えることは、根底において不可能だからである。

『終りし道の標べに』表紙
（日本近代文学館）

関係において加害者となること　この小説が、舞台となった都市Hと切り離しては考えられないのは、前にも述べた通りである。『終りし道の標べに』や『けものたちは故郷をめざす』のように、安部の実体験に深く根拠をもつものとも推測できる。しかし、この物語の時代背景や具体的な場所は、テクスト内に一切、明記されていない。当時のこの地域における戦略上の動きや、政治的な状況が、それとして述べられている箇所はない。ただ、異なる国籍や階層の人間が、同じ区域に共存している様態だけが、明瞭に語られているだけである。この小説は、一方では、Hという町をそのような実在の町としてとらえ、当時の外地における日本人を描いた作品として読むことができ、他方では、事実としての歴史的状況だけでなく、いつ、どこにでも通用するような、ある実質も語られているのである。恐らくその実質とは、枠付け原理に従って他者との関係を構築する時、人は誰しも加害者とならざるを得ず、またその仕組みは、内在的であると同時に外在的でもある、ということだろうか。

〈参考文献〉

菅野昭正「解説」（安部公房『カーブの向う・ユープケッチャ』、昭63・12、新潮文庫）

中村三春「反リアリズムの方法」（『時代別日本文学史事典 現代編』、平9・5）

『安部公房全集』第5巻（平9・12、新潮社）

異郷としての現在

福永武彦解説

野口哲也

二十世紀小説の方法　福永武彦（一九一八〜一九七九）は福岡県筑紫郡二日市町の生まれ、父の転勤に伴って上京するまで幼時を福岡市で送ったが、七歳の時に母を産褥熱で亡くしている。東京開成中学〜一高を経て東大仏文科へ進み、卒業論文「詩人の世界―ロオトレアモンの場合」をフランス語で執筆。卒業後は参謀本部で暗号解読に従事するとともに、同級の中村真一郎らと「マチネ・ポエティク」を結成し定型押韻詩を試みる（昭17）。召集を受けるも即日帰郷、戦時中から詩作のほか既に長編『風土』（昭32・6）、『独身者』（昭50・6未完）に着手している。戦後すぐ中村・加藤周一と『1946文学的考察』（昭22・5）所収の論考を発表し注目を浴びる。ただ、彼等の問題意識は「近代文学」派を中心とする当時の「転向」「政治と文学」といったトピックと噛みあわず、以後文学史的な定位が正当になされなかった。同年肺結核のため清瀬のサナトリウムに入所、一九五三（昭28）年まで療養所生活を送る。退所後は終生、学習院大学で教鞭を執りながら小説を発表した。長男は作家の池澤夏樹。

代表作に『草の花』（昭29・4）、『忘却の河』（昭38・3〜12）、『幼年』（昭39・9）、『死の島』（昭41・1〜46・8）などがあるが、発表まで相当の時間をかけて練り上げる作家であったとされる。他にも、人文書院版『ボードレール全集』責任編集（昭38・5〜）などの翻訳、『芸術の慰め』（昭40・5）など芸術評論、『愛の試み愛の終り』（昭33・3）などのエッセーのほか、現代語訳『古事記』（昭31・10）のような古典文学への関わり、加田伶太郎名での探偵小説（昭31〜）もある。また東大在学中には北原行也名で映画評論も多数発表しており、後に中村真一郎・堀田善衛と映画シナリオ「発光妖精とモスラ」（昭36・1）を手がけるなど、活動の場は多岐に渉っている。

初期福永の文学理念には世界的な普遍志向や観念性が顕著だが、小説の主題を多種多様に持つタイプではなく、生と死、愛と孤独、現実と夢、意識と無意識、記憶と忘却といった問題を一貫して追究している。文体は明晰ながら、マラルメやボードレールなど象徴主義詩人における照応の詩

幼年時代の福永武彦
（『新潮日本文学アルバム 50 福永武彦』新潮社）

法、プルーストやフォークナーに見られる内的独白や意識の流れといった二十世紀小説の方法的実験が認められる。特に方法意識の鋭さは屢々指摘される特徴であるが、福永自身も古典的な十九世紀小説と対比しながら現代小説における方法の重要性に言及することは多い。ただ、形式・方法の審美性は、必ずしもディレッタンティズムに陥るものではなく、生死の問題と深く関わって、それを表現するための必然として要請されている。背景には戦争や病、幼少期の家庭環境といった現実のコンテクストでの特殊な条件のほか、記憶や存在をめぐる普遍的な問題意識があり、福永においては形式・方法そのものが固有の主題として極めてリアルなものとなる。また堀辰雄や立原道造と同じく信濃追分の山荘で多くの作品を手がけたが、俗に言う「星菫派」「軽井沢族」のようなセンチメンタリズム・スノビズムといった評価は妥当ではなく、そのノスタルジアも「魂のふるさと」というプラトニックな志向を持つ実存のレベルに関わるものと考えることができる。

「存在の感情」と幼年時代　「夜の寂しい顔」の主人公（少年）は、漁師村にある親戚の家というある種の異郷にあって、自分には「存在の感情」が欠けていると考える。中学三年生が覚えたばかりの言葉としても、いかにも生硬な概念のようだが、その出所として言及される「外国の偉い詩人」については、既にリルケの名が指摘されている（和田能卓「カイエ・福永武彦「夜の寂しい顔」―文脈に沿って読むこと―」、『解釈』平8・11）。福永自身もリルケ、特に『マルテの手記』には堀辰雄訳やフランス語訳を介して触れたと語っている以上、直接の影響としてはこの可能性が大きいと推測される。ただ、ここでは厳密な典拠とは別に、もう少し時代を遡った文脈にも目を向けておきたい。すなわち、テクストを形成する子ども・散歩・夢想といった要素を参照枠とするならば、ジャン＝ジャック・ルソーの「le sentiment de《ルサンチマンドゥ》 l'existence《レグジスタンス》」（存在の感情）という用語に突き当たるのである。山本周次は、ルソーの初期から晩年に至るまで一貫する観念として「存在の感情」をとりあげ、自然人のもつ原初的な感情・神のごとき自足した状態・魂の全体を満たす永遠の現在といった属性がそこに含意されていることを指摘する（『ルソーの政治思想―コスモロジーへの旅―』、ミネルヴァ書房、平12・11）。ルソーといえば『エミール』（一七六二）をはじめ「自然に帰れ」というテーゼ（ルソー自身の表現ではない）とともに、「純潔」「無垢」というロマン主義的象徴たる〈子ども〉観の先駆けとしても知られるところである。本作でも、選択の余地なく予め定められた生業に携わる親戚漁師たちの確固とした「存在」に比べ、自由だが先の見えない進路のための受験を控えた少年には「存在というものがない」。彼の寂しさ・不安の原因としては母の（一時的）不在、母とその再婚相手からの疎外といった要素が考えられるが、まずは漁村の家族と都会から来た親戚というこの対比に「魂の自由」を志向するロマン主義的モチーフを見出すことができよう。

福永武彦における〈子ども〉という時間は、概して憧憬の対象として永遠に隔てられた闇の領域にある。福永自身、「幼年時代」を「単に人生の一つの道程という意味ではなく、人生の『本質の始原の姿』を示すもの」と考えている（『意中の文士たち』下、昭48・6）。そしてそれは〈暗黒意識〉〈純粋記憶〉という、福永文学の全体像を形成する固有の問題系にもつながるものである。たとえば『幼年』で亡き母の記憶を純粋なまま留める〈幼年時代〉は根源的な闇に包まれてあり、それを追憶する契機として〈少年時代〉が位置づけられている。本作でも、西風の吹きつける冬の岬の荒涼とした風景に対して「夏はこうじゃなかった」と少年が追憶するのは、幸福で活気に満ちた幼年の時間である。一方で彼は漠然と「大人になれば存在の感情を身に付けて、もう何も恐いことはなくなるのだろうか」と考えてもいる。つまり〈少年〉の「現在」は、自足した「存在の感情」に満たされた〈子ども〉〈大人〉の双方から隔たった不安定な時間としてあり、それが異郷の海を前にした感情と対応しているのである。

夢・分身・鏡　テクスト全体の情調である「不安な感情」「寂しい感情」は、少年の夢に繰り返し現れる「見知らぬ女の顔」の表情として象徴化・対象化されている。その訪れを待つ「怖いような愉しみなような、期待と不安の入り混った気持ち」という両義性は、フロイトが『無気味なもの』（一九一九）で示した、根源的に親密なものがよそよそしいものとして浮上するというテーゼを思い起こさせる。福永自身、長期療養時代に精神病理学に関心を深めており（「フロイトと私」、昭44・12）、無意識や前意識といった用語を用いて自作に注解を加えることもある。〈子ども〉観の歴史としては、フロイトの精神分析はロマン主義文学と同等以上に幼年期を重要視しつつも、特にその「幼児性欲論」は「純粋無垢」という神話を破壊する役割を担ったとされる。「夢みる少年の昼と夜」（昭29・11）は本作にも通じる〈子ども〉系列の代表的作品だが、そこでもやはり「早く大人になりたい」と考える少年は、海岸に捕縛されるアンドロメダの裸体をペルセウスが空から眺める構図を自身に重ねて夢想する。またそこでは人を石に変えるメドゥーサ（その首はフロイトにおいては女性性器の象徴）も「夜の国の女王」と繰り返し名指されている。本作「夜の寂しい顔」ではこのような神話上のキャラクターは用いられていないが、後半部の夢の中にこれに近い願望が示される箇所があり、その誰でもない「女の顔」はやはり、欲望の中心にある欠如の代理作用という、精神分析的な機能として捉えることができるのではないか。

福永における「眠り」や「夢」は、このような永遠に失われた対象・領域に近づく方法としてある。『幼年』では幼年時代の純粋記憶に通ずるために「就眠儀式」なる極めて意識的な方法がとられ、そのメタファーとも言うべき「夜行列車」の記憶が末尾に置かれている。本作でも今まで夢に訪れた「その女」の「寂しい顔」を思い返しながら、いつの間にか眠りに就いてゆく。砂浜での「散歩」もまた、『幼年』の夜行列車のように、追憶・夢想の契機としてあるのだと言えよう。ただしそれらの試みは単に幼児退行的なものとは言えない。『幼年』の夜行列車では、眠りと覚醒の間に追憶を繰り返しながら、過去に近づくどころか遠ざかってゆく――過去を忘却の闇に沈めてゆくことが自覚される。本作の少年も、末尾で「寂しい顔」に対し「君は僕の存在なのだ」と呼びかけ、女の顔が彼自身のものとして鏡に映っているのを認める。「僕の本当の存在が毎晩僕を訪れてくるのだ」という確信に至って、彼と女は分身関係に置かれることになる。一般に、精神分析学的な文脈における分身（自己像幻視）は、自己の他者性（特に欲望）

エドワード・バーン＝ジョーンズ
「The Baleful Head」

が引き受けられずに外化したものと定義されるが、福永の場合、〈子ども〉の主題に拘らず「世界の終り」（昭34・4）や『死の島』などにも鏡と分身のモチーフは頻出する。堀竜一はこれらの作品に描かれた分身との出会いに関して、自己の回復の瞬間が同時に破滅の瞬間でもあるという構造を論じている（「自己同一化と破滅―福永武彦文芸における二重人格的人物像の系譜―」、『日本文芸論叢』3、昭59・3）。本作の末尾、「本当の存在」に気づいてなお一層寂しげな少年の表情も、無気味な「顔」を本源的な自己像と認める感情の分裂・両義性を示していよう。それはまさに『幼年』の末尾に示されるような、記憶と忘却、退行と成熟とがアイロニカルに結びついた構造に他ならない。

僕＝彼の存在と声

ところで、少年の想起する〈子ども〉の時間として、かつて家族でウォーターシュートに乗った時の幸福な記憶は、「意識の流れ」あるいは「内的独白」と呼ばれる手法で描写されている。福永は『二十世紀小説論』（学習院大学での講義ノート）その他でプルーストやジョイス、フォークナーなどの「内面的時間」に繰り返し言及しているが、この描写も子どもたちの意識に直接的に焦点化した彼等の手法に学んだものと考えられる。

　福永の表現上の独自性は、特異な手法を様々に用いながら、意識や内面の断層を効果的に示している点にある。たとえばそれは人称（主格）の変化に応じた文中改行（『幼年』）やリフレイン（「世界の終り」）であったり、カタカナ交じり文（「夢みる少年の昼と夜」『死の島』）であったりする。野沢京子は『幼年』の特異な文体について、現在の「私」／過去の「子供」の間の差異と反復の往還こそが、その彼方にある「幼年」という到達不可能な時間に近づいてゆく運動であるとする（「『幼年』―眠ることと目醒めることと―」、『高原文庫』2、昭62・7）。「夜の寂しい顔」でも、「僕は何も怖くはない、と彼は考えた。それは嘘だ。彼には怖いことが沢山あるのだ。しかし僕は、怖いとは言うまい。」と、「僕」＝「彼」の人格（人称）を分離させながら接合してゆく話法が顕著である。一人称／三人称の包含関係が『幼年』とは逆になるが、やはりそれは先に述べた無意識に関わる感情の両義性、分裂した同一性というパラドックスを表現する方法と考えられるのである。

一般に物語の言説に関して、語り手が統御・関与する度合いの高い間接的な話法に比べ、「意識の流れ」「内的独白」のような直接的手法では、語り手に代わって登場人物の「声」がより前景化してくる。つまり、異なる人称（主格）によって入れ子になった語りの構造にあって、語られる内側の存在が生々しく浮上してくるのである。たとえば『幼年』では、亡き母に代わる「誰か分らない女」の声とそれへの応答が、全き外部＝純然たる内部から響いてくるし、「夢みる少年の昼と夜」でも、眠りの闇から立ち上がる他者の声が、次第にモノローグと溶けあってゆく。このような分身的な声の出所を「妣《はは》の国」など始原に関する術語で表すこともあるが、本作においても、夢という内的な領域で、もはや追手から逃げることのできない二人の声が「君は僕の存在」「あたしはあなたの存在」という応答を直接に交わした末、鏡に浮かび上がる「二つの顔」と鮮やかに照応する。雨戸の外に聞こえている単調な風と波の音は、そもそも少年に「存在の感情」の欠如を自覚させる契機となったものだが、この響きのさなかで少年はいわば、よそよそしい異郷でのアイデンティティを自らの本源的な「現在」として見出すのである。かつて「そんな臆病な子でどうします？」と言った母の声は、夢の中の「そんな弱虫なことでどうします？」という女の声に響きあうが、母の訪れを「もう三日もすれば」と待ちながら、実は「毎晩僕を訪れて来る」寂しい顔によって満たされていたという構造は、福永における〈子ども〉の主題が、魂の故郷としての幼年時代そのものではなく、異郷としての少年時代との関係にこそあることを示す。福永の試みた小説の方法は、まさにそのような「現在」を表現するのに相応しい。

〈参考文献〉

ピーター・カヴニー『子どものイメージ―文学における「無垢」の変遷―』（江河徹監訳、昭54・11、紀伊国屋書店）
「特集・福永武彦へのオマージュ」（『国文学』昭55・7）
渡邉正彦『近代文学の分身像』（平11・2、角川選書）

虚構のエトランゼ
金子光晴解説

錦咲やか

放浪する反骨詩人　金子光晴は一八九五年、愛知県津島市に大鹿和吉の三男として生まれた。本名安和。酒屋を営んでいた家が破産し名古屋に移った際、安和は金子荘太郎の養子に出される。建設会社清水組に勤めていた荘太郎は間もなく東京へ転勤となり、安和はやがて早大英文科に入学。早大のほか、東京美術学校、慶大に籍を置いたがいずれも中退した。在学中は同人誌『構図』や『魂の家』などを創刊するも短期の活動に終わっている。一九一七年、養父が亡くなったことで多額の遺産を相続するが、第一詩集『赤土の家』の自費出版や最初のヨーロッパ旅行で蕩尽した。帰国後の一九二六年、フランス象徴詩の影響色濃い『こがね虫』を新潮社より刊行し、光晴を名乗る。初期詩集は不条理で豪奢な夢の記述や奇怪なイメージが保たれ、衒学的ではあるがシュルレアリスムの日本における先駆的な萌芽と捉えることもできよう。翌年、御茶ノ水高師の女学生だった森三千代と結婚。『ヴェルハアラン詩集』、『近代仏蘭西詩集』等の訳詩集を刊行。一九二八年、プロレタリア文学全盛の風潮に違和感を感じ、森三千代とともに渡欧。パリ、シンガポール、マレー半島を経て一九三二年に帰国する。この間の体験は後に『マレー蘭印紀行』にまとめられる。敗戦後、戦時下に書き続けていた反戦的な詩集『落下傘』『鮫』を発表し、徹底した日本批判の視点を持ち続ける言説や詩風からレジスタンス詩人などと称される。一九五二年に『人間の悲劇』で読売文学賞を受賞し、一九五七年には自伝的日本人論ともみられる『詩人』を刊行。さらに青年時の五年間の海外放浪を回顧した『どくろ杯』、『ねむれ巴里』、『西ひがし』を一九七一年から七四年にかけて刊行する。これら三部作の刊行は光晴が七七歳から八〇歳に至る、死の前年までの時期であり、その的確な観察眼と詩的な発話センスは後年まで失われず旺盛であった。本アンソロジーに収めた『風流《ふうりゅう》尸《し》解記《かいき》』も一九七一年に青蛾書房より刊行されている。晩年は性体験を赤裸々に飄々と語る、奇矯でチャーミングな老人として若者達より人気を得、マスコミにもてはやされる一面も見せた。一九七五年没。

解体される器官／テクスト　身体を最大限に、最も効率よく、快楽においても、労働においても、使用し、編成すること。資本主義における合理性、計画性、組織性というエートス（精神性）とはあいいれない身体の存在に、金子は東南アジアの放浪を通して直面した。『風流戸解記』は、そのような身体の出現を一つの切り口として語られ、なおかつ金子のテクスト群における身体感覚が凝縮されたテクストである。

その男は、少女をこの世にひきとめるには、感性の眼をひらかせることがあるばかりとおもいこんで、底に沈んでいるすべてをすみずみまで掻立てようとして、あらんかぎりの方法をつくすのだった。

身体から最大限の利得を引き出そうとする男は、資本主義的精神の原理を体得している「物分りのいいのを自惚れていた所謂自由主義者の一語学教師」であった。「進歩的なインテリの一員として、人々のあとに名をつらねていた」男は、しかし、戦後の「時代の現実把握の無知」をさらけだし、男と対立する身体として描き出されている少女を侵犯し／侵犯される。男は快楽原則に従うかのようにみえる資本主義を、身体の皮膚を通して浸透させようと試みたが、少女の「からだは痺れてなんの感覚もないようだった」。少女は「擬死が上手」で「浅慮なこと」が魅力であり、その身体における「浅慮による過失の底を透いたうつくしさは、いっさい実存の根をおののかせ、思慮を宙空に浮かせ、旧い秩序をばらばらにし、動乱の直後の転換の新しい人間の兆をのぞかせ」ている。しかし「流行りもの」の「ヒポコンデリーと自殺」にいろどられている病んだ身体は、『マレー蘭印紀行』で表出している例えば馬来人《マレー》のように、刹那的で弛緩した植民地としての「アジア」の身体と再びだぶらされて「解体」を待つ。きものを脱ぎ捨てた後少女は、「西洋手品のような手さばきで、見ている前で洋装に変ってその男をおどろかせた」。焼け跡の旅館内で「ゆがんだ鏡」の前におかれていた「中味はからっぽで、干きついたもの

『鮫』表紙
（日本近代文学館）

らしい薬が黄いろくなって」いた「いつ使ったものやらわからない眼ぐすりの壜」によって示唆されていたように、その後二人の感覚に逆転現象が起こる。お互いを「のぞき込む」眼差しによって「お互いの境界がなくなって、体も心も全的に闖入しあ」うのである。階段でふたりが視覚の有無を交換し合う場面は、その酩酊感を如実に表したテクスト空間となって立ち現れている。

盲目であった少女が視力を取り戻し、男は一時的失明に陥る。階段で現れる感覚の突然の表出は、眼差しによってもたらされる。一つの観察地点での光景は一つの自己環境を秩序立て、組織化をもとめようとし、少女の身体は遠近を獲得することで有機的なイマージュを獲得するかのようにみえるが、すぐに自己と環境とに関する情報や位置、方向、運動の感覚は錯綜していくのだ。エッシャーの「上と下」といった版画群のように、視線の運動によって身体感覚は攪乱され境界を曖昧にする。器官は解体されていく。この直後少女はその男に殺され、その身体は文字通りばらばらに切断されてしまうが、行為は夢うつつで判然とせず、血管をモチーフとする夢幻的な赤鬼・青鬼の出現によって表わされている。

虚構の反復　身体感覚が観察者によって相互循環し影響を及ぼしあうことで、主体・客体という二元論的な感覚は廃止させられる。「眼ざし」に貫かれている内部と外部の相互循環は、視線によって身体に集約される。身体が全てとなって、時間・空間・関係を既に孕み込んでおり、時間は過去・現在・未来の統合となってあらわれるのだ。

「うそはなにより大切ですよ」とかたるその男に対して、少女が「うそ」を否定したとき、虚構について執拗な自己言及を繰り返し仕掛けているこのテクスト内の時間は「停止」する。その男が「でも、僕はこれが真実と呼ぶものをみてきましたが、どれも、そう呼ぶ瞬間から、贋物に変ってしまいます」と述べると、「時計がまたうごきだした。その男と少女は、『時間』のなかに戻った。時間のつづいている涯は、世にも荒涼とした水たまりばかりの湿地帯でいつも巻雲が積重なり、汚れ敷布のように風でばたばたやっていた。その男や僕らが共有するこの時間は、始まりなのか、終りに近いのか、いつ誰にもうかがいしらせない目昏むほどな見透しのながさ故に、自分のいる時点を中心としておくより他の方法はなかった」。そこには「時間を越えて、はるか前方の、まだ時間に組み入れられない視界のひろがり」が「映像として映し出され」るような知覚が生まれているのである。

階段のシーンではその情景を見たもの、それを描く語り手、読者が折り重なって環境を組織化し、自己を有機体化し秩序づけるような試みは裏切られることになる。テクストと読者との関係は一方的・統一的なものではなく、秩序化されずに解体される器官はテクストの形態の様々な虚構的モチーフとして、自己言及的に反復し続ける。それらの例として、「換骨奪胎」としての引用・エピグラフの多用があげられるだろう。エピグラフも「雑事秘辛」などは虚構性がもともと高く、挿入される数々の詩は、情景のイマージュやその男の心情を示すようにして連続的に表れる一方で、「次にあげるようなやさしい詩が書けるのも、大概そんな時である」「よそでもなにかと引用して、記憶している人もあるかとおもう次の詩は、そのときできたものである」という語りの後に「詩」として提示され、その詩が引用であることを示している。

ともすれば現実の女性とのモデル関係論に陥りがちな作品受容についての危惧は、早くから用心深く金子に備わっていただろう。金子は生前、『どくろ杯』以下のいわゆる自伝三部作を、自ら決して〈自伝〉と称ばず〈小説〉とよんでいた。「リアルは、表現を絶したものだ」（「リアルの問題」、『金子光晴評論集2　日本の芸術について』、春秋社、昭34・12）。全ての言葉に備わっている虚構性について自覚していた金子は、「あるリアル」について「あらゆる思考が停滞し」、「物理的に存在しているというのと同時に、すべての約束や助言にしばられていない状態にあること」だと語っている。言語を用いてテクストを生起させる以上、そのような究極の状態には辿り着けないなかで、金

金子光晴
（日本近代文学館）

子は自らの仮の「現実」とテクストが混同されることを回避するために、終始「引用」という行為自体を強調し続けているのではないだろうか。

書き換え可能なテクスト　他者の言葉を奪い、語る冗長度の高さは、乱雑さ・エントロピーの増加につながる。また、しばしば行われる語り手の唐突な介入は、書き替え可能なテクストの自己表明である。「彼女の姿をその男は画きはじめたが」「似もつかない別の女の肖像ばかり」になってしまう。一貫した物語の拒絶という、物語の内破は、唯一の筋や主題がない小説テクストのスタイルへの必然性となって表れている。「このものがたりの筋も、でてくる人間も、すべて、作者のつくりあげた架空なものであって、いわば、空想小談とでもいうべきである」「観念的な合言葉に終ることを怖れて、象徴的発想と手法をことさら避けて、血や、骨や、筋肉や軟骨などに直接、そのおもいを語らせようとすることがねらいであった」という小序の言葉は、「観念的な合言葉」＝大きな物語に取り込まれることを怖れ、血や骨・筋肉・内臓などの解体された様々な器官として、記号を象徴から切り離すことを目指したものだ。そこでは「臓腑のもたれあいの伝統」からの切り離しが示唆され、「配役や、筋を考えるゆとりがなくても、攻められない。大日本帝国の万民が、亜墨利加の残飯、着古しで、よろよろと生きていた時のことなのだから、粗相は、ありがち。ト書きをみれば、青葉、嫩葉の、時は五月のなかばとあるのに、なにを戸惑ったか、書割りは、消し炭と、蒼鉛とで、底つめたくて滅入りこんでゆきそうな、冬ざれのけしきになっている」というような分裂状況にも重ね合わされる。その男と少女を仲立ちしたものが「泰西の翻訳文学」であったこと。戦後の状況は「恋愛」を一つのキーワードとして表れている。

「恋が罪過でしかない伝統の日本人の心の底には、西洋の桂冠詩人が吹聴したような本筋な恋愛は、おちつく場所がなく、ひともわれもわらわずにはいられないだろう。舶来狂言はまだまだ板につかない」「少女も例外でなくあめりか娘になりたがっていながら、強硬な国粋主義の外交官の下にいて、日独伊三国同盟の成立を尽力したとかで、戦争裁判にも出頭し、C級戦犯を宣告された父への思慕のさせる業か、日本主義復興の暴力団の若者たちが、彼女の家庭に出入りしているらしく、ふとした場合の口ぶりにそれと察しられることがあった」という記述は「しかし、その男にとっては、そのようなことは、たいして気になるほどのことではなかった」というように相対化される。「恋愛」における分裂もまた身体的な問題に収斂されていくトピックとして、テクストに挿入されているのである。一九二三年の関東大震災以後、大量生産・消費システムが発展し、「舶来物」の大衆化が進んだ。消費と性の欲望に満ちた視線があふれ、人間と商品の視線における平準化は「陳列」、「相互一望監視施設」(パノプチコン)といったモダニズムの視覚形態に象徴的に表れている。ここにおいて陳列されているのは「オートメーションの製品のように、おなじ順序で手から手へわたされて、屍体倉庫に貯蔵される」ような「尸」である。それは「恋愛」というコードによって表わされてしまう物語の筋道から逃れようとする記述を示唆する。「恋愛」はまた、「相互一望監視施設」的な視線の内面化が変容した、近代の分裂した自意識によって解体を試みられていく。

戦後のメロディ　『風流尸解記』のなかの「少女」は戦後まだ手に入れることのできない絹のハンカチーフを持っていたり、アメリカ本国から日本救済のために送ってきた中古のワンピースを纏ったり、何より「恋愛」を志向する「あめりか娘」になりたがっている存在である。彼女は「あめりかから押しつけてきたりべらりずむの思想や新法律」、つまり個人主義・自由主義を操ろうとするが、「彼」にはなかなか通じない。しかし彼と少女は身体的に触れ合ううちに、少女が盲目であるという設定によって、ちょうど盲人が触覚的に空間の特異点を探って対象をイメージするようなやり方にも似た、非視覚的で触覚的な相互意識を手に入れる。それは空間や形態の量的、座標的位置関係を問題にせず、それがどのように分岐しているか、穴が開いているかどうかといった質的性質だけを問題にするようなトポロジー的な認識である。そのような意識の獲得は、内部化された「あめりか」という他者の視点の獲得でもあるだろう。最後にアメリカとしての少女を失ったときに表れた新しい世界の幻想や、金子光晴が『ユリイカ』(昭47・5)での清岡卓行との対談において述べる「たとえ実体があったにしても道具にすぎない」少女像は、やはり記述されたひとつの〈戦後〉の空気感である。

金子光晴は同じ対談で「文学ってものを、文学そのものよりも、時代のメロディとして受取るような傾向があった」ことに触れ、「戦後のメロディを定着させようとする努力」

が、この作品を作らせたものとしている。また、続けて「それに、戦後というよりも、なんかぼくは、生まれてきて以来のことで、その集積の結果が、このメロディにつながるとも思えるんです。」と発言している。

〈戦後〉に「生まれてきて以来」のメロディを定着させようとする試みもまた、ある形式を要求するテクストが示すものと同じ種類の構造的な欲望ではないだろうか。「道家の術で、神仙となって化し去ること。後に残った肉体は生時と変らないという」（『広辞苑』による）とされる「尸解」や、「蛾」結末で死体が夥しい蛾の群れとなって消え去ったように、核心が不在である記号の状態が身体と重ね合わせられるのは、何よりも身体が残らないものであるからだ。そこでは身体を「器官なき身体」へとするのではなく、言語を「器官なき身体」の状態にすることが目指されている。それはまさに〈記号の身体化〉への試みである。

〈参考文献〉

『現代詩読本　金子光晴』（昭60・9、思潮社）
『ユリイカ　増項特集　金子光晴』（昭47・5、青土社）
澤正宏「詩史のなかの金子光晴　アジアの永遠を見た詩人」

（『現代詩手帖』平7・3、思潮社）
澤正宏・和田博文編著『作品で読む近代詩史』（平2・4、白地社）

執筆者紹介

高橋秀太郎（たかはし・しゅうたろう）
〈現職〉東北工業大学講師
〈主要論文・著書〉「太宰治「惜別」論」（『日本文芸論稿』第26号、平成11・11）、「昭和十五年前後の太宰治―その〈ロマンチシズム〉の構造―」（『国語と国文学』平18・6）

中村三春（なかむら・みはる）
〈現職〉北海道大学大学院教授
〈主要論文・著書〉『修辞的モダニズム―テクスト様式論の試み―』（平18、ひつじ書房）、「反啓蒙の弁証法―表象の可能性について―」（『国語と国文学』平18・11）

錦咲やか（にしき・さやか）
〈現職〉日本近代文学研究
〈主要論文・著書〉「資料　中上健次小説（&ルポルタージュ）ガイド」（文藝別冊『総特集　中上健次　没後10年』平14、河出書房新社）、「新心理主義」（『横光利一の文学世界』平18、翰林書房）

野口哲也（のぐち・てつや）
〈現職〉鳴門教育大学講師
〈主要著書・論文〉「「白鬼女物語」から「高野聖」へ―森田思軒訳「金驢譚」の受容と方法―」（『日本近代文学』第73集、平17・10）、「「鏡」としての物語―「眉かくしの霊」論―」（泉鏡花研究会編『論集泉鏡花　第四集』平18・1、和泉書院）

森岡卓司（もりおか・たかし）
〈現職〉山形大学准教授
〈主要論文・著書〉『近代の夢と知性―文学・思想の昭和一〇年前後』（平12、翰林書房）、『探偵小説と日本近代』（平16、青弓社）

山﨑眞紀子（やまさき・まきこ）
〈現職〉札幌大学教授
〈主要論文・著書〉『田村俊子の世界―作品と言説空間の変容―』（平成17、彩流社）、『村上春樹の本文改稿研究』（平20、若草書房）。共著に『樋口一葉を読みなおす』（平6、学藝書林）、『上海 1994-1945　武田泰淳『上海の蛍』注釈』（平20、双文社出版）

米村みゆき（よねむら・みゆき）
〈現職〉専修大学教員
〈主要論文・著書〉『宮沢賢治を創った男たち』（平15、青弓社）、『ジブリの森へ―高畑勲・宮崎駿を読む　増補版』（平20、森話社）

〈五〇音順〉

ひつじアンソロジー小説編II
子ども・少年・少女

発行 二〇〇九年四月一日 初版一刷
定価 二〇〇〇円＋税
編者 ©中村三春
発行者 松本 功
印刷 互恵印刷株式会社
印刷製本所 三美印刷株式会社
発行所 株式会社 ひつじ書房
〒一一二-〇〇一一 東京都文京区千石二-一-二 大和ビル二階
Tel.03-5319-4916 Fax.03-5319-4917
郵便振替 00120-8-142852
toiawase@hituzi.co.jp http://www.hituzi.co.jp
ISBN978-4-89476-366-1

造本には充分注意しておりますが、落丁・乱丁などがございましたら、小社かお買上げ書店にておとりかえいたします。ご意見、ご感想など、小社までお寄せ下されば幸いです。

ひつじ書房刊行案内

ひつじアンソロジー小説編Ⅰ

中村三春編　定価二三〇〇円＋税

　一般の文学史に出てこないフィクションの名作を選りすぐり、10作家15作品を収録。作家ごとの解説付き。真にフィクションの魅惑に酔うことを望むすべての人々に。［収録作品］泉鏡花（朱日記）大泉黒石（犬儒哲学者／不死身）江戸川乱歩（火星の運河／白昼夢／踊る一寸法師）牧野信一（西瓜食う人）岡本かの子（花は勁し）坂口安吾（紫大納言）立原道造（鮎の歌）太宰治（懶惰の歌留多）椿実（月光と耳の話―レデゴンダの幻想―）天沢退二郎（赤い凧／小さな魔女／秋祭り）［解説執筆者］赤間亜生／大沢正善／和田茂俊／伊狩弘／押野武志／中村三春／佐野正人／九里順子／跡上史郎／宮川健郎

ひつじアンソロジー詩編

中村三春編　定価二〇〇〇円＋税

　現代に発表された日本の現代詩の中から10詩人を取り上げ、大まかに現代詩の流れをたどる。各作品・詩人ごとの分かりやすい解説を付す。優れた作品を再評価。［収録詩人］尾形亀之助／安西冬衛／村野四郎／永瀬清子／伊東静雄／吉岡実／谷川俊太郎／清水哲男／荒川洋治／伊藤比呂美［解説執筆者］和田茂俊／中村三春／虫明美喜／野坂昭雄／赤間亜生／宮川健郎